MATHIAS MALZIEU

Le Guerrier de porcelaine

suivi de

Ultramour

(Un western de conte de fées)

ALBIN MICHEL

ISBN : 978-2-253-94173-6 – 1re publication LGF

À Mainou, mon père

Je voudrais que tu sois là
Que tu frappes à la porte
Et tu me dirais c'est moi
Devine ce que je t'apporte
Et tu m'apporterais toi.

Boris VIAN,
« Berceuse pour les ours
qui ne sont pas là »

Prologue

Dans la maison, deux objets me fascinaient. Tous deux venaient de Lorraine. Le premier était un baromètre en bois sur lequel était sculptée une double cigogne sur un nid géant, surplombant les maisonnettes d'un village typique de l'est de la France. Jusqu'à la fin des années quatre-vingt, mon père prédisait la météo en tapotant le cadran en verre. J'entends encore le son que cela produisait. C'était un son de soir, le dernier avant de se souhaiter bonne nuit. Même quand l'équipe de France de football perdait contre l'Allemagne, mon père tapotait le cadran. Le tintement de ses ongles sur le verre se concluait par un « Ah ! Grand beau ! » ou un « Ouh lààà, méchante limonade… Il va pleuvoir demain ! ».

J'étais trop petit pour voir ce qu'il y avait écrit sur le cadran et du coup, j'imaginais que mon Papa était magico-météorologiste.

Un peu plus loin, dans la cuisine, trônait un coffret en bois, à peine plus gros qu'une boîte à chaussures. Sur l'étiquette était inscrit : « Souvenirs ».

Mon père en sortait tout un tas de choses qui me paraissaient magiques lorsque j'étais enfant. C'était un peu le sac de Mary Poppins, on y trouvait des bobines de film super-8, un chalutier or et bleu, des diapositives datant de quand il était plus petit que nous, pendant la guerre.

Et un album photo. Élise, sa mère. Son oncle Émile, sa tante Louise et sa grand-mère. On le voyait également prenant fièrement la pose sur le vélo d'Émile en 1945, ainsi que son père arborant Croix de guerre et Légion d'honneur.

À la fin de l'album photo était glissée une enveloppe. Deux lettres de sa mère. Il arrivait qu'il les ouvre. Ça le rendait silencieux, il semblait se perdre dans un labyrinthe de souvenirs. Il n'en sortait que lorsqu'il les rangeait.

Un soir, j'ai fini par lui demander de quoi il s'agissait. Et il en a lu une. Cette lettre écrite quelques jours avant la mort de sa mère m'a transpercé. Elle m'attirait autant qu'elle me glaçait le sang. Cette lettre était la preuve qu'avant l'accident d'amour peut-être évitable, elle était bel et bien là, à s'occuper de la fièvre de celui qu'on appelait alors Mainou. Mon père.

Puis il y avait la machine à écrire. Une Mercedes Prima noire brillante, sur son socle de bois.

Mon père voyageait beaucoup et rapportait toujours de très bonnes histoires, qu'il racontait avec implication et malice.

Même lorsqu'il fut prisonnier un mois en Arabie saoudite, je voulais être comme lui. Il avait fait escale à Anchorage en Alaska, s'était engueulé avec des Japonais, nous avait ramené un Australien qui souriait tout le temps, même en mangeant, un Corse ultra-tendre qui tombait plus souvent que Pierre Richard dans *La Chèvre*, un Israélien avec un nom de col alpin, Izoar, ou encore une Anglaise coiffée comme une chips.

Mais sa plus grande histoire commençait par sa traversée de la ligne de démarcation, caché dans une charrette à foin.

Montpellier, villa Yvette, la Pompignane,
le 4 juin 1944

Tu es morte cette nuit. Le jour s'est levé quand même. Mireille ne l'a pas vu, et je ne verrai jamais Mireille.

Papa n'a pas pris le temps de pleurer. Il faut remplir deux valises et deux cercueils. Le linge que tu as plié, avec l'odeur de ta lessive. Le parfum d'un fantôme. Le souvenir de tes pas dans un escalier. Il craque, cet escalier.

Moi, non. J'imite Papa. Il ferme les valises et les cercueils en fronçant les sourcils. Ses yeux se perdent au loin, mais il fait vite et bien. Mes yeux se perdent au loin et, au loin, je ne vois rien d'autre que du rien.

« Pauvre petit Mainou, tu n'auras plus de maman. » C'est la dernière chose que tu m'as dite quand tu étais allongée dans ton lit. Et moi je pleurais sans m'arrêter. Puis je me suis arrêté. À partir de maintenant, j'ai décidé que je ne pleurerais plus jamais.

La valise invisible est la plus lourde. Les fantômes de la femme de sa vie, sa Lisette comme il t'appelait, et d'une presque fille roulés en boule dans celle de Papa, d'une mère et d'une presque sœur dans la mienne.

Papa ajuste ma cravate d'apprenti adulte. Il s'applique exactement comme avant sauf que ça dure plus longtemps. Ses yeux ont des faux contacts, ses paupières clignotent. « Clignent ! me dirais-tu. Les yeux ne clignotent pas, Mainou, ils clignent ! » Après tu sourirais.

— Il faut que tu comprennes que je ne peux pas m'occuper de toi pour l'instant, dit Papa.

J'aimerais bien savoir combien de temps ça dure, un « pourlinstant », mais je dis rien.

— C'est mon devoir de retourner combattre. Tu le sais ?

Je le sais beaucoup mieux que bien, alors je hoche légèrement la tête.

— Tu vas devoir passer la ligne de démarcation pour que ta grand-mère puisse te récupérer en Lorraine. C'est une nouvelle frontière que l'on ne peut pas franchir quand on est français. Jeanne, une cousine de Maman, possède un terrain qui se situe des deux côtés de cette frontière interdite, elle va te faire traverser. Il faudra te cacher dans une charrette à foin. Une fois passé, tu seras en territoire annexé. Quoi qu'il arrive, tu ne devras pas parler ni bouger. Est-ce que tu as compris ?

— Oui oui…

— Ta grand-mère s'occupera bien de toi, c'est une femme d'une grande bonté… Ton oncle Émile est un garçon étonnant, ta tante Louise est un peu… bon, tu verras.

Papa réajuste mon nœud de cravate. Le meilleur nœud de cravate de l'histoire des nœuds de cravate. J'arrive plus à respirer ni rien.

— Et… tu donneras cette boîte à ta grand-mère, dit-il en glissant un petit coffre en bois dans ma valise. Elle appartenait à ta mère… qui y tenait beaucoup. Je te la confie. Donne-la-lui dès que tu arrives et surtout, quoi qu'il se passe, ne l'ouvre pas. Tu as bien compris, mon petit ?

Je hoche encore la tête pour imiter le gars qui comprend tout. En vrai, mon cœur est en train de foutre le feu à mon cerveau.

— Mainou ? insiste-t-il avec ce regard de Papa d'avant les catastrophes.

— Oui oui, dis-je encore, la gorge nouée par une angine de questions.

Dans le train qui éloigne, le 4 juin 1944

Une voix dit que le train démarre mais c'est Montpellier qui recule. Nous, on ne bouge pas. On pense. Les mots ne servent à rien, donc on ne s'en sert pas.

Papa recouvre mon épaule gauche de sa très grande main. Les voisins endormis ont l'air exactement morts. Tout semble déjà si loin. Nous voyageons avec une boîte, deux valises remplies de fantômes et l'impossibilité de soigner l'angine de questions. Si le pourlinstant dure très longtemps, est-ce que Papa reviendra quand même de temps en temps ? Qu'est-ce qu'il y a dans cette boîte ? Pourquoi j'ai pas le droit de l'ouvrir ? Et la mort, c'est vraiment pour toujours ?

La nuit est tombée sur le train et je n'ai rien senti. Trop concentré à réfléchir aux questions que je n'ose pas poser. Mais les étoiles et la lune, je les ai vues se décolorer une par une.

Je pense à toi vivante. J'y pense tellement fort que ça paraît impossible que tu sois morte. Je pense à ma petite sœur. Je pense à quand je pensais à elle, suffisamment grande pour qu'on puisse jouer à des trucs. J'essaie de penser moins. Je me concentre sur les gouttes de pluie qui font la course contre la vitre et ça ne marche pas trop.

— Lons-le-Saunier, terminus du train ! Tous les voyageurs descendent de voiture ! annonce la voix.

— Mainou, il faut y aller maintenant, dit Papa de sa voix de Papa de quand tu étais encore là.

Il s'imite à la perfection.

Il me prend dans ses bras pour m'éviter d'enjamber le marchepied. Pendant ces quelques secondes, je suis à nouveau « le petit ».

Sur le quai, une longue dame nous attend.

— Mainou, voici Jeanne, qui va s'occuper de toi pendant le voyage.

Ta cousine est une version tige de l'idée qu'on peut se faire d'une cousine. Quelque chose comme une longue fleur à lunettes. Interminable. Rien qu'à la regarder dans les yeux, elle file le tournis.

Je voudrais demander à Papa si tu la connaissais bien, si tu l'aimais bien, mais j'essaie de ne pas ajouter du poids dans la valise invisible alors qu'ils discutent ligne de démarcation.

Je les écoute, mais je ne comprends pas tout. Si

ce n'est que si on se fait arrêter par les Allemands, ils risquent de «fusiller» et qu'elle fera tout pour que je sois «livré sain et sauf». Voici le plan : aller se jeter dans la gueule du loup, en territoire annexé, se faufiler entre les dents dudit loup et rester planqué dans son ventre avec Grand-mère ; ensuite, attendre que quelqu'un tue la bête.

Je pense à Pinocchio dans le ventre du requin quand il retrouve son père et tout. Sauf qu'avec Papa, on sera dans le ventre de deux requins différents.

— Je reviendrai te chercher…

— Quand ? je le coupe.

— Dès que toute cette histoire de guerre sera terminée.

Il est fort en plein de trucs, Papa, mais pour rassurer, tu sais, il est pas au point. Rassurer, c'était ton truc à toi.

Papa ne m'a pas demandé d'être courageux, car il sait que de toute façon je n'ai pas d'autre choix que de jouer au grand. Il m'a pris dans ses bras et m'a embrassé comme pour dire bonne nuit. Ça piquait un peu mais ça sentait bon l'eau de Cologne.

Puis il a disparu comme au tout début d'un tour de magie. C'en sera vraiment un s'il réapparaît à la fin.

Ça sent encore un peu l'eau de Cologne. Et

rapidement, ça ne sent plus que la gare. Je voudrais rentrer chez moi, dormir dans mon lit et me réveiller avant-hier. Puis je me dis que ce serait pire, que j'aurais à revoir Papa faire les bagages avec ses yeux qui traversent les miens. Alors je me concentre pour ne penser à rien d'autre que le Rien, qui se remplit de fantômes en deux secondes.

Nous sortons de la gare comme les gens sortent de la gare. On imite le temps d'avant. Une longue promenade, des rues inconnues. Ça ressemble à une nouvelle vie qui ne serait pas la mienne. L'interminable cousine me serre si fort la main que je n'ai plus de sang dans les doigts. Mes jambes marchent toutes seules, je respire lentement. J'ai l'impression de vivre dans un rêve. Comme si je n'arrêtais pas de me réveiller et de me rendormir dans le même cauchemar.

Quelque part dans le Jura, le 4 juin 1944

Nous marchons le long d'un champ de blé qui se fout totalement de cette histoire de guerre. Le vent lui fait des trucs de vent, le soleil des trucs de soleil. Nous marchons longtemps.

La cousine lâche un « Ça va, Mainou ? » et moi un « Oui » à peu près toutes les dix minutes. Je tape dans un caillou et essaie de toujours taper dans le même. Un réflexe qui vient de mon ancienne vie, quand je jouais au football imaginaire en rentrant de l'école. Tu râlais quand j'allais le récupérer dans le fossé au lieu de me contenter de taper dans une nouvelle caillasse.

Tout à coup, des hennissements et au détour d'un sentier, deux chevaux marron à gros cul. Derrière eux, une charrette à foin. Mon cœur s'accélère, mes jambes tremblent et je respire n'importe comment.

La cousine creuse dans le foin comme un cochon d'Inde qui prépare son nid. Je m'y blottis.

— Ça va, Mainou, tu arrives à respirer ? demande-t-elle.

Je n'ai jamais entendu quelqu'un parler aussi doucement.

— Tu es prêt pour le tour de carrousel ? ajoute la cousine avec un petit sourire complice.

C'est effrayant de sentir à quel point elle fait tout pour ne pas m'effrayer.

— Mainou… ton Papa t'a tout expliqué je crois… pas de bruit, pas de gestes, c'est bien compris ?

— Oui, j'ai dit.

Je fais en sorte de trouver une position permettant à mes pieds de résister à la valdingue et la boîte me sert d'oreiller très dur. Mes côtes cognent contre le bois humide.

Les chevaux se disent des trucs en langage de chevaux. Le soleil leur tape dessus. Le vent souffle sur la paille, il me donne envie d'éternuer, ce con ! Je ferme les yeux pour ne pas trop avoir la tête qui tourne, et elle tourne encore plus. J'ai chaud, j'ai du mal à respirer. Alors je sors un peu la tête. La cousine appuie sur mon crâne et me balance des « Chuuuuut ! Les Allemands sont tout près d'ici, s'ils te voient, c'est la catastrophe ».

Je retourne dans ma carapace de foin. Ça pique. Le nez, les yeux, la gorge. J'ai soif et plus que soif. Je voudrais de la grenadine dans un verre en grès avec un glaçon. Je pense très fort à la sensation de fraîcheur, au goût et à la couleur.

C'est toi qui m'as appris ça. « Imaginer quelque chose de joyeux pour diluer la douleur », me disais-tu. C'était seulement il y a deux semaines. Avoir de la fièvre, ne pas pouvoir faire de vélo ni de football, c'était la grande catastrophe à l'époque. Mais qu'est-ce que c'était doux. Tu t'y connaissais tellement bien en réconfort que quand j'allais mieux, je faisais semblant d'être malade un peu plus longtemps.

Alors je pense à ta main qui se pose sur mon front, fraîche comme un verre en grès rempli de grenadine avec un glaçon. Je pense à l'odeur de l'herbe coupée du terrain de football et à celle de la terre mouillée les jours de match sous la pluie. Je pense à la douche bien chaude, au pyjama et chocolat chaud devant la cheminée. À Papa qui passait du jazz de La Nouvelle-Orléans et toi qui te mettais à danser entre deux phrases. Je me souviens comme ça me faisait rire que tu te mettes à danser tout d'un coup. Et le son de ton rire à toi, quand à mon tour je dansais en pyjama devant la cheminée. Le son de ton rire.

La charrette ralentit. Puis s'arrête brutalement.

— Surtout, ne bouge pas, chuchote la cousine.

Une voix se rapproche. On dirait des aboiements

avec des mots. Je suis en apnée. Impression d'être un colis piégé. Je voudrais faire comme ce grand type quand tu m'avais emmené au cirque avec son corps en chewing-gum qui se planquait dans une toute petite boîte. Il faisait ce qu'il voulait avec sa boîte, lui.

Le soleil bombarde la charrette. La paille gratte comme un pull en laine sur la peau. Le temps dure longtemps, l'air manque. Putain d'envie d'éternuer, je chiale tellement ça pique. Penser les gros mots, c'est quand même moins marrant que de les dire.

Je serre les dents, ça j'ai droit.

La charrette ne redémarre toujours pas. Je bloque ma respiration. Mes joues se gonflent. Je ferme les yeux de toutes mes forces. Je vois défiler le film de ma vie sous mes paupières. Ce n'est pas très long, mais il s'y passe beaucoup de choses !

Montpellier. Villa Yvette. Les volets bleus. Mon vélo bleu. Les œufs. Bien cuits ! La rose mal arrosée qui finit fanée. Un combat de chats. La neige sur la mer. Le ciel qui déborde. L'armée de coquelicots en boutons. Les pétales à déplier comme un sac de couchage pour les fées. Le chalutier or et bleu – un jouet en bois offert par Papa pendant mon appendicite. Ton ventre qui se transforme en ballon de handball, de football et enfin de basketball. Cette petite sœur toute neuve que tu appelais Mireille en caressant ton estomac. Le chalutier. « La proue ! La quille ! Le bastingage ! »

D'un coup, j'éternue. Sec. Sonore. La paille bouge au-dessus de ma tête. Une main fouille le foin. Des doigts effleurent ma nuque. Mes cheveux s'électrisent comme le corps d'un chat. Tourbillon de paille ! J'éternue en rafale, je ne peux plus m'arrêter. La boîte se met à faire du bruit. *Tic-tac-clac-boum-tic-tac-boum-bing !* Et si c'était une bombe ? La main fouille encore... Je rentre le ventre, la main cherche. Je vois apparaître les doigts. Ils ont trouvé mon épaule. Ils s'y accrochent, doucement. Puis toute la main tapote. Les doigts sont longs et fins, on dirait presque les tiens.

Mais la voix qui aboie se rapproche. Même de près, je ne comprends rien à cette langue. Elle râpe la gorge, ça doit donner soif de la parler longtemps. La cousine en forme de tige discutaille, je ne comprends toujours rien mais, dans sa voix à elle, l'allemand est joli.

L'envie d'éternuer revient. J'essaie de penser à quand j'ai pas envie d'éternuer du tout, ça ne marche pas. Mes joues gonflent, mes paupières brûlent, les larmes coulent. Je les bois, sans réussir à imaginer qu'elles ont un goût de grenadine. Éternuer ou ne pas éternuer, telle est la question. De vie ou de mort. Plus je me retiens, plus je sais que quand ça va partir, ce sera pire.

Nouvel éternuement dans dix secondes. Le vent souffle sur la paille. Tout le corps me gratte, je suis un nez de la tête aux pieds. *Tic-tac-bo-boum-tic-tac-bo-boum !* fait la boîte.

Nouvel éternuement dans cinq secondes. « Tu te tomatifies ! » me disais-tu quand je rougissais parce que tu savais l'exacte connerie que je m'apprêtais à faire avant même que je la fasse. Là tout de suite, je me tomatifie pour des raisons techniques. Je ne peux plus respirer. Je ne peux plus me retenir.

Ignition d'éternuement… Feu ! Un truc d'animal. Un chat asthmatique, peut-être même un renard. Les chevaux à gros cul doivent croire que j'essaie de parler leur langage car ils m'ont répondu. Un hennissement de western.

Une nouvelle main fouille le foin. Elle se dirige droit vers moi. Cette fois, je suis mort. Ils vont me tuer, moi et l'interminable cousine.

Si les trucs de Dieu existent, j'espère qu'ils me fileront une adresse pour te retrouver dans ce bordel de nuages où sont censées être planquées les résidences secondaires des morts. Et si je mordais la main ? Puis je sauterais de la charrette pour grimper sur un des chevaux à gros cul… Je pense à ces trucs impossibles alors que je n'ai plus le temps de penser. La réalité, c'est ici et maintenant.

La main se saisit de mon poignet et le serre doucement.

— Ils sont partis, dit la cousine en forme de tige en retirant la paille qui couvre mon visage.

J'aimerais la prendre dans mes bras comme si c'était toi. J'ai tellement envie que ce soit toi que je t'ai presque vue dans son regard. La très grande cousine ne lâche pas mon poignet, je ne lâche pas son regard. Elle respire en accéléré, je crois qu'elle oublie de recracher l'air. Je suis nul en consolation, je dois tenir de Papa. Je sais pas quoi faire d'autre que la regarder en attendant qu'elle me chiale dessus.

Alors, je dis :

— Merci.

Elle sourit. Du coup je répète :

— Merci, merci, merci.

Ils ont des pouvoirs magiques, ces « Merci ».

Les chevaux recommencent à parler en langage de chevaux, le vent secoue le foin et j'éternue à l'air libre en pleine zone occupée.

— À tes souhaits, Mainou... Tu as été très courageux !

Je ne crois pas avoir été très courageux du tout, Maman, j'ai juste eu la chance d'éternuer pendant qu'un des chevaux à gros cul disait un truc à son collègue.

— Nous avons encore du chemin avant que je ne te libère... Tant que je ne viens pas te chercher, tu restes caché. D'accord ?

— Oui oui.

J'ai dit ça avec une voix d'oiseau enroué parce que ma gorge était plus sèche que la garrigue en plein mois d'août.

J'écarte le foin pour respirer mieux, juste le visage. Au moindre virage, je dois tout recommencer. Mais il arrive que j'aperçoive le ciel pendant plusieurs minutes d'affilée. Alors je joue au jeu des nuages. Comme à la plage, assis sur les rochers de la digue. Quand il était uniquement question de châteaux de sable, de crabes et de nuages en forme de choses.

La charrette me file des coups de pied dans le dos. Par moments, elle ralentit et j'entends des « Pas un bruit, Mainou », puis la valdingue reprend. J'ai compté quarante-sept poteaux télégraphiques, éternué onze fois, entendu au moins trois chiens qui étaient peut-être le même et imité le chant d'un nombre incalculable d'oiseaux – ce qui m'a valu quelques réprimandes.

Puis la charrette a ralenti et la très grande cousine s'est mise à dire des trucs de rentrée des classes étrange. Elle a insisté sur le fait que je devais l'écouter très attentivement, et c'est ce que j'ai fait.

Je vais devoir respecter un code avec des règles « impossibles à enfreindre », insiste-t-elle.

— Comme dans un jeu, sauf que cela va se passer

en vrai. Et que ta vie en dépend. Est-ce que tu m'entends bien ?

J'entends, mais je n'écoute pas complètement. En réalité, je continue à compter les poteaux télégraphiques. À cet instant, rien d'autre ne compte plus que les poteaux télégraphiques.

Il est question de territoire annexé, de danger, du fait que nous ne sommes plus chez nous. Elle dit un truc comme « On a beau être en France, c'est exactement comme si nous étions en Allemagne » entre les poteaux télégraphiques 73 et 74.

Ça fait comme une radio, avec des parasites dans mon cerveau. Il est plein à craquer, le cerveau ; rien qu'avec les souvenirs il déborde. Il faut que je range, que je trie, que j'éternue, et surtout que je continue de compter les poteaux télégraphiques pour qu'il se vide un peu.

Puis une phrase me fait perdre le fil électrique des pensées de secours :

— Toute la région a été annexée. Nous sommes en territoire ennemi. Et toi encore plus que moi car tu es un clandestin.

Un « clandestin », quèsaco ?

— C'est comme orphelin ?

La cousine m'explique, avec sa voix d'institutrice un peu maman sur les bords. Ce que je comprends, c'est que je vais devoir beaucoup attendre et rester caché presque tout le temps. Interdit de parler français si je croise quelqu'un d'autre que la famille à la ferme. Je me souviens comme tes yeux brillaient quand tu me parlais de ton amie d'enfance. J'adorais ces histoires d'avant que tu sois ma mère. Tu me les racontais quand j'étais malade, il y a seulement quelques jours.

— Ta grand-mère t'apprendra quelques expressions de secours en allemand ! conclut-elle.

La charrette continue d'avancer, la cime des arbres a remplacé les poteaux télégraphiques. La nuit tombe et les étoiles apparaissent. Exactement de la même façon qu'avant. En transparence, cachées derrière les nuages bleus.

La voix de la cousine Jeanne est beaucoup moins douce qu'à la gare. Elle me parle comme à un adulte, alors je fais semblant d'en être un.

— Ils ont déboulonné les statues des héros de la Grande Guerre. Ils ont brûlé nos livres, même les livres sacrés. Ils ont fermé les églises et l'allemand est devenu obligatoire à l'école. Tu ne pourras pas y aller d'ailleurs.

Une lueur amusante s'allume dans mon esprit : « Pas d'école. » Puis s'éteint aussitôt.

— Grand-mère te fera la leçon à la Frohmühle[1]... Il faut bien que tu comprennes, Mainou, que s'ils t'attrapent, ta vie ainsi que celle de toute la famille

1. Nom de la ferme en langue locale.

sera en danger. C'est la Gestapo qui fait la loi ici. Aucun Français ne doit franchir la ligne de démarcation sans un *Ausweis*, un laissez-passer.

— Mais je vais juste chez ma grand-mère, moi.

— Oui, mon petit, tu as raison… Malheureusement, c'est comme ça. Les nazis ont décidé d'interdire aux Français de traverser la ligne de démarcation, même pour aller rejoindre leur grand-mère. Ne me demande pas pourquoi. Ils auraient pu interdire l'élevage de lapins nains, la consommation de pommes de reinette ou décider que les taches de rousseur devaient être effacées de la peau de tous les roux.

— Ben moi, des taches de rousseur, j'en ai plein dans le dos, surtout l'été. Je l'ai échappé belle !

J'entends un tout petit son de rire, comme une clochette.

— Dès que quelque chose ne leur convient pas, ils font en sorte de le détruire. Ils tuent tous ceux qui ne pensent pas comme eux.

La grande cousine croit que je joue au courageux. Elle a ce sourire tordu à nouveau, avec les paupières qui déconnent. Elle m'explique que je vais avoir peur, que je dois m'y préparer et que ce sera la meilleure façon d'éviter les imprudences.

Pour l'instant, j'ai trop de colère pour avoir peur. Mon cœur palpite quand je pense à fond, et je pense quand même. Et l'angine de questions revient dès que j'arrête de compter les poteaux télégraphiques.

La cousine essaie d'être douce. Plus elle fait ça, plus elle m'inquiète.

— La règle que tu devras respecter en toutes circonstances est la suivante : quoi qu'il arrive, ne sors jamais de la maison tout seul, jamais !

Quelques heures et quatorze éternuements plus tard, la charrette finit par s'arrêter.

— Tant que je ne dis rien, tu ne bouges pas ! ordonne la cousine.

Elle ne dit rien. Ça dure le temps d'un long pourlinstant. La paille me gratte le dos. Je bouge un peu et la boîte fait de nouveau des bruits angoissants.

— *Hoppla, isch güet...* C'est bon, tu peux sortir ! me dit la tige en déblayant le foin sur ma tête.

Il m'en reste suffisamment dans les cheveux pour faire croire aux oiseaux que je suis un épouvantail. Je me lève et me tiens un instant debout sur la charrette, la tête dans les étoiles.

La longue cousine me tend ses bras maigres et me dépose au sol. Je dis au revoir aux deux chevaux marron à gros cul qui continuent à parler chiffons.

Elle arrange mes habits. On dirait une rentrée des classes de vampire avec toute cette nuit et les hiboux planqués dans les arbres.

Ça sent l'essence et le cambouis comme dans

notre garage à nous, quand Papa fait ses trucs de soudure. Deux gros yeux jaunes transpercent la nuit.

Une voiture toute cabossée s'avance en faisant crépiter les aiguilles de pin sur le sol. Un petit garçon de mon âge en sort. Il me fait signe. Alors moi aussi, je lui fais signe. Un monsieur rond comme un ballon de football à moustache descend à son tour.

— Ton oncle Baptiste va t'emmener jusqu'à la Frohmühle en voiture, en pleine nuit c'est plus discret qu'une charrette à foin.

Jeanne prend le petit bibendum dans ses bras et lui chuchote des « Merci ». Ils ferment les yeux, ils se serrent fort et moi comme un con je regarde. Le garçonnet me regarde regarder.

La longue cousine raconte à l'oncle Baptiste à quel point j'ai été courageux alors que je n'ai rien fait d'autre que compter des poteaux télégraphiques.

J'ai peur qu'elle m'embrasse et tout, alors je lui tends la main.

— Merci d'avoir risqué votre vie pour moi et pardon d'avoir éternué quand les Allemands étaient là.

J'ai dit ça sans reprendre ma respiration, bien élevé et tout.

Elle prend ma main et son sourire vient d'un coup. Le bout de ses oreilles rougit et ses yeux clignotent trois fois.

La longue cousine remonte à bord de la charrette et je me demande si je la reverrai un jour. Je regarde les chevaux jusqu'à ce qu'ils disparaissent à l'horizon, la main de l'oncle Baptiste posée sur mon épaule. Puis j'éternue.

— Votre carrosse est avancé ! dit l'oncle Baptiste en ouvrant le coffre.

Sa voix grave a le pouvoir de me réconforter. Malgré la situation, il y a du sourire dedans.

— Je peux aller dans le coffre avec lui ? demande le petit garçon.

— Non, Gaston, vous allez être serrés comme des sardines là-dedans !

— J'adore les sardines ! dit Gaston.

Pas moi, mais je l'aime déjà ce Gaston. Il a l'œil qui pétille. Ça me fait un frisson étrange. Sa joie me rappelle la mienne deux jours plus tôt.

Le coffre se referme et la nuit revient d'un coup. Sans étoiles ni bruit. Puis la voiture démarre et le moteur respire comme une très vieille personne essoufflée. Gaston fait des imitations de moteur. Je fais des imitations de Gaston qui imite le moteur. J'ai envie de vomir et lui aussi. On fait un concours de celui qui vomira en dernier. Son père lui a expliqué qu'on est cousins éloignés. En quelques minutes, nous sommes copains rapprochés.

Tout à coup, des secousses. On s'accroche l'un à

l'autre pour éviter de se cogner partout. Puis la voiture ralentit et enfin s'arrête. Le frein à main grince comme une très grosse fermeture éclair. L'oncle Baptiste ouvre le ciel avec des étoiles dedans. L'air frais nous désaltère.

— Je crois que nous y sommes ! lance Baptiste.

La « petite ferme-épicerie posée en équilibre au bord de l'ancienne frontière allemande » comme tu l'appelais. Elle est là, devant moi. Posée dans un pré poinçonné d'un énorme trou d'obus. Une, deux, trois, quatre vaches et deux bœufs s'y dégourdissent les pattes. La Frohmühle, cette belle bâtisse tout en pierre de grès rose « assortie à la terre rouge du pays du nord des Vosges », disais-tu encore. C'est ici que tu as grandi. La joie et la mélancolie se télescopent. Je me sens comme une bougie en plein vent. Dès que je m'allume, je m'éteins.

Comme promis dans tes souvenirs, deux étages, un grenier sous le toit pointu en vieilles tuiles et tout autour une forêt remplie de hérissons et de lucioles. En face, une côte terriblement pentue qui monte jusqu'à ce qu'on ne voie plus que le ciel. Dire qu'à mon âge ou quand tu faisais ma taille, tu voyais exactement ce que je vois… Ces pierres, ces volets, et ce parfum de terre mouillée. D'un coup mon cœur recommence son tambourinage. On dirait un voisin pas content qui tape à la porte des poumons.

— Là-haut, c'est le plateau du Légeret. L'armée y a fait bâtir une caserne réservée aux officiers français. C'est là que ton père vivait avant de rencontrer ta maman. Ils faisaient le mur la nuit et se retrouvaient en secret dans la forêt aux lucioles, dit Baptiste avec sa voix de feu de cheminée.

Nous nous approchons de l'entrée, Gaston tape à la porte. Grand-mère apparaît, tout en chignon. Il est tellement serré que je me demande comment elle peut fermer les paupières. « L'archétype de la coiffure de vieille, version institutrice portée sur les mathématiques », disait Papa. « Plus ridée qu'une pomme de reinette de l'été dernier. Ses joues, c'est des hiéroglyphes. » Ça, c'est de moi. C'est l'effet qu'elle me fait. Une très vieille pomme.

Alors je le note dans mon cahier d'école. Puisqu'il n'y a plus de poèmes que je ne comprends pas à recopier ni rien, je t'écris. Ça me donne l'impression que tu n'es pas vraiment partie, ou alors pas pour trop longtemps.

Première nuit à la Frohmühle

Grand-mère dit que la Frohmühle, à partir de maintenant, c'est ma maison. Moi je me dis qu'un pourlinstant, ça ne dure pas forcément très longtemps.

Elle dit aussi que je ressemble à un épouvantail avec ma paille de partout et elle s'applique à enlever les tiges une par une. Ça lui fait un petit boulot de grand-mère un peu normale. Ça se sent qu'elle est plus maman depuis longtemps. Je vois qu'elle veut m'aider à porter ma valise pleine de fantômes alors que la sienne pèse une tonne.

Avant les catastrophes, Papa l'appelait Supermamette. Ça te faisait rigoler. Je lui demandais pourquoi il disait ça. « Parce que malgré son corps de brindille, elle a mis sept enfants au monde », répondait-il à chaque fois. Et toi, Maman, tu souriais longtemps.

Grand-mère remercie l'oncle Baptiste en l'embrassant au ralenti. Le cousin Gaston me tend sa toute petite main, je la serre comme celle d'un adulte. J'espère qu'on pourra recommencer les concours d'imitation de moteur de temps en temps.

Grand-mère est à peine plus grande que moi et encore plus maigre, mais elle marche si vite que j'ai du mal à la suivre.

Elle me fait fièrement visiter la trop grande cuisine. Sa table en bois géante, sa pendule qui retarde et son poêle qui fait penser à l'Homme de fer-blanc dans *Le Magicien d'Oz.* Tu me lisais ce livre quand j'étais plus petit... Depuis hier, j'ai l'impression que je rétrécis. Dans cette grande pièce, je rétrécis encore.

— Viens, Mainou ! Je t'emmène à l'épicerie, dit Grand-mère.

Alors je la suis. On dirait presque le début des vacances, il fait chaud et tout. Dehors, le ciel prend beaucoup plus de place qu'à Montpellier. Les étoiles et la lune sont posées sur le toit de la maison. Pas de bruit de moteur, seulement nos pas, un peu de vent et des chiens qui aboient au loin.

Dans la boutique, ça sent la graine pour oiseaux et la cire comme chez les vieux voisins de la Pompignane. Ça ressemble à tes souvenirs, j'ai l'impression de vivre dans ta tête.

Grand-mère me présente le vieux chien-loup Hector, apparemment plus chien que loup, tellement toute cette histoire de guerre semble lui passer au-dessus de la tête. Et la fameuse tante Louise. Une hippopodame. La saucisse qui lui sert d'index est coincée entre les pages de son missel. Exactement comme sur les photos de famille.

« Ce livre l'a mordue si fort qu'elle a enflé pour toujours… Louise parle de Jésus même quand elle ronfle ! » disait Papa. Ça te faisait rigoler. Si, si, tu te cachais un peu, mais je sais bien que ça te faisait rigoler.

À côté de la tante Louise, l'oncle Émile. Le cheveu rare, costaud comme un poteau télégraphique. Haute tension dans son regard, impression qu'il pourrait tout péter d'un moment à l'autre. Son crâne passe de justesse sous les poutres. S'il en cogne une, je parie que la maison s'écroule.

Ils nous suivent jusqu'à la cabane à poules qu'ils appellent « poulailler ».

— *Pipélé ! Pipélé ! Kom, kom*[1] *!* dit Grand-mère en leur lançant des graines.

Malgré le vilain grillage anti-renards, c'est une très jolie maisonnette à peine plus grosse qu'une grosse boîte aux lettres. J'aimerais rapetisser encore et y habiter. Je serais le préposé aux œufs, je cuisinerais des omelettes bien cuites plus vite que mon ombre, j'accoucherais les poussins, ce serait mon royaume.

---

1. « Les poules ! Les poules ! Venez, venez ! » en patois lorrain.

Dans le poulailler, la guerre serait interdite et j'apprendrais à chanter comme un putain de coq.

Nous nous éloignons dans le pré. Les fleurs me font un drôle d'effet. Surtout les tulipes, exactement les mêmes tulipes que sur une photographie de toi exactement au même endroit.

Grand-mère me demande de faire attention à ne pas tomber dans le trou d'obus. Il doit faire deux mètres de profondeur sur dix mètres de diamètre. Entre la boue et les gravats, l'herbe repousse par endroits. On pourrait presque y jouer au foot.

Nous faisons le tour de la ferme, et je ne peux pas m'empêcher de regarder ta forêt de promenade. J'aimerais aller y courir de toutes mes forces, grimper à la cime de tous les arbres pour me fatiguer au point de dormir jusqu'à ce que Papa vienne me réveiller. Il me dirait que j'ai fait un cauchemar et tout recommencerait comme avant.

Grand-mère continue les présentations : les six cochons, les quatre vaches et les bœufs, Chtol et Maï. Grand-mère fait des petites blagues sur le fait qu'ils se vexent quand on se trompe dans leurs prénoms. Je crois qu'elle a répété et tout.

Je monterais bien dessus pour me tailler en forêt sur leur dos. Je pourrais faire le mur comme toi à l'époque pour rejoindre Papa. Quelqu'un finissait toujours par raconter cette histoire, en famille. J'irais sur le plateau du Légeret et je traverserais le bois à la lumière des lucioles. C'est presque étrange de me réjouir de quelque chose, même d'impossible. De penser à un truc amusant. La joie est rouillée, je ne sais plus trop comment ça marche.

Nous retournons dans la trop grande cuisine. La porte grince et après, c'est le silence et la pendule. Rien d'autre. Je trouve que ça fait déjà longtemps. Il faut se faire à l'idée de beaucoup de choses en même temps. Grand-mère s'approche d'un étrange morceau de bois orné d'un nid de cigogne avec une sorte de boussole encastrée. Elle tapote le cadran du bout des ongles et l'aiguille monte.

— Grand beau demain ! dit-elle avant de raviser son enthousiasme, se rendant compte que je n'aurai pas la possibilité d'en profiter.

Le grand beau à regarder par la fenêtre, comme quand on est malade. Je m'efforce d'imaginer une balance pour équilibrer le positif et le négatif.

Tu me le faisais faire pour les choses pas graves et je n'y arrivais pas trop. Il fallait le temps que la colère s'allège un peu. Papa dit de moi que je suis champion du monde de l'énervement rapide. Soupe au lait cramé. Quand je me mets dans ces états, je fabrique ma propre brume et me perds en moi-même. C'est impressionnant de devenir aussi con aussi vite. Pour l'instant, la tristesse engourdit mes nerfs. Mais je crains le moment où la douleur va se réveiller.

Maintenant, pour contrebalancer avec du positif, je n'ai que des choses imaginaires, les animaux et les souvenirs. Alors je me souviens presque tout le temps, et quand c'est trop joyeux pour ne pas me rendre triste, je pense à des trucs amusants.

Ça marche un peu, puis ça se fissure et j'ai envie de tout péter. Vraiment. Mon crâne et tout le bordel à l'intérieur. Et ce cœur qui fait du bruit dans mes oreilles comme s'il était en travaux.

J'aimerais pouvoir équiper mon cerveau d'un interrupteur. Jour-nuit. Bonne nuit, les petits ! Ne penser à rien. Ne se souvenir de rien. Extinction des feux.

— Mainou, regarde au bord de la cheminée, c'est ton cadeau de bienvenue, me dit Grand-mère avec sa voix de pinson qui imite la joie.

C'est une grand-mère assez douée en imitations.

Un œuf de Pâques tout sale, énorme, posé dans un nid de paille. Avec un petit nœud rose sur le haut du crâne. J'ose à peine imaginer la taille du trou du cul de la poule qui a pondu cet œuf. J'aurais pu espérer un ballon de football, voire un tout petit peu de chocolat venant de l'épicerie, mais sûrement pas un futur oiseau.

Je le prends dans mes bras pour faire semblant d'être content et tout. Ça pèse une tonne, ce truc. Quand même, j'aurais préféré qu'il soit rempli de toutes sortes de poissons sucrés et de petits œufs multicolores, mais ça a pas trop l'air d'être à la mode par ici.

— C'est le Père Noël qui l'a pondu pour Pâques ! dit l'oncle Émile avec un air de « Tiens, il commence à pleuvoir ».

Je crois qu'il a préparé cette blague.

— Sache que ton oncle Émile milite pour que les joutes de blagues pas drôles deviennent une discipline olympique, se moque Grand-mère.

— Ce qui est drôle, c'est qu'elles ne le soient pas ! répond l'Émile.

— Ça ne fait rire que toi ! ajoute la tante Louise.

— Chtol et Maï adorent mes blagues. Surtout Chtol.

L'oncle Émile prend l'œuf et le porte à son oreille.

— Cet œuf pourrait éclore d'un instant à l'autre… Si le cigogneau a l'accent allemand quand il chante, remets-le dans l'œuf et balance-le par la fenêtre, dit-il en me tendant le petit panier.

C'est la première fois qu'un sourire me vient depuis que tu es morte. Il arrive comme ça, avec la tronche en biais de l'oncle Émile. Presque un rire. Même le chignon de Grand-mère semble se desserrer.

Le regard de Grand-mère est doux. Il fait penser au tien mais avec des hiéroglyphes sur la peau tout autour. Je dessine un petit calendrier à la fin de mon cahier et je fais une croix sur le premier jour. Je note aussi le dialogue entre tante Louise et l'Émile, comme ça je pourrai le relire quand reviendra l'angine de questions.

En attendant, me voilà donc propriétaire d'un œuf de cigogne. Grand-mère dit qu'il devrait éclore dans trente-quatre jours. Pour cela, il faudra l'envelopper dans une couverture et le laisser quelques heures par jour près du poêle à bois.

À force de le porter dans mes bras, je me sens fier comme si j'avais moi-même fécondé la très grande poule. Ça me fait une sorte de calendrier de l'Avent. Un monde parallèle d'attente joyeuse.

C'est dingue de se dire qu'un être vivant est en train de se fabriquer dans ce gros caillou fragile. Je vais avoir à m'occuper de quelqu'un, moi aussi. J'aurais préféré avoir une sœur plutôt qu'une cigogne, mais ça me plaît quand même un peu.

Après la visite du rez-de-chaussée, nous descendons un petit escalier en bois vers la cave. C'est sombre et bas de plafond. On dirait une maison normale après quelques tremblements de terre. Ça sent l'humidité et le ciment. Un peu comme un camping souterrain, avec des matelas soigneusement installés au milieu des graviers. Il y a aussi beaucoup de livres. Leur nombre me renseigne sur le temps que je risque de passer ici.

— On te fait visiter la cave pour que tu t'habitues à ne pas en avoir peur, dit la tante Louise.

Les murs sont couverts de ce que l'oncle Émile appelle « art brut » et que tante Louise appelle « gribouillis ». Dessins au fusain, phrases courtes.

— La poésie, la beauté, la romance, l'amour ! s'exclame-t-il.

— Sur le mur ?

— Partout, mon petit, et sur le mur s'il le faut, tant que cela aide à s'échapper de ce trou en passant par l'intérieur de sa tête.

Je sors mon cahier et me remets à écrire.

— Tu ferais mieux de noter les règles du code avant les bêtises de ton oncle, dit la tante Louise.

Je note tout du coup, enfin je note qu'il faut que je note les règles du code, alors que je les sais par cœur. Je les note quand même, pour faire plaisir.

Quoi qu'il arrive, ne jamais sortir seul, même la nuit.

Si jamais quelqu'un entre dans la maison, se cacher dans la cave.

Si jamais je croise quelqu'un par accident dans la maison, ne surtout pas parler français.

— Très bien ! dit Louise.

— Il y a un passage secret dans ton cerveau qui mène directement à ton cœur. Pour l'emprunter, il va falloir muscler ton imagination, reprend l'Émile.

Je note à fond.

— Et les séances de musculation sont les plus amusantes du monde !

— Tu crois qu'en écrivant des trucs sur les murs comme un homme préhistorique tu vas l'aider ? Tu ferais mieux de lui montrer le véritable passage secret ! dit la tante Louise.

Elle se dandine jusqu'à l'armoire poussiéreuse au fond de la cave et ouvre les portes. À l'intérieur, un long manteau noir à grandes poches couvert de poussière et quelques robes à fleurs tristement suspendues. Je frissonne à l'idée que tu en aies porté certaines. Tante Louise fait glisser les cintres sur sa gauche et désigne un tout petit loquet peint de la même couleur que la porte.

— En cas de problème, on peut s'échapper par ici, dit Grand-mère.

— En attendant, lis la Bible et prie pour que nous n'ayons jamais à nous en servir, mon petit Mainou ! dit la tante Louise.

Là je suis bien embêté. J'ai toujours refusé de faire l'enfant de chœur parce que l'église est le seul endroit que je connaisse où le temps dure plus longtemps que dans les files d'attente pour faire les courses avec le rationnement et tout. En même temps, si leur truc de Ciel existe et que tu y es bien au chaud, je veux bien changer d'avis pour toujours.

Le 5 juin au soir, dans ta chambre

Ça ressemble à la cave mais avec une fenêtre. Vue sur le trou d'obus dans le jardin, qui n'en est pas un. C'est un immense pré, juste avant la forêt. Quand même le lit est un vrai lit. Mais ça tu le sais déjà, puisque c'était le tien. Alors je m'assois dessus.

J'ouvre ma valise, l'odeur de la lessive me renvoie à la villa Yvette. Dans l'autre temps.

Je range mes affaires dans ton placard d'enfant. Je reconnais une robe que tu portais sur une photographie dans l'album de famille. Je croyais que les habits des gens morts disparaissaient en même temps qu'eux.

Je déplace le bureau et la chaise devant la fenêtre, ici je serai bien pour t'écrire. En attendant que Grand-mère vienne me chercher pour dîner, je vais ouvrir la fameuse boîte.

Tout à coup une explosion fait sursauter le sol.

La maison tremble comme le corps d'un boxeur géant saisi par un uppercut. Les sirènes hurlent dans mes oreilles. Le bruit des avions se rapproche.

La fenêtre de ta chambre éclate au-dessus de ma tête. Les morceaux de verre se plantent sur le couvre-lit, sur le plancher, partout. L'envie d'éternuer dans la charrette à foin avec les Allemands, c'était de la rigolade à côté de ça. Mon cœur est en train de tout casser dans mes poumons tellement il veut se barrer d'ici.

L'Émile entre en courant dans la chambre et me déracine de la chaise. Grand-mère est avec lui.

— Mainou, il faut descendre à la cave, vite !

— Tu vas avoir droit à ton baptême de tempête, mon petit ! glisse-t-il en me soulevant d'un seul bras.

La cendre vole dans l'escalier, on dirait qu'une étoile s'est cassé la gueule dans le salon. Elle se mélange à la brume qui entre par les fenêtres explosées. Je vois les pins prendre feu et se tordre de douleur en crachant des pommes de pin. En un instant, un mouton se transforme en rôti de mouton.

Grand-mère me serre le bras comme un tensiomètre. Je vois la peur dans ses yeux. Elle n'a pas le temps de me la cacher. Les casseroles en terre cuite explosent, il pleut des ustensiles. Ça sent le pain grillé. Nous sommes encore au printemps et il fait plus chaud qu'en plein été. L'électricité est coupée. Il fait plus noir que dans les cauchemars tout d'un coup.

Je retournerais bien dans ta chambre. M'allonger sur le lit et essayer de ne surtout pas penser pendant plusieurs secondes d'affilée. L'Émile crie qu'on ne doit pas rester là. Il a raison, inventons une putain de fusée et barrons-nous sur la Lune.

— On ne peut pas rester là ! Maman ! Allez !

Elle m'aura tenu environ deux secondes et demie au chaud, mon idée de voyage dans la Lune. Nous descendons l'escalier de la cave, le son s'assourdit.

— Je peux marcher, je dis.

L'Émile est en train de m'étrangler. Il respire comme un animal. Grand-mère me déboîte le poignet. Les portes claquent, celle du bunker-cave s'ouvre enfin.

Tante Louise est déjà là avec sa chemise de nuit et sa bougie. Elle dort ici tous les soirs au cas où ça bombarderait. Comme quoi sa confiance en Dieu a des limites.

L'Émile me pose délicatement au sol. Ici, les bombes font moins de bruit. Mes yeux s'habituent doucement à l'obscurité. Une odeur de poussière humide prend à la gorge.

— Eh bien, mon cher Mainou, tu auras eu un sacré baptême de bombardement ! Depuis celui qui a causé le trou d'obus dans le pré, nous n'en avons pas eu d'aussi violent, dit l'Émile en allumant une bougie. Nous sommes en sécurité dans la cave. Même si la maison s'écroulait, nous ne sentirions rien du tout ! Ça va, tu n'as pas eu trop peur ?

— Pas trop, ça va ! j'ai dit.

Je surjoue, et ça ne convainc personne. L'Émile sourit et me donne un coup de poing au ralenti dans l'épaule. Grand-mère défait son chignon et se transforme en une nouvelle personne. La tante Louise se plonge dans son missel et dit des trucs incompréhensibles à voix basse.

— T'inquiète pas, Grand-mère, tout va bien se passer ! j'ai dit.

Faire semblant d'être courageux sera mon nouveau jeu. Un sourire de Grand-mère qui refait son chignon vaut dix points.

— Tu entends cette goutte ? dit l'Émile. C'est l'horloge du temps qui passe dans la cave. Parfois, il ralentit tellement qu'on a l'impression qu'il s'arrête.

— Ça y est, ça le reprend ! dit la tante Louise.

— Qu'est-ce que j'ai dit ?

— Des phrases qui veulent rien dire justement.

— Aucune imagination, celle-là..., dit l'Émile, en haussant ses larges épaules.

Je ne comprends pas exactement tout, mais je fais celui qui sait.

Grand-mère veille. Sur-veille. Ses yeux se perdent aussi loin que ceux de Papa quand il fermait nos valises. L'Émile dessine une fenêtre. Il dit qu'à défaut de regarder par la fenêtre, on pourra désormais regarder la fenêtre. Tante Louise lève les yeux au ciel, ce Ciel auquel elle croit tant.

Un ange passe entre deux détonations. Grand-mère a perdu sa fille et moi ma mère et ma presque sœur au même moment. Il faudrait un bombardement de blagues pour parvenir à ne pas penser à ce 3 juin 1944. Le jour où tout ce qui devait continuer s'est arrêté d'un coup.

Tout le monde y pense et personne n'en parle. Surtout pas Grand-mère.

Je pense à la vie que j'aurais dans le monde d'il y a trois jours. Quand la grande aventure c'était de traverser le pont Juvénal à bicyclette, tirer les coups francs au-dessus du mur de mon copain le voisin et son chien gardien de but.

— En réalité… ce bombardement est un bon médicament pour lutter contre les nazis. C'est un traitement difficile à supporter, mais il faut être patient. Ça va marcher, dit Grand-mère, le chignon haut en bataille.

En moi la colère bout. Les questions cuisent et me brûlent.

— Comment ça ?

— Les bombes que l'on reçoit sur la tête sont celles de nos Alliés, explique l'Émile. Les

Britanniques attaquent les Allemands pour les chasser au-delà du Rhin. Comme nous sommes désormais chez eux, c'est comme si nous étions nous-mêmes des Allemands. Sans les avantages, avec seulement les inconvénients… C'est un « traitement difficile à supporter » comme dit ta grand-mère, mais ça nous permettra peut-être de guérir la région de l'infection nazie.

— Les Allemands ne nous attaquent pas ?

— Ils contre-attaquent dans les airs mais ne bombardent pas leur propre pays. Par contre, ils sont partout autour de nous. C'est pourquoi tu dois respecter scrupuleusement le code. Compris, Mainou ?

— Mainou compris !

— Et s'il n'y avait que les Allemands…

— Qui d'autre ?

— Certains Français passés à l'ennemi… La Milice… Ce sont des Français armés qui se comportent comme les nazis, parfois pire.

— Pire que les nazis ?

— Disons que le fait qu'ils se comportent comme des nazis alors qu'ils sont français donne l'impression qu'ils sont pires, mais en vrai, ils sont pareils ! La connerie n'a pas de frontières…

J'ai des fenêtres qui explosent en moi qui croyais que le seul truc à craindre, c'étaient les Allemands. Il me faudrait un deuxième cœur sans souffle dedans pour ne pas avoir envie de tout casser. Je me sens moi-même comme un bombardement.

— Puis il y a les ennemis invisibles, c'est encore un autre danger dont nous devons nous méfier, encore plus maintenant que tu es avec nous, dit Grand-mère.

— Les collabos ! Des Français qui dénoncent les résistants et les Juifs aux Allemands. N'importe qui venant simplement faire ses courses à l'épicerie peut en être un. Donc, Mainou, tu ne dois jamais…, dit l'Émile.

— Je sais, je sais… Ne jamais sortir seul et si je croise quelqu'un par accident, ne jamais parler français ! La cousine Jeanne m'a fait apprendre le code par cœur.

— Il faudra le réviser tous les jours, ce code. La moindre erreur pourrait nous coûter la vie. À tous. Parfois, les jours se suivent sans bombardements ni Allemands qui débarquent à l'épicerie, et on peut avoir tendance à se relâcher… Mais tant que la guerre n'est pas gagnée, il est totalement interdit de se relâcher ! Est-ce que tu te rends bien compte de ça ? demande Grand-mère.

Je me rends surtout compte que ma mère est morte, que je ne reverrai peut-être jamais mon père et que si je fais la moindre connerie amusante, tout le monde va mourir et ce sera de ma faute.

Ça, c'est ce que j'ai pensé. En vrai, j'ai répondu :

— Oui. Merci beaucoup pour tout ce que vous faites pour moi.

Je le pensais aussi, mais moins.

— Donc, en journée, interdiction totale d'aller à l'épicerie sans qu'on te le permette. Bien compris ? dit Grand-mère.

— Oui, c'est interdit. Je le sais.

« Parlons plutôt de ce qui est permis, on va gagner du temps ! » ai-je pensé si fort que j'ai l'impression que Grand-mère a entendu. Elle m'a regardé longtemps, avec ses yeux vifs et sa trogne de très vieille pomme.

— Avant de faire quoi que ce soit, répète-toi le code. Nous ne pourrons pas toujours être là pour te surveiller, est-ce que c'est bien clair ?

— Je comprends !

— Il faut surtout que tu comprennes pourquoi c'est si important.

J'aimerais dire des trucs un peu marrants quand les blancs durent trop longtemps, mais ça vient pas trop.

— C'est une question de vie ou de mort, insiste Grand-mère.

Ça me fait comme quand je prends un ballon dans le ventre et que je me demande dans combien de temps je pourrai recommencer à respirer.

Les sirènes retentissent de nouveau. D'après l'Émile, elles annoncent la fin du bombardement.

Les lumières se rallument, tout le monde souffle sur sa bougie. Sauf tante Louise, qui préfère ne pas l'éteindre au cas où.

Remonter l'escalier donne la sensation de revenir dans le monde des vivants, puis quand on arrive dans la cuisine, on s'aperçoit que les fantômes ont foutu le bordel à tous les étages. On dirait qu'on s'est fait cambrioler un jour de tremblement de terre. Tout le monde se met à ramasser les morceaux de verre cassé. On remet les ustensiles de cuisine à leur place, aussi tranquillement que si on coupait des mauvaises herbes dans le pré.

L'Émile sifflote, je reconnais la mélodie de ta chanson préférée: «Lili Marlene.» Il a une façon d'être qui donne envie d'être comme lui.

J'aimerais aller voir dans la chambre comment vont mon œuf et mon cahier. Il faut que je vidange mon cœur et mon cerveau.

— Tu peux monter, mon petit Mainou... Va te reposer, tu as eu une grosse journée. On va finir, tu nous as bien aidés déjà, me dit Grand-mère en passant dans mes cheveux ses vieux doigts tout maigres.

Je frissonne parce que j'ai horreur qu'on me touche les cheveux. Même quand c'était toi, j'aimais pas trop. Je lui souris quand même et je file sans me faire prier.

Je monte l'escalier quatre à quatre comme si

j'étais content de quelque chose. Un vieux réflexe d'avant les catastrophes. Je sens que je me transforme. Le moi d'avant-hier me semble être un vieux cousin. Je l'aime bien, mais je ne sais plus trop quoi lui dire.

J'entre dans ta chambre. L'œuf est intact, le cahier aussi, mais la boîte a disparu.

Je suis trop fatigué pour me remettre en colère. Je ramasse les larmes de verre qui ont coulé de la fenêtre et j'écris tout ça avant que ma tête fasse exploser mon cœur ou l'inverse.

Dans ta chambre, pendant la nuit

Je ne sais plus dormir. Depuis hier, je suis devenu expert en insomnie. Ton fantôme prend beaucoup de place dans ton lit qui est devenu le mien. Il est froid, glacé même, et pourtant, c'est la seule chose qui me réchauffe. Je me lève et regarde par la fenêtre. Le vent m'apporte l'odeur des pins.

Je me sens presque aussi fantôme que toi à l'heure où le jour me surprend en train de fouiller dans ton placard. Je m'enferme dedans, je respire la robe en laine rouge avec de gros boutons en bois qui n'a pas du tout ton parfum de maman, mais celui d'une lessive que tu as dû respirer à mon âge. Les autres habits sont à Grand-mère, des trucs de quand elle était un peu moins vieille.

J'ouvre tous les tiroirs, y trouve tout un tas de trésors : un trousseau de clés rouillées, un sac de billes, un cahier avec des fleurs séchées que j'ose à peine toucher et une petite boîte à musique bleue avec des étoiles. J'ouvre le couvercle et une danseuse se met à danser sur la mélodie de « Lili Marlene ».

Faut-il s'entraîner à se souvenir ou s'entraîner à oublier ? Je ne me souviens pas toujours très bien, je n'oublie pas très bien non plus. Maintenant que je suis un grand petit de presque dix ans, je peux comprendre. Je veux comprendre. Territoire annexé… La Frohmühle était en Allemagne quand tu y as grandi. Papa disait que les nazis étaient allemands mais que tous les Allemands n'étaient pas forcément nazis.

Ça fait empirer mon angine de questions. C'est un genre d'angine qui marche à l'envers, je suis obligé de parler pour me soulager.

Au petit déjeuner, malgré la fatigue causée par cette nuit sans sommeil, je décide d'enquêter.

— Mon père m'a donné une boîte… Une petite boîte en bois pas plus grande qu'une boîte à chaussures, mais très lourde. Il m'a dit de ne surtout pas l'ouvrir et de la remettre à Grand-mère… Je suis allé dans ma chambre hier soir puis il y a eu le bombardement et quand j'y suis retourné, plus de boîte ! j'explique.

Grand-mère regarde ses chaussures, qui ont l'air très intéressantes. Tante Louise sort son crucifix et dit des trucs en articulant si peu que si Dieu l'écoutait, il répondrait : « Hein ? Pardon… je…

vous pouvez répéter s'il vous plaît ? » L'Émile fait des mimiques et des gestes pour dire qu'il n'est pas au courant.

— Je n'ai jamais entendu parler de cette boîte, lâche finalement Grand-mère.

— Mais il y a bien quelqu'un qui l'a prise dans ma chambre !

— Tu as dû l'oublier dans le train, Mainou…, dit la tante Louise.

— Je suis un étourdi de première mais cette boîte, il est impossible que je l'aie oubliée dans le train. Je me souviens très bien du son qui en sortait quand mon oreille était collée contre elle. *Tic-tac-bo-boum.* Je craignais que ce soit une bombe.

— Ne t'inquiète pas, ton père ne t'aurait pas fait courir un tel risque, dit Grand-mère.

— Il fallait surtout pas que je l'ouvre d'après lui…

— Elle est peut-être tombée quelque part à cause du bombardement, dit la tante Louise. Quand ça secoue comme ça, on retrouve nos affaires éparpillées dans toute la maison. On oublie un peu quand on est dans la cave, mais là-haut, c'est un tremblement de terre à chaque fois.

— Peut-être qu'on l'a rangée sans faire attention, dit Grand-mère.

— À moins que ce soit le cambrioleur de bombardement, dit l'Émile.

— Le quoi ?

— Un type qui se faufile dans les maisons vides pendant que ça cogne pour voler tout ce qui lui tombe sous la main. Personne ne sait qui c'est. S'il est allemand ou français.

— Certains racontent que c'est une veuve qui risque sa vie pour nourrir sa famille, dit Grand-mère.

— Tu y crois, toi, à cette histoire ? demande tante Louise.

— Pas vraiment, mais quitte à me faire cambrioler, je préfère que ce soit par une sorte de Robin des Bois en jupons, répond l'Émile.

— Une Robin des Bois qui vole les pauvres, c'est original ! dit la tante Louise.

— Tout est relatif ! On a le potager, les animaux, et l'épicerie. On roule pas sur l'or, mais on est moins mal lotis que d'autres, surtout en temps de guerre.

— Je vais préparer une petite cagette de pommes de terre du jardin au cas où, dit Grand-mère.

— Pour quoi faire ? demande la tante Louise.

— Pour que lors du prochain pilonnage elle n'ait pas à en chercher dans toute la maison au risque de se blesser.

— C'est une belle idée, maman ! Surtout qu'on raconte que la plupart du temps, elle n'a pas le temps de repartir avec son butin. Rosalie m'a dit que la dernière fois, elle avait juste trouvé des objets déplacés chez elle. Peut-être qu'elle est venue chez nous cette fois.

Leur flopée d'excuses ne m'a que moyennement convaincu. Le prochain soir sans bombardement, quand je serai censé être au lit, je partirai à la recherche de la boîte.

La Frohmühle, le 6 juin 1944

Je glisse en chaussettes sur le carrelage, plus silencieux qu'un chat. Je fouille dans les placards de la cuisine, je me fais engueuler par Hector quand je cherche dans l'étable. Le jour on s'entend bien mais la nuit un peu moins. Chtol et Maï sont plus conciliants, tant que je ne leur découpe pas un bout de steak, on est copains.

Je retourne l'épicerie en silence, je suis devenu un expert. Quand je serai grand, je pourrai faire cambrioleur.

J'espionne avec le téléphone à ficelle que je me suis fabriqué. Un gobelet contre mon oreille et l'autre contre le mur de la cuisine. La plupart du temps, je n'entends rien d'autre que le «*Po-po-po-pom*… Les Français parlent aux Français», suivi de bouts de phrases ressemblant à des titres de poèmes étranges: «La lune est pleine d'éléphants verts. Le moustique danse. Le crapaud vole. Le coq est anémique…»

Mais hier soir, j'ai entendu des pas. Des pas, des petits bruits *tac-tac-tac-tac*, et le grincement d'une porte. Ça m'a rappelé le fantôme du garage à la villa Yvette. Là-bas aussi j'entendais des bruits de pas dans la nuit. Des bruits de vêtements et le grincement du portail. Parfois même la sonnette du vélo. Quand j'étais tout petit, tu me racontais que c'était le fantôme du garage. Que c'était un ancien cycliste qui de temps en temps venait hanter les bicyclettes par simple nostalgie. J'ai passé des heures à me cailler les miches en pyjama pour le voir, sans succès. Mais tu ne m'as jamais expliqué la véritable histoire de ces bruits dans la nuit.

Se promener dans la Frohmühle endormie me réconforte. Tout y est doux, presque ralenti. Comme si, la nuit, la vieille pendule déréglée de la cuisine donnait l'heure juste. Le plancher grince, on dirait un violon désaccordé. Avec le téléphone à ficelle, j'ai l'impression d'être un docteur pour maison. J'écoute battre son cœur dans l'horloge bancale, je prends sa tension à travers les canalisations. Je grimpe sur une chaise pour aller tapoter le cadran du baromètre du bout des ongles, comme le fait Grand-mère. Je me sens en sécurité quand elle fait ça, je sais pas pourquoi. Parfois, j'ai droit à un concerto pour ronflements de la tante Louise. Elle ronfle comme elle psalmodie. On se croirait à la messe, mais avec des ours.

La journée, c'est la messe mais sans les ours. Je ne voudrais pas me moquer mais des fois, quand elle se met à fermer les yeux pour parler à Dieu, j'ai la connerie qui monte.

— C'est sa façon à elle de s'échapper, m'a dit l'Émile. La Bible, c'est l'autoroute de l'imagination, livrée avec notice d'utilisation. Ce qui est mal, ce qui est bien, ce qu'il faut faire, ne pas faire. Je trouve ça d'un ennui mais bon… Louise doit avoir une des dernières bibles de la région. Même ce livre-là est interdit. Personnellement, je ne crois pas que ses prières nous feront gagner la guerre, mais si ça la réconforte, pourquoi pas !

— Donc tante Louise est une résistante ?

— Hum… pas vraiment, non. Enfin, à sa façon, si. Continuer à être soi-même, quel que soit le soi-même, est un acte de résistance, en territoire annexé. Jeanne te l'a expliqué, nous sommes ici en territoire ennemi. Ça me fait mal de le dire, mais la Lorraine désormais, c'est l'Allemagne nazie.

La Frohmühle, le 11 juin 1944

Toute la journée, j'attends le soir. Grand-mère me fait l'école sur la grande table. Elle s'applique à fond. Ce qu'elle me raconte ne m'intéresse pas toujours, mais le cœur qu'elle y met, c'est comme un spectacle.

J'apprends les rudiments du patois lorrain, indispensables pour vivre à la Frohmühle d'après tante Louise. *Ça geths so moal ?* « Ça va bien ? » Puis d'autres rudiments en allemand au cas où j'aurais le malheur d'en croiser un. Quand je mélange les deux, Grand-mère me regarde avec des yeux terrifiants. Ça dure pas longtemps, mais ça fait un peu peur. Pourtant, ça sonne pareil. Rien qu'en le pensant, j'ai l'impression de me faire engueuler. Je continue de le penser, mais je fais en sorte d'être discret.

De retour dans ma chambre, je regarde le monde interdit par la fenêtre. Même quand il fait beau, le bleu du ciel a quelque chose de foutu. Est-ce ma tête qui déconne avec la mélancolie ou l'épaisseur de la vitre ?

J'écoute le vent à travers le téléphone à ficelle. J'entends Hector aboyer, la tante Louise rouspéter après l'Émile, et Grand-mère lancer ses fameux *Pipélé pipélé kom kom !* à travers le poulailler. Je me sens comme la cigogne dans son œuf, emprisonné au chaud. En prison pour se protéger, quelle drôle d'idée !

J'ai la sensation que tout est monté à l'envers depuis que tu es partie, comme si la nuit tu avais travaillé à remettre le monde en place. C'est à moi de le faire maintenant. Je ne sais pas trop comment ça marche, le monde. L'Émile dit que je dois commencer par essayer de faire fonctionner le mien.

— Le seul jouet sur lequel tu peux compter, c'est ton cerveau ! Fouille sous la colère ce qu'il reste de joie et rééduque ton rire.

Je vais devoir écrire un mode d'emploi pour mon cerveau, je crois. Sauf que je le reconnais à peine. Plus rien ne fonctionne comme avant. Tout est mélangé, le cœur et les souvenirs. Dès que j'en allume un, ça me réchauffe un instant avant de foutre le feu partout. Toute l'électricité est à refaire. Le cœur fait des faux contacts, je respire n'importe comment.

Mais dès que la nuit tombe, quelque chose en moi se lève. Je me sens revivre lorsque la lumière baisse. La maison se transforme en cocon. Le vent qui s'engouffre dans la cheminée siffle comme une bouilloire géante. Je ne crois pas aux fantômes, et tant mieux parce que tous les soirs, j'entends des bruits de pas qui ne sont pas les miens.

Alors je branche mon téléphone à ficelle pour écouter l'Émile écouter la radio. Ça dit des choses que je ne comprends pas trop. L'Émile commente comme s'il était devant un match de foot. Je crois que son équipe a marqué un but.

Puis il éteint tout et ça devient mon moment préféré, car j'entends la nuit. Quelques discussions de grillons, beaucoup de silence et, parfois, un bruit de moteur qui s'éparpille dans le lointain. Le son du vide me remplit de quelque chose. J'ai l'impression que la maison est vivante.

Je l'écoute respirer, la cuisine correspond au grand poumon, le cœur est au grenier, mais je n'ai pas le droit d'y entrer. C'est la seule pièce qui est fermée à clé. C'est aussi de là que viennent les bruits de pas qui ne sont pas les miens. Il arrive même que j'y entende des voix. Pas un truc de fantôme à la Jeanne d'Arc, juste des vraies voix avec des mots chuchotés. Et toujours ces petits *tac-tac-tac-tac* qui viennent par vagues. Est-ce que le cambrioleur de bombardement se cacherait au grenier ?

La Frohmühle, le 16 juin 1944

Je ne dors plus la nuit. Récupérer la boîte est devenu une obsession. Je ne parviens pas totalement à me mentir, je sens bien que c'est une manière de ne pas penser à ta mort, qui dure longtemps. Pourtant, je ne peux m'empêcher de t'écrire. J'aggrave mon cas en vivant comme un vampire en goguette, à écouter le vent dans un gobelet. Mais c'est toujours mieux que les messes en latin de la tante Louise.

— Mieux vaut les messes en lapin ! dit l'Émile avec sa tête de voleur de bonbons.

— Des « messes en lapin » ?

— Oui ! Les messes en lapin d'*Alice au pays des merveilles* !

L'Émile m'a promis de m'offrir ce livre après la guerre, quand il sera « débrûlé » comme il dit. Il me raconte l'histoire de l'histoire, cet homme qui a inventé un monde pour distraire une jeune orpheline. L'Émile dit qu'il est d'accord pour devenir le prêtre de mes messes en lapin, je lui réponds que je veux bien jouer à l'enfant de chœur si et seulement si il m'aide à traquer le cambrioleur de bombardement qui se cache dans le grenier.

— Il faut que tu trouves le bon dosage d'imagination ! dit l'Émile, qui me traite de « Jeanne d'Arc du grenier ». Si tu inventes trop, tu risques de perdre le contact avec la réalité !

— Vu la gueule de la réalité, c'est pas forcément un problème…

— Si ! Justement ! Ton imagination doit te servir à la transformer, à la rendre meilleure, pas à la quitter. C'est comme le dosage d'une grenadine, tu vois.

— Oui oui ! j'ai dit.

« Non non ! » j'ai pensé.

— L'eau c'est la réalité, le sirop c'est ton imagination. Si tu mets trop de grenadine, ça devient imbuvable. Si tu n'en mets pas assez, ça manque de saveur. Ça se voit à la couleur, tu dois apprendre à le sentir.

— J'ai entendu des pas et des voix au grenier. Je n'ai pas eu besoin de grenadine pour ça.

L'Émile hausse ses épaules et ses bretelles font *fff*.

J'apprends à retenir nos discussions par cœur pour te les écrire. Au début, je m'énervais quand j'en oubliais des morceaux. Désormais, j'invente ce qui me manque. Ça me plaît tellement que j'ai presque envie d'en inventer plus.

La Frohmühle, le 26 juin 1944

Hier soir, j'ai essayé d'ouvrir la serrure du grenier avec un tournevis chipé sur l'établi de l'Émile. Ça n'a pas fonctionné. Par contre, la voix et les pas se sont tus.

J'ai plié mon index pour frapper à la porte. Mon cœur s'est mis à battre si fort que j'ai eu peur de me faire repérer. Je suis reparti dans ta chambre en courant en chaussettes dans l'escalier de la mort.

J'ai tout raconté à l'Émile. Il m'a répondu qu'il n'y avait pas de voleur dans le grenier. Il m'a interdit de m'en approcher car en cas de bombardement, c'est l'endroit le plus dangereux de la maison. J'ai rien dit. Mais je sais qu'il y a quelqu'un.

Les jours sans bombardement, l'Émile et Grand-mère s'occupent des animaux. Je m'installe dans le foin, en face des cochons, et parfois, pendant quelques instants, j'ai l'impression d'être en vacances chez ma grand-mère. J'adore quand elle lance du grain aux poules en criant :

— *Pipélé ! Pipélé ! Kom, kom !*

L'Émile monte la garde pour moi le temps que j'aille récupérer les œufs au petit matin. J'aime pas trop y aller à cause du coq taré qui se jette sur les mollets des gens. Ça fait rire l'Émile, qui me traite de « fermier du dimanche ». Il rit encore quand je crie : *Pipolé, kom, kom* « avec l'accent du Midi » comme il dit. C'est le seul truc de gens normaux que j'ai le droit de faire.

Tante Louise, elle, s'occupe de l'épicerie. Je n'ai pas le droit d'y aller, alors j'espionne avec le téléphone à ficelle. Ils écoutent la radio toute la journée. On y entend les mêmes phrases étranges que dans la chambre de l'Émile la nuit. Dès qu'un client entre, ils coupent le son.

J'aime aussi les accompagner dans la grange pour les voir traire les vaches et boire le lait juste après. Si on planquait du chocolat en poudre dans leur fourrage, leurs mamelles se transformeraient peut-être en chocolatières. Alors je pourrais faire comme tout le monde, boire directement au pis. Parce que, en vrai, entre l'épaisseur de la crème et le fumet de bouse, j'y arrive pas trop. J'imagine des trucs amusants comme ça parfois et ça part en fil, en aiguille et en tout un bordel d'idées qui finit en bobine. Par exemple dans l'idée d'un distributeur automatique de petit déjeuner dans le pré :

— Faire avaler une montre à gousset à une poule pour qu'elle ponde tous les matins exactement à la même heure.

— Poser ladite poule entre les branches d'un noisetier, où un élevage d'écureuils ouvriraient les noisettes et se les passeraient comme une toute petite équipe de rugby (il faudrait fabriquer de toutes petites montres à gousset et les faire avaler aux écureuils pour qu'ils se synchronisent avec la poule).

— Les noisettes tomberaient dans des casques d'Allemands (qu'on aurait faits prisonniers car ils viendraient toujours piquer nos œufs et nos noisettes à heure fixe, ce qui permettrait à l'Émile de les enfermer au grenier avec le cambrioleur de bombardement).

— Ces casques allemands seraient remplis du lait des vaches chocolaitières. On boirait leur lait comme une soupe aux croûtons, mais pour enfants. On casserait les œufs contre nos têtes pour se faire rire l'un l'autre et, un coup sur deux, des poussins s'envoleraient.

J'y pense. Par pincées. À cause de mon allergie à la joie.

Je suis comme un diabétique qui rêve de nager

dans un océan de crème chantilly. J'aime tellement la joie que je ne peux m'empêcher d'en fabriquer, même si c'est mauvais pour ma santé. Parce que je finis toujours par me coincer entre la réalité et les souvenirs. Là où les rêveries explosent comme des bulles de savon. Je vais penser à un petit déjeuner normal à Montpellier, sans vol de poussins ni écureuils domestiques. Juste toi et l'odeur du pain grillé. Et là, je suis cuit pour plusieurs heures d'affilée. Je vais rester coincé dans le souvenir. Ça me fera un peu de joie en plus et un chagrin de boule de pétanque dans la gorge.

Puis il y a cette chanson de Marlene Dietrich que tu adorais, « Lili Marlene ». Elle passe souvent à la radio et, à chaque fois, Grand-mère monte le volume. L'écouter me fait l'effet de respirer ton parfum.

Hier, deux Allemands sont entrés dans l'épicerie alors que Grand-mère fredonnait ta chanson par-dessus le poste. Elle l'a éteint à la vitesse de l'éclair. On aurait dit un chat qui attrape un oiseau. Je les ai reconnus avant qu'ils parlent, au bruit de leurs chaussures.

J'écoutais avec le téléphone à ficelle. Même si je ne comprenais rien, je sentais que Grand-mère était tendue. Ils ont discuté un long moment en allemand. Parfois le silence entre les phrases était aussi long que les phrases elles-mêmes.

Les deux types aux chaussures lourdes ont fini par quitter l'épicerie. J'ai entendu le bruit de la porte. La clochette qui sonne comme un vélo et le rideau de perles qui claque contre la vitre.

Grand-mère est entrée dans la cuisine. Je me suis caché sous la table. Elle a posé ses mains sur l'évier. Elles tremblaient, ses mains, tous les doigts, jusqu'aux poignets. Ça a duré un long pourlinstant. J'avais envie de lui servir à quelque chose ou, au moins, de la prendre dans mes bras. On n'est pas très doués pour les câlins dans cette famille. On est tout raides et maladroits, comme si on avait oublié le mode d'emploi.

Grand-mère a passé de l'eau sur son visage. Puis elle a longuement tapoté le baromètre.

— Pluie… encore ? a-t-elle pensé tout haut.

Le bruit caractéristique de ses ongles sur le cadran a repris. Mais le verdict est resté inchangé. Pluie…

La Frohmühle, le 3 juillet 1944

Il pleut depuis ce matin, l'Émile m'accompagne dans le pré pour une petite virée au clair de lune. Le trou d'obus dans le jardin s'est transformé en tout petit lac. Je fabrique les vagues à mains nues.

Je revois Papa m'apprendre à nommer chaque partie du chalutier or et bleu qu'il m'avait offert : « La proue ! La quille ! Le bastingage ! » Je te revois observer de loin sans trop intervenir dans nos histoires de bateau. Juste une présence bienveillante qui flottait comme ça.

Parfois ton souvenir se décolore comme le font les photos avec le temps. Alors je t'écris, ça ralentit le processus de disparition. Tremper la plume dans l'encrier me donne l'impression d'être un capitaine de chalutier. Je rapetisse et embarque en moi-même. La cabine de pilotage se situe à l'intérieur du cœur. Ça fait un boucan émotionnel de tous les diables, mais je me retrouve. Je te retrouve. Enfin. J'imagine, je remonte le temps des souvenirs. Ils sont tellement usés qu'il m'arrive d'en inventer de nouveaux.

Parfois je n'écris rien. Je dessine des dinosaures et j'invente des constellations. Parfois j'écris tout. Le fond de mon cœur. Tu es toujours morte. Je ne m'y ferai sans doute pas avant que je sois mort à mon tour. En attendant, je crois que je voudrais écrire un livre. C'est doux d'écrire un livre. On peut toujours tout recommencer.

Il commencerait comme ça :

Je m'appelle Mainou, version escamotable de « Germain le petit qui se cache tout le temps partout ». Je suis un enfant de la balle et des bombes à retardement. Je suis né le 31 décembre 1934 à Bitche, une petite ville de Lorraine que l'Histoire a transformée en toupie. Tantôt française en bord d'Allemagne, tantôt penchée de l'autre côté.

Le jour de mes cinq ans, mon père et ma mère se sont souhaité : « Bonne année à nous trois virgule cinq », et quelques mois plus tard la guerre éclatait comme un pop-corn.

Grand-mère dit que je suis le portrait craché de Charlie Chaplin sans moustache ni chapeau. Disons que je suis habillé comme lui quand il était enfant.

On raconte qu'une sorcière a saupoudré des taches de rousseur sur mon visage et mes bras. « Le sel de l'Enfer ! » dit le prêtre du village. « L'apanage des hommes-crises de nerfs ! » dit l'Émile. Toute la famille est comme ça. Roux, à feu et à sang. Peau blanche translucide et rouge l'été.

Je suis le plus petit. Le plus colérique. Le plus fragile. Depuis que ma mère est partie et mon père pas vraiment revenu, je me sens à la fois plus grand et encore plus petit. J'ai un certain talent pour imiter les animaux plus ou moins sauvages. Je fais très bien le chat, je progresse en grenouille.

Mes yeux sont plus verts qu'une pelouse écossaise. Grand-mère s'applique à me faire une raie de côté nette et précise comme lorsqu'elle coupe une tranche de tomate. J'ai l'impression que c'est toujours dimanche ou que c'est jamais dimanche.

Depuis l'enchaînement des catastrophes, je passe énormément de temps dans ma tête. Tout est fort tout le temps. Il pourrait neiger sous mon crâne que je ne serais même pas étonné. Comme si j'avais vécu trois vies alors que je n'ai que neuf ans et demi.

Je continue d'avoir envie que tu sois fière de moi. Comme quand je grimpais à la cime d'un arbre. Si j'écrivais notre histoire, je serais fier de penser que tu serais fière de moi.

J'apprends de nouveaux mots et note mes préférés à la fin de mon cahier : Crépuscule, Métamorphose, Pourlinstant, Panache, Cigogneau, Résistance, Écureuil, Bicyclette.

L'Émile a dit qu'écrire, c'était comme faire la cuisine : les mots sont les ingrédients, comme les couleurs pour le peintre. Il m'a ressorti son histoire de grenadine. Du coup, j'ai eu envie d'en boire une. Puis il a reconnu qu'il ne savait pas très bien faire la cuisine et qu'il n'avait jamais rien écrit ni peint. Il a ajouté que lui aussi, il avait envie d'une grenadine alors qu'il n'en avait jamais bu et il s'est mis à rire.

Si les ours pouvaient rire, je crois que ça sonnerait comme le rire de l'Émile. Un rire extraordinaire. Contagieux.

Alors j'ai ri aussi. Ça ne s'arrêtait plus. C'était si bon que j'en ai eu sommeil.

Les rêves me tiennent éveillé, la réalité me fatigue. Quand c'est tante Louise qui me fait l'école, j'ai la tête qui s'alourdit. Surtout qu'elle fourre du catéchisme même dans la géographie.

— Il a un problème, ce gosse ! Il bâille toute la journée !

J'adore m'endormir après les devoirs pour mieux me réveiller quand la nuit est tombée partout. Quand il ne reste plus qu'à manger et faire semblant d'aller au lit.

La Frohmühle, le 3 août 1944

Nous sommes si tard dans la nuit qu'à l'extérieur, il fait peut-être jour. Depuis la cave, la musique des bombes assourdies berce la tante Louise. Même Grand-mère pique de son nez fripé.

Mais l'Émile veille. Il se lève en vérifiant que tout le monde dort. Je fais une très bonne imitation de moi-même endormi. Il suffit de garder les yeux fermés et de respirer lentement et légèrement trop fort. J'entends ses pas s'éloigner doucement. J'ouvre un œil. Il se glisse dans l'armoire et attrape le long manteau noir couvert de poussière. L'Émile plie soigneusement un petit morceau de papier et met un temps fou à le glisser dans sa poche. Puis il disparaît à travers le passage secret. Où va-t-il et pourquoi ? Qu'est-ce qu'il fout avec ce manteau trop grand au beau milieu de la nuit ?

Je décide de le suivre. La technique du glissage sur carrelage façon chat en chaussettes est impraticable dans la cave. Trop de graviers ! Il me faut marcher sur la pointe des pieds comme la version crabe d'une danseuse classique.

J'ouvre la porte, traverse l'armoire et me retrouve dans le ciel. Il fait si beau que les étoiles descendent jusqu'à l'horizon. Ça sent la terre mouillée, je suis pris d'une envie de me jeter dans un tas de feuilles mortes alors que c'est le plein été.

L'Émile enfourche son vélo et se dirige vers le plateau du Légeret. Son long manteau le camoufle dans la nuit, on dirait une ombre à bicyclette. Une ombre avec un morceau de papier soigneusement plié dans la poche. Impossible de le suivre.

Je reste quelques instants à humer le grand ciel. Je fais un maximum de réserves. Je devrais retourner essayer de dormir, mais l'excitation rend l'accès à mon sommeil encore plus compliqué que d'habitude.

Je glisse dans le passage secret et traverse la cave sur la pointe des coussinets. Je pousse la lourde porte, elle grince encore plus fort que l'escalier mais les ronflements bénis de la tante Louise me sauvent la mise. Je monte délicatement chaque marche jusqu'à la cuisine et sa longue table en bois trop grande pour trois. Les bombardements ont encore foutu le bordel dans la vaisselle.

Je pense à l'éventualité de croiser le cambrioleur.

Je répète les phrases que je pourrais lui dire. Je m'embrouille un peu. Le fait est qu'il n'est pas dans la cuisine. Je regarde partout comme si j'avais à traverser une route, et je continue mon échappée.

Les escaliers d'en haut craquent sous mes pas. Je n'ai plus le temps de faire attention au bruit. Je dois atteindre le grenier le plus vite possible. Si Grand-mère se réveille, je suis foutu. La porte est en vue.

Je regarde par le trou de la serrure, le téléphone à ficelle collé contre la porte. Je peux rester toute la nuit comme ça, à l'affût. Papa m'a appris la patience pour marquer les buts et observer les oiseaux.

Une ombre se promène, je connais le bruit de ses pas. Je l'entends se racler la gorge et faire des bruits de cuisine. Puis des *tac-tac-tac-tac-tac*, comme ta machine à écrire.

Je décide de rebrousser chemin. Mais la prochaine fois que ça bombarde, quand le voleur ira piquer des trucs dans la maison, j'irai récupérer ma boîte. Cambrioler un voleur, voilà ce que je vais faire.

Tout à coup, les bruits de pas se rapprochent et l'ombre prend toute la place dans la serrure. Un grincement de ferraille m'arrache les oreilles dans le téléphone à ficelle. Je bondis en arrière et me cache au fond du couloir. La porte s'ouvre lentement. Ma bouche est sèche et ma langue me fait l'effet d'une vieille éponge coincée entre les dents.

L'ombre sort du grenier sur la pointe des pieds. Je prie le Dieu de la tante Louise pour qu'elle ne referme pas la porte à clé. Elle ne referme pas la porte à clé. Tante Louise, je t'aime.

L'ombre présente deux jambes, deux bras et une tête emmitouflée dans une capuche qui cache son visage. Elle fait moins de bruit en chaussures que moi en chaussettes. Un véritable chat. Même l'escalier de la mort reste silencieux sous ses pas. Pas le moindre craquement.

Je suis partagé entre l'envie de réveiller la maisonnée pour que le voleur soit pris la main dans le sac et celle de m'engouffrer dans le grenier pour tenter de récupérer la boîte. Mon cœur tape si fort dans ma poitrine que je n'entends plus rien de ce que dit mon cerveau.

La porte tant convoitée est entrouverte. Je m'approche, jette un coup d'œil dans l'escalier. Je sors mon téléphone à ficelle et le pose contre le mur. J'entends des pas et des bruits de vaisselle. L'ombre est en train de piquer de la nourriture. Mon hypothèse se confirme. Je crois même qu'elle se fait du café. J'ai envie de lui hurler de pas toucher aux affaires de Grand-mère mais je me retiens. Je n'aurai peut-être pas d'autre occasion d'explorer le grenier.

Mes yeux tardent à s'habituer à l'obscurité. J'y

vois gris, enfin argenté. La cheminée est éventrée, le toit a perdu des tuiles mais la lune est intacte. Elle me servira de lampe de chevet.

On se croirait dans la coque d'un chalutier. Le plancher craque, le vent joue du piano sur les tuiles cassées. Mon cœur fait plus de bruit que mes pas. Je dois faire vite et silencieux, je dois faire mieux que le cambrioleur de bombardement.

Plus j'avance, plus le toit se rapproche du sol. En face de moi, une sorte de cabine avec une chaise et une machine à écrire posée sur une table. La même que la tienne. Je tapote et reconnais le son entendu à travers le téléphone à ficelle.

Je me glisse à l'intérieur. C'est comme un mini-grenier dans le grand. Au plafond, une constellation de messages épinglés. Plusieurs langues que je ne connais pas. Je voudrais les lire tous d'un seul coup, mais le temps presse. Il ne doit plus rester grand-chose de la pause café du cambrioleur, il pourrait réintégrer sa tanière d'un moment à l'autre.

Tout autour, un empilement de boîtes. Un village miniature entier fait de boîtes. Presque toutes identiques à celle qui a disparu et qu'il ne fallait surtout pas ouvrir. Je vais donc toutes les ouvrir.

Une joie étrange me traverse, j'en ai des frissons. C'est la première fois que j'éprouve cette sensation d'excitation depuis que tu es partie. Ça me déstabilise un peu, mais pas suffisamment pour stopper mon exploration. Je déballe la première : vide. La deuxième : pareil. La troisième est pleine de vide également.

Enfin en apparence. Car en faisant coulisser le couvercle un peu plus profondément, je découvre un compartiment caché. Rempli de photographies : l'oncle Émile, clope au bec, chevauchant sa bicyclette sans tenir le guidon ; Papa sans son costume de guerre ; la villa Yvette à Montpellier et moi en train de faire semblant d'écrire à l'école ; Grand-mère, la tante Louise et toi.

C'est la première fois que je te vois depuis ta mort. Je m'étais juré que je ne pleurerais plus jamais. Une larme m'a échappé. Elle a roulé sur ma joue et je l'ai bue cul sec, donc ça compte pas trop.

Quelque chose en moi me dit de me tailler avec les photos, que c'est déjà un bien beau trésor. Demain, je raconterai tout à l'Émile et cette fois il me croira. Il retournera au grenier avec le fusil accroché au-dessus de la cheminée pour faire dégager le cambrioleur et, avec un peu de chance, je pourrai récupérer la boîte. Mais quelque chose d'autre en moi me dit que c'est maintenant ou jamais pour la retrouver, quitte à risquer de rester coincé avec l'ombre dans le grenier.

Je vais partir quand j'aperçois un petit morceau de papier soigneusement plié, glissé entre deux photographies. C'est une lettre. C'est ton écriture. L'encre aspire mes yeux, je ne peux plus les décoller.

Montpellier, le 20 mai 1943

Bien chère Denise[1], *chère famille,*

Que devez-vous penser de notre silence ? Veuillez bien nous excuser car je vais vous en dire la cause. Le pauvre petit Mainou avait pris un gros froid, il me faisait 39 de température. Nous étions très inquiets, d'autant plus qu'il toussait très fort et sec. Il transpirait tellement que le lit était plusieurs fois à changer. Je lui faisais des cataplasmes et enfin, aujourd'hui, il est levé. Pour la première fois, il n'a plus de fièvre. Heureusement que j'étais encore là pour le soigner.

Alors comme vous voyez, je suis encore là. Toujours pas libérée mais c'est mieux pour que je finisse de soigner le petit.

Comme vous dites, chère Denise, vous pourrez facilement venir me voir à la maternité, ce qui me fait beaucoup de plaisir. Espérons que cela se passera bien, mais enfin, le jour viendra quand même.

Je vous quitte et je pense que la prochaine lettre sera faite à côté de ma petite Mireille. Si Dieu le veut.

Élise

---

1. La belle-sœur d'Élise.

Dieu l'a pas voulu. Ou il était pas là.

Le grincement de la porte me sort de ma rêverie. Puis le bruit d'un loquet qui se ferme. Cette fois, je suis cuit. Des bruits de pas approchent. Je n'ose pas me retourner. Une ombre pousse dans mon dos. Une main se pose sur mon épaule gauche.

— Qu'est-ce que tu fais là, toi ? me dit l'ombre avec une voix de fille.

Elle retire sa capuche et une cascade de cheveux dorés dégringole sur ses épaules.

— Tu m'espionnais ? ajoute-t-elle.

Elle sourit exactement comme si elle était gentille. L'espace d'un instant, elle m'a presque fait penser à toi en blonde. Mais je ne me laisse pas avoir.

— Je sais qui vous êtes !

— Moi aussi je sais qui tu es ! me répond-elle en s'allumant une pipe qu'elle a dû faucher à l'oncle Émile.

— Moi ?

— Oui, toi. Tu es Mainou. Contraction de Germainou, autrement dit le petit Germain.

Elle crache la fumée si lentement que j'ai l'impression que le temps ralentit. J'imaginais un grand type plein de muscles et je me retrouve avec une petite dame qui sourit tout le temps. Serait-ce la veuve dont parlait Grand-mère ? Peut-être même qu'ils sont tous au courant qu'elle est là.

Une sirène retentit. La sonnerie du réveil de la guerre.

— Retourne à la cave, Mainou !

Un grand *boum* secoue la maison.

— Comment connaissez-vous mon surnom ?

— File à la cave tout de suite !

Ça recommence avec les obus. J'avais presque oublié à quel point ça sonnait comme des pas de géant dans le jardin, dans le grenier on a vraiment l'impression que c'est tout près.

— Je ne partirai pas sans ma boîte.

— Arrête de faire l'idiot et retourne à la cave immédiatement !

— Mainou ! Descends de là tout de suite ! crie l'Émile.

On dirait la tante Louise dans le corps de l'Émile. Quand c'est lui qui m'engueule, ça fait presque aussi bizarre que quand tante Louise me fait des compliments.

Il surgit de l'escalier et me prend sous son bras. J'ai l'impression de rapetisser. Ça me rappelle quand j'avais pissé sur les fleurs du voisin à travers les cyprès. Papa m'avait attrapé sous son bras un peu comme ça pour me ramener à la maison.

La cambrioleuse de bombardement ferme la porte à clé. J'entends le verrou claquer alors que nous avons déjà descendu la moitié de l'escalier.

— Je peux marcher ! je dis.

Pas de réponse de l'Émile, si ce n'est du souffle, du muscle et le bruit de sa boucle de ceinture.

Quand nous arrivons au sous-sol, tout le monde est réveillé. Grand-mère, plus fripée que jamais. Tante Louise, rouge comme une armée de tomates avariées et avec cet air de reproche au fond de l'œil. L'Émile me dépose sur mes pieds. Il me tape dans le dos chaleureusement, mais si fort que j'ai l'impression d'avoir avalé quelque chose de travers. Je finis par tousser tellement il me secoue le corps tout entier. J'ose pas le regarder parce que je l'aime tant que j'ai pas envie de voir ses yeux fâchés.

— Tu as oublié le code ? dit Grand-mère.

— Je ne suis pas sorti de la maison…

— Il met tout le monde en danger ! Il ne se rend pas compte, ce gosse ! Il ne se rend pas compte ! dit Louise.

— Tiens, une tomate qui parle, me dis-je tout haut.

— Quoi ?

— Non, rien.

À mon tour de me tomatifier. Je regarde par terre. Je vois des pieds recouverts de souliers, des barreaux de chaise, des graviers. Je les compte, comme les poteaux télégraphiques. Il y a huit pieds en comptant les miens, seize barreaux de chaise et quatre pattes de taupe. Je me mets à penser qu'il faudrait lui fabriquer des chaussures miniatures et une paire de gants assortis et ça me fait sourire dans la tête. Tant que je pense à ça, rien d'autre ne se passe et tout va presque bien.

— Je vais devoir durcir le code, Mainou. Si tu continues comme ça, je vais finir par t'enfermer dans la cave. Je détesterais avoir à en arriver là, mais si tu te mets en danger, je n'hésiterai pas. C'est mon dernier avertissement, dit Grand-mère.

Même quand elle essaie de se montrer sévère, elle a quelque chose de doux. Son œil gauche a des faux contacts et tout.

L'Émile me balance une nouvelle tape affectueuse dans l'épaule et je manque de tomber de ma chaise. J'ai les sanglots qui montent parce que je voudrais tout dire en même temps et que du coup rien ne sort. Je retiens tout. La cambrioleuse, mes larmes à la con et mon histoire de boîte.

Le son des bombardements s'estompe dans le lointain. La sirène siffle la fin de partie. La cave retrouve son silence. Une souris grignote le missel de tante Louise, la taupe se cogne à un barreau de chaise. Grand-mère me paraît beaucoup plus vieille que d'habitude.

Quant à moi, je suis coupé en deux. Je culpabilise, mais à moitié. J'en ai le cerveau qui pique.

Quand ça pique trop, je cautérise avec le souvenir de la lettre. J'aime bien ce mot, « cautériser ».

Je me rappelle le son de ta voix quand tu le prononçais. C'était le coton pour l'esprit. Mes genoux de footballeur de trottoir pouvaient saigner à mort, quand tu débarquais avec tes trucs de maman, tout allait tout de suite mieux. Revoir ton écriture, la même que sur la liste des commissions… Je me souviens de la plume avec laquelle tu as écrit cette lettre. Je me souviens si bien de ce coup de froid attrapé dans l'autre temps, il n'y a pas si longtemps.

Et voilà que l'angine me reprend ! La cambrioleuse qui vit dans le grenier avec toutes ces choses qui t'appartiennent, elle connaît mon nom ! Pourquoi refuse-t-on de me parler d'elle et de la boîte ?

L'Émile ouvre un œil. À peine ouvre-t-il le deuxième que je lui jette toutes mes questions à la figure. Je lui explique que j'ai entendu des voix et des pas à cause de mes insomnies. Je garde le secret du téléphone à ficelle. Je lui raconte que je l'ai prise la main dans le sac à se faire du café dans la cuisine et que je suis sûr que c'est la cambrioleuse de bombardement mais que, bizarrement, elle connaît mon nom.

L'Émile vérifie que Grand-mère et la tante Louise sont très endormies et me demande de le suivre dans l'escalier. Une fois installé, je sors mon cahier et le pose sur mes genoux. Il sourit, allume sa pipe et me dit :

— Tu m'écouteras moins bien si tu essaies de tout écrire. Je te dois une explication mais j'ai besoin de toute ton attention.

— Tu me dois deux explications, tonton !

— Ah ?

Son grand sourire est revenu. Je crois que la situation l'amuse, avec mes questions et tout. Mais il ne me parle jamais comme à un gosse, contrairement à la tante Louise.

— Pourquoi la cambrioleuse de bombardement est dans le grenier et pourquoi elle connaît mon nom ?

L'Émile sourit, tire longuement sur sa pipe et fait des ronds de fumée absolument parfaits.

— Pose ton cahier si tu veux ta double dose d'explications.

Je lui dis que le cahier, c'est parce que je t'écris. Il tasse le tabac dans sa pipe alors qu'il vient déjà de le faire. Il recommence encore et son regard se perd à travers la porte de la cave. On dirait Papa quand il n'arrêtait plus d'ajuster mon nœud de cravate avant de quitter la villa Yvette.

— J'aurais voulu te raconter tout ça après la guerre, mais tu ne me laisses pas le choix. Sache que ce que je vais te confier maintenant va augmenter les risques, pour nous tous.

L'Émile retrousse ses manches, éteint sa pipe et me demande de m'approcher. Il vérifie d'un rapide coup d'œil l'endormissement général et se met à chuchoter :

— La demoiselle que tu as croisée au grenier ne se cache pas de nous, c'est l'inverse.

— Comment ça ?

— C'est nous qui la cachons. Elle s'appelle Sylvia et c'était la grande amie d'enfance de ta mère. Elles étaient incroyablement liées. L'une finissait les phrases de l'autre, il arrivait même qu'elles disent les mêmes mots au même moment. On les appelait « les jumelles ». Elles se faisaient passer l'une pour l'autre alors qu'elles ne se ressemblaient pas. Depuis toutes petites, Sylvia faisait les devoirs de classe de ta mère et inversement. L'une savait imiter l'écriture et la signature de l'autre. C'était leur pacte de meilleures copines.

L'Émile marque une pause. Il entrouvre la porte pour vérifier encore que tout le monde dort.

— Pourquoi vit-elle dans le grenier alors ?

— Parce qu'elle est recherchée. Sylvia est juive. Elle a changé d'identité et de couleur de cheveux pour échapper à la Gestapo. J'aurais préféré qu'elle reste pour toi le fantôme du grenier, du garage, la cambrioleuse de bombardement ou je ne sais quoi. Voilà pourquoi le code est si strict. Nous risquons très gros. Tous.

J'ai la tête qui tourne dans un sens et le cœur dans l'autre. Ça me fait comme le jour où j'ai essayé de fumer une cigarette derrière le vestiaire de foot avec les grands. Sylvia. Je m'en souviens maintenant. Tu en parlais souvent. La forêt des lucioles et tout... Tu racontais qu'une fois vous aviez joué à celle qui monterait le plus haut dans un arbre et qu'ensuite vous n'osiez plus redescendre.

Maintenant, elle est dans le grenier et elle n'ose toujours pas redescendre. Elle doit se cacher, comme moi.

— Pas un mot de ta découverte à Grand-mère, et encore moins à tante Louise ou à qui que ce soit d'autre, à part Chtol ou Maï. Plus de visites en solo au grenier non plus.

— Pourquoi elle a volé ma boîte ?

— C'est moi qui l'ai provisoirement volée. Ton père m'a fait promettre que tu ne l'ouvrirais pas avant la fin de la guerre. La boîte est en lieu sûr, plus facile à cacher et moins bruyante que Sylvia.

L'angine de questions empire. Et j'ai une nouvelle maladie, je voudrais que Sylvia me raconte quand tu étais petite. Une mine d'or de souvenirs tout neufs à explorer.

J'ai deux secrets. Un petit dans une boîte introuvable et un grand dans un grenier interdit. Il a des cheveux blonds et de très longs cils, mon grand secret. À toi, je peux en parler parce que tu la connais. Tu ne le répéteras pas, sauf si je me fais chiper mon cahier.

Quand le jour se lève, je suis encore en train de t'écrire ce que m'a confié l'Émile. J'ai piqué le dictionnaire de Grand-mère pour mettre des mots et des expressions qui ressemblent à quand il parle.

Je ne peux pas m'empêcher de penser à Sylvia. À cette collection de photos de toi qu'elle a gardées et à tous ces secrets de toi qu'elle doit connaître.

Son cœur doit être une sorte de poupée russe, peut-être qu'à l'intérieur je trouverai la version miniaturisée du tien.

La Frohmühle, le 7 août 1944

Le cigogneau est éclos pendant que je t'écrivais. J'ai entendu un bruit minuscule. Le même genre de bruit minuscule que lorsqu'un écureuil se prend les pieds dans une feuille morte. J'ai tourné la tête vers le nid posé sur le rebord de la fenêtre. L'œuf bougeait. C'était beau comme un tour de magie, si beau que je n'osais plus respirer.

Quelques secondes plus tard, une toute petite chose douce palpitait entre mes doigts. Un dragon recouvert de duvet, pas plus grand que le briquet avec lequel l'Émile allume sa pipe.

Tout est trop grand pour sa tête, ses yeux et son bec, ce qui le rend particulièrement expressif. Je ne peux plus m'empêcher de recoiffer son pelage ébouriffé, de le regarder, de l'installer au chaud dans la poche de ma chemise. J'ai décidé d'appeler mon cigogneau Marlene Dietrich, comme ta chanteuse préférée.

L'Émile installe un carton-nid avec des trous d'aération, pour que je puisse veiller sur Marlene Dietrich en toutes circonstances. Grand-mère m'apporte de quoi le nourrir : une infecte bouillie de pois chiches qui lui donne une haleine de poisson mort.

— Elle doit en manger un peu toutes les heures !

Je prends ma mission très à cœur, tout en rêvant d'être enrhumé pour toujours. Ce truc me retourne l'estomac. Je dois également changer la paille chaque matin.

La sirène qui annonce les bombardements se met en route. Nous descendons à la cave. C'est devenu un réflexe, comme de retourner en classe quand la sonnerie retentit. Ça fait toujours un peu peur, surtout à travers les yeux de Grand-mère.

Je prends Marlene Dietrich entre mes doigts. J'ai peur de la casser. Je la borde sous ma chemise pour éviter qu'elle prenne froid. Elle est belle comme tout avec son petit bec qui dépasse mais il faut que je trouve unc solution pour son haleine. Inventer les chewing-gums pour cigognes, peut-être.

Ça me fait des excuses pour faire l'école buissonnière, mais même avec un bébé cigogne sur les genoux, j'ai droit au catéchisme de la tante Louise. Il rend le temps gluant, surtout dans la cave. J'ai l'impression de me transformer en vieille personne quand je l'écoute. J'essaie de faire bonne figure, histoire de montrer à l'Émile que je mérite ma visite au grenier.

Je pense plus souvent à Sylvia qu'à Jésus, Marie, Joseph réunis. J'aimerais qu'elle me raconte sa version de l'histoire de l'arbre. Qui avait le plus peur des deux ? J'aimerais qu'elle me raconte d'autres secrets, elle doit avoir le cœur rempli de secrets à toi.

Penser à tout ça crée une sorte de jeu. Tant que je joue, la mélancolie se dilue un peu. Quelques gouttes de grenadine. Ça réchauffe quelque chose en moi, et c'est tant mieux. Parce que pour le reste, tout ce qui est marrant est interdit : le football, le vélo, la forêt, courir loin et longtemps, et bien sûr le grenier, à peu près comme dans la bible de la tante Louise.

J'ai quand même les discussions avec l'Émile, la bonté de Grand-mère et les ronronnements de tigre du Bengale de la tante Louise quand elle dort.

— Tonton Émile, je me disais, si Dieu a créé des types marrants comme toi, c'est bien qu'il a de l'humour, non ?

— Ce serait logique, oui…

— Alors pourquoi il se prend tout le temps au sérieux comme ça dans son livre ?

— C'est pas lui qui l'a écrit ! dit l'Émile en chuchotant.

— Ah ! Je me disais aussi…

— C'est les apôtres et les prophètes !

— Quèsaco ?

— C'est… les secrétaires télépathiques de Dieu… Ils entendent sa voix, et hop, ils recopient.

— Mais… pourquoi les prophètes n'auraient pas d'humour ? Même si c'est pas vraiment celui de Dieu ?

— Peut-être parce qu'ils se prennent trop au sérieux avec leur truc d'entendre des voix de Dieu et tout. J'aime à penser qu'il existe une annexe avec les meilleures blagues de Dieu. Un petit prophète zélé a dû les arracher, les brûler ou ce genre de chose…

— Ou alors ça prouve que Dieu n'existe pas.

— Tant que ça peut réconforter, que ça existe ou non, c'est pas si important finalement…

— Il faudrait que tu écrives ça, tonton !

— Quoi ?

— Le livre des blagues de Dieu.

— Oh, moi, je ne suis pas très doué pour l'écriture tu sais ! Mais Sylvia pourrait…

Il sourit et ça me fait l'effet d'une bouillotte. C'est toujours lui qui allume les trucs de joie chez moi. Ce coup-ci, je l'ai devancé.

La tante Louise ronfle comme un très vieux chat. Sa coupe de cheveux me fait toujours penser à un casque allemand et j'ai de plus en plus envie d'essayer de l'enlever. De ses sous-vêtements on pourrait faire des parachutes. Lorsque tante Louise dégrafe son énorme soutien-gorge pour dormir, elle me demande de me retourner. Comme si elle allait réaliser un tour de magie avec des pommes de terre.

La sirène qui annonce la fin du bombardement hurle au loin. Dans la cave, on l'entend à peine.

— Qu'est-ce qu'on fait maintenant ? ai-je chuchoté à l'Émile.

Il tasse le tabac déjà tassé dans sa pipe et regarde à travers les murs, donc il réfléchit.

Je pense de toutes mes forces au mot « grenier ». J'y pense tellement fort que peut-être je le dis.

— Tu veux pas m'accompagner chez Rosalie ? Je dois lui apporter des œufs… Et… elle a la meilleure grenadine du quartier !

Il croit qu'il va soigner mon angine de questions avec de la grenadine, lui !

— On ferait pas un petit tour au grenier d'abord ?

— Non. Le grenier, c'est moi qui décide. C'est trop risqué pour qu'on improvise.

J'ai envie de le traiter de « tante Louise » mais je me retiens.

L'Émile enfile son long manteau et se retourne vers moi en haussant le sourcil.

— Bon… j'y vais, moi ! Bonne nuit, Mainou.

— Pas trop sommeil…

— Maquereau d'chien vert ! chuchote-t-il avec son sourire de canaille.

— C'est quoi ça ?

— C'est « coquin que tu es », mais en patois. Tu viens avec moi chez Rosalie ? C'est pas la destination de tes rêves, mais c'est quand même un petit voyage.

L'Émile m'installe sur le guidon de son vélo et me donne la périlleuse mission de ne pas faire tomber les œufs. On aurait plus vite fait d'y aller à pied, mais je vois qu'il se démène pour confectionner mon aventure de consolation. Alors va pour la Rosalie. On passe par la forêt des lucioles. Elle porte bien son nom, on dirait qu'une étoile s'est cassée en mille morceaux par ici. Le biclou écrase les pommes de pin, ça sonne comme juste avant que tu mettes ton disque préféré sur le gramophone. L'orchestre de grillons fait ses gammes, une brise légère climatise le bois. Tu m'as souvent parlé de tes longues balades au crépuscule avec un bâton dans une main et celle de Grand-mère dans l'autre. Puis de celles secrètes en pleine nuit avec ta jumelle qui ne te ressemble pas.

— Je préfère te prévenir, il se peut que j'embrasse un peu Rosalie de temps en temps. Si jamais ça arrive, il te suffira de te retourner comme quand ta tante Louise dégrafe son soutien-gorge dans la cave.

— C'est chez elle que tu files toutes les nuits ?

— Oh, toutes les nuits, tu exagères un peu, non ?

— C'est chez elle que tu files presque toutes les nuits ?

— Oui. Je lui apporte des œufs et elle me donne des baisers grâce aux poèmes que je prétends lui écrire.

— Des poèmes ?

— Oui. Des poèmes en or. Car, vois-tu, il y a une mine d'or de poèmes pas loin d'ici.

— Comment ça ?

— Où ça, tu veux dire ?

— Les deux.

— Au grenier, la mine d'or est au grenier… C'est Sylvia qui me les écrit.

— C'est pour ça tout ce trafic de manteau, de vélo et de bruit de machine à écrire ?

— C'est un trafic de poésie, c'est pas très grave. Ça passe au-dessous des radars des nazis, comme les rêves.

— Les petits bouts de papier que tu mets tant de temps à plier…

— Exactement, cher monsieur l'espion ! dit l'Émile en cognant mon épaule de son poing au ralenti.

— Et ça marche ?

— Tu n'imagines pas à quel point ça marche ! Rosalie, je la désire depuis la petite école. Elle n'a jamais voulu de moi. Faut dire qu'avant de rencontrer Sylvia, j'étais plus doué pour m'occuper des poules que pour séduire les filles. Je l'ai même demandée en mariage il y a quelques années, avant la guerre. Elle a hésité, ce qui était déjà une victoire en soi, puis je lui ai proposé de vivre avec moi à la ferme.

— Et alors ?

— Et alors elle a pas trouvé ça très romantique.

— C'est romantique une ferme, je trouve.

Les grillons continuent leur récital, un chien hurle comme un loup dans le lointain. L'Émile gare le vélo contre un petit chêne et nous nous adossons à son tronc. Il sourit et allume sa pipe. Sa façon à lui de faire la ponctuation. Le vent secoue ses branches et ça fait respirer une bonne partie du ciel. Les étoiles et la lune sont de bonne humeur.

— Tu as raison, mon petit, c'est très romantique une ferme. Mais il faut aimer les animaux et d'autres bestioles comme la tante Louise… J'ai pensé un moment aller habiter chez Rosalie tout en continuant d'aider Grand-mère à la Frohmühle, mais c'était pas le moment. L'Allemagne venait d'annexer le pays de Bitche… C'est Sylvia qui a changé la donne : « Nourris-la de poésie, ta Rosalie ! me disait-elle en fumant sa pipe blanche. Arrête de lui parler de vivre à la ferme, fais-la rêver ! » Tu en sais quelque chose, le rêve en temps de guerre est une denrée rare. Mais ce n'est pas interdit, je te le dis, même les nazis ne peuvent détecter nos rêves ! Je ne savais pas trop comment m'y prendre, alors Sylvia a tout organisé pour moi : à chaque fois que j'allais chercher les œufs, je lui apportais un des livres que m'offrait Sylvia. Je le lisais juste avant et me réjouissais en imaginant ses yeux sur les pages, son cœur et son cerveau qui passeraient par le même chemin que moi. Du coup on parlait des personnages, de ce qui nous touchait. Sylvia avait tout prévu. « Une machine à fabriquer la complicité », m'expliquait-elle. L'étape suivante ça a été de glisser un poème en guise de marque-page. Puis de plus en plus de poèmes – Sylvia se dépassait pour que Rosalie rie, pleure et s'émerveille. Parfois elle y allait un peu fort…

— Comment ça ?

— Sur l'humour, sur l'érotisme… Ce n'étaient pas des poèmes à l'eau de rose. C'était plus proche du schnaps que de la grenadine. Mais plus elle rendait mon personnage particulier, plus Rosalie me regardait avec des étoiles dans les yeux. Un nombre incalculable d'étoiles, mon petit ! Le soir du septième poème : bingo, elle m'a embrassé ! J'ai failli me perdre dans la forêt tellement j'étais heureux. C'était comme un tour de magie. Une sorte d'ivresse sans alcool. Sauf qu'en rentrant le biclou dans l'étable, la réalité m'a sauté au visage. Chtol et Maï me regardaient de travers. Ça sentait la paille et le crottin. J'étais un bon fermier, pas un poète, et quand Rosalie le découvrirait, je n'oserais même plus aller chercher les œufs. Mais en attendant, à la guerre comme à la guerre ! Je suis impliqué dans un trafic de poèmes, ainsi soit-il. « Cueille le jour présent sans te soucier du lendemain », disait le poète Horace, cher au cœur de Sylvia. Après tout, il était peut-être fermier…

L'Émile éteint sa pipe et la range dans l'une de ses poches. Nous chevauchons le biclou sur le sol craquant de feuilles et d'épines.

Chez Rosalie, le même jour

Le visage de Rosalie me fait l'effet d'un assemblage de pommes. Tout est rond en elle. Joues, front, pommettes qui portent mieux que leur nom. L'Émile la regarde comme s'il voulait cueillir toutes ces pommes, en faire une tarte et la manger pour toujours. Sa joie, comme son rire, est contagieuse. Elle me sert effectivement le sirop, dans un si grand verre que le boire dure un long pourlinstant.

Puis l'oncle Émile me demande de me retourner. Je fais un tour complet en prenant bien soin de ne pas faire grincer le tabouret. Ils se bisouillent comme des oisillons.

Sur le chemin du retour, l'Émile parle peu et sourit longtemps. Il roule au ralenti pour que le bruit des roues sur les feuilles ne gâche pas le chant du hibou. Puis tout à coup, il dit cette phrase :

— Je suis un imposteur, je le sais bien. Mais je ne

peux plus me passer de cette joie. C'est une sorte de drogue. Le pétillant dans ses yeux, son sourire. Un jour la vérité viendra me péter à la gueule, j'ai allumé la mèche…

— Mais tu ne crois pas que tu pourrais y arriver sans la poésie ?

— Disons que j'ai peur d'arrêter… Tu apprendras que l'amour, ça s'entretient comme un potager. Et la poésie, c'est le meilleur des engrais.

C'est si joyeux que ça ne me rend presque pas triste.

Quand les silences durent trop longtemps, je le fais parler d'autre chose.

— C'est pas dangereux le vélo sans phares ni rien ?

— Si, et c'est aussi pour ça que c'est amusant.

— Bon… Alors quand est-ce qu'on va au grenier ?

— Désobéir tout le temps, c'est à peu près aussi stupide que d'obéir tout le temps, mais ça a le mérite d'être un tout petit peu plus divertissant. Regarde ces abrutis de nazis, on en est là parce qu'ils sont tous partis du principe qu'il fallait obéir sans réfléchir. Obéir et croire. La cousine Jeanne, elle a désobéi pour toi… Toute la famille le fait.

L'Émile accélère et la dynamo fabrique un peu de lumière. Nous roulons au ralenti dans la brume. Je fais quelques imitations de hibou.

— Mais du coup, au grenier, on y va quand ?

— Chuuut ! fait l'Émile. C'est presque l'heure du couvre-feu, on pourrait croiser les voisins qui rentrent chez eux.

Soudain, le biclou pile et je manque de passer par-dessus le guidon : un camion allemand est garé devant l'entrée de l'épicerie. Les phares sont allumés, le moteur tourne.

Le regard de l'Émile se noircit. Je n'aurais jamais cru que son visage puisse se transformer en quelque chose d'aussi sombre.

— On fait le tour ?

— Non, non. On reste ici. Et plus un bruit.

J'ai pas peur ni rien, mais je retournerais bien dans ta chambre pour t'écrire. Quand je t'écris trop longtemps dans ma tête, j'ai tendance à surchauffer. Présentement, je surchauffe.

Je sors mon cahier roulé dans ma poche. Ça ne fait pas beaucoup plus de bruit que quand on marche sur une feuille morte. L'Émile fait des gestes. Tous veulent dire : « Non. » Trop tard, il est entre mes mains, le ranger de nouveau ferait encore plus de bruit. Mon crayon est coincé dans mon autre poche. C'est un crayon très silencieux, je devrais pouvoir m'en sortir. Il me résiste, résiste encore jusqu'à ce qu'il m'échappe et bondisse. Il tombe dans les rayons de la roue arrière du biclou. Ça fait beaucoup plus de bruit que lorsqu'on marche sur une feuille morte.

L'Émile me regarde avec les yeux de tante Louise.

Au même moment, trois Allemands sortent de l'épicerie et montent dans leur camion. On dirait qu'ils ont fait quelqu'un prisonnier.

— Sylvia ?

— Chuuut !

Ils démarrent et reculent vers nous pour faire demi-tour.

J'entends mon cœur battre dans mes oreilles, à moins que ce ne soit celui de l'Émile.

L'odeur du gaz d'échappement me fait tousser. L'Émile met sa main devant ma bouche. Le camion a calé. Je me retiens de toutes mes forces. Je me demande si on reconnaît mon accent français quand je tousse.

Le camion redémarre. Il grimpe la côte et disparaît sur le plateau du Légeret.

— Allez, on y va ! chuchote l'Émile.

Il pousse son vélo et je le suis comme un mauvais élève. Nous traversons la route et coupons à travers champs pour rentrer par l'étable. Chtol et Maï semblent assez décontractés et Hector dort, la tête enfouie entre ses pattes. L'Émile pose délicatement sa bicyclette contre le mur et souffle un bon coup.

— Où étiez-vous ? demande Grand-mère quand nous entrons dans la grange.

Quand elle est angoissée, elle secoue beaucoup la tête en parlant et ça fait bouger son chignon. Je ne peux pas m'empêcher de le fixer.

— L'Émile a vu arriver le camion, alors il m'a emmené dans la forêt. On s'est cachés, voilà, j'ai dit.

— Merci, Mainou, mais non… Je suis allé porter des œufs à Rosalie, et j'ai proposé à Mainou de m'accompagner… Puis on est allés regarder les lucioles et écouter les hiboux.

— Émile ! C'est à toi que je dois faire répéter le code maintenant ? C'est pas possible, ça !

— On avait dit que, de temps à autre, Mainou devait s'aérer un peu. On s'était mis d'accord sur le fait que la forêt la nuit, ça pouvait être une bonne option.

Tante Louise entre dans la grange.

— Vous voulez pas régler ça dans la cuisine ? Le repas est prêt et contrairement à ici, ça sent très bon !

— Émile, Louise, je vous retrouve dans cinq minutes. Mainou, va profiter un peu de ta chambre. Puis nous dînerons rapidement, il est possible que nous ayons à passer la nuit à la cave. Tu veux bien ?

— Oui oui.

Je joue à l'enfant de chœur et je vais gentiment chercher mon téléphone à ficelle. Je redescends en chaussettes, je colle mon oreille droite contre le gobelet gauche et je pose le droit contre la porte. Au début ils parlent tous en même temps et je ne comprends rien, puis Grand-mère coupe net :

— Ne dépensons pas notre énergie à nous disputer. On doit rester solidaires et protéger Mainou.

— Nous protéger de Mainou, tu veux dire ! dit la tante Louise.

— Ce petit a besoin de…

— *Hoppla Géis !* fait Grand-mère. La Gestapo sait depuis longtemps que des résistants se cachent par ici. Depuis qu'un petit malin a remplacé le drapeau nazi par un drapeau français, on a tendance à attirer leur attention. Jusqu'à maintenant, ils passaient juste poser quelques questions. Il y en a même un qui achète des bonbons, à chaque fois le même nombre de bonbons, mais là, c'est une vraie descente. Donc, Mainou doit être invisible ! Aussi in-vi-si-ble que Sylvia peut l'être. Compris ?

— Compris…, dit l'Émile, d'une voix si petite qu'on dirait pas la sienne. Mais les soirs où c'est calme… on pourrait peut-être le laisser passer un peu de temps avec Sylvia. C'était la meilleure amie de sa mère. Et sans doute que ça lui ferait du bien à elle aussi.

— Plus de sorties ! Il reste confiné dans la maison, interdiction d'aller au grenier. À nous de nous organiser pour que le temps ne lui semble pas trop long… Mais à l'intérieur, et rideaux tirés !

— Ils pourraient peut-être échanger par lettres, elle a beaucoup de choses à lui transmettre.

— Ça suffit j'ai dit ! crie Grand-mère avec une voix de trompette bizarre. Le vrai problème, ce dont on doit s'inquiéter, c'est que Mainou et Sylvia se retrouvent cachés au même endroit. Si la Gestapo fait une descente, on perd les deux.

Personne ne répond. Quelque chose me dit qu'elle a raison, mais je n'ai aucune envie d'entendre ce quelque chose.

— Trop dangereux, pour lui comme pour nous tous, donc dossier clos !

Elle se lève et je reconnais le bruit de ses ongles contre le baromètre.

— Ah ! Grand beau demain ! dit-elle avec cet enthousiasme de pacotille presque charmant.

Je remballe mon téléphone à ficelle en vitesse et bondis au ralenti jusqu'à l'escalier qui mène à ta chambre. Il grince mais tant qu'ils ne sont pas sortis je ne risque rien. Je me glisse sous les draps. J'écris tout ce que je viens d'entendre pour être bien certain que tu ne rates rien. Le cahier me fait l'effet d'un bain chaud après un match de foot perdu sous la pluie. Il ne change rien au résultat ni au passé, probablement rien non plus au futur, mais sur le moment, c'est apaisant. Avec un peu de chance, je vais m'endormir avant que l'angine de questions se réveille.

La Frohmühle, le lendemain

Après le repas, l'Émile est venu me voir dans ta chambre. Il m'a expliqué pourquoi c'en serait fini des rodéos à bicyclette, des grenadines chez la voisine et de la forêt aux lucioles. Je le savais déjà, du coup j'ai sorti ma tête de « C'est pas grave, tonton, je comprends très bien la situation ».

Il a pris ça pour du courage et de la maturité. C'était pas vraiment vrai, mais j'étais content quand même de le rendre content.

— Nous avons eu un conseil de guerre avec la tante Louise et ta grand-mère tout à l'heure, et j'ai fait mon possible pour te négocier un laissez-passer pour le grenier. Je n'ai pas eu gain de cause, mais je n'ai pas dit mon dernier mot.

J'ai encore fait le gars qui comprend tout. L'Émile m'a tapé dans le dos avec sa façon si spéciale de taper dans le dos des gens. Un tout petit peu trop fort. Il défend ma cause. Grand-mère aussi à sa manière, en mettant ma sécurité et celle de la maisonnée au sommet du « quoiquilensoit ». La tante Louise reste sur ses principes par principe. Mais l'Émile, il s'intéresse à ce que je ressens.

Je pense à la somme de nouveaux souvenirs de toi à récolter auprès de Sylvia. Ça me fait très peur et très envie.

J'aimerais apprendre à penser à toi plus joyeusement. J'y arrive un peu, par moments. Et puis tout s'écroule.

Marlene Dietrich bouge dans sa chambre en carton. On voit dépasser ses yeux trop grands pour sa tête. Elle a la manie de claquer du bec quand je me concentre pour t'écrire un truc important. Alors je sursaute comme un con. Je la balancerais bien par la fenêtre, pour voir si elle est une vraie cigogne qui vole et tout. Dire que plus grande, elle est censée porter des bébés dans son bec… si on ne trouve pas de solution pour son haleine, ils vont tous mourir asphyxiés.

Parfois, je me dis qu'elle serait mieux dans un nid avec d'autres cigogneaux à faire des trucs de ciel que dans la chambre d'un orphelin clandestin qui écrit à sa mère morte. D'autres fois, quand elle me réveille au milieu d'un cauchemar, je la sors de la boîte en carton qui lui sert de nid et je la pose sur mon épaule. Alors, le temps d'un instant, je me sens capitaine de quelque chose.

La Frohmühle, le 10 septembre 1944

Encore une longue nuit de bombardements dans la cave. Je frissonne à l'idée qu'un obus décapite la maison. La tête, c'est le grenier. Un cœur bat dedans. Il fait battre le mien. Sylvia. Les nouveaux souvenirs et les recharges de poésie pour l'Émile.

La sirène hurle. Les avions partent se garer quelque part dans les nuages, c'est la fin de la tempête.

J'aime ces moments-là. Grand-mère se réveille, ouvre un œil, me sourit et dit :

— Dodo, Mainou !

Le genre de mot enfantin qu'elle ne prononcerait jamais la journée, totalement éveillée. Là, dans un demi-sommeil, j'arrive presque à l'imaginer enfant. Haute comme trois pommes fraîches. Sans hiéroglyphes sous les yeux mais probablement avec le même chignon. Je pense à toi petite pendant la première guerre mondiale, tu avais à peu près mon âge. Peut-être qu'elle te disait : « Dodo, Lisette » en ouvrant un œil.

La veste de l'Émile est suspendue au portemanteau. Le trousseau de clés de la maison dépasse légèrement de la poche. L'équilibre entre ma loyauté et mon envie d'explorer le grenier est en train de basculer. Si je m'y prends bien, personne ne sera au courant de rien.

Après avoir vérifié que tout le monde dort, je me lève doucement. Chaque pas, même posé au ralenti, fait résonner les graviers dans toute la cave. Merci, mon Dieu, d'avoir fait de tante Louise une ronfleuse de compétition ! Mon cœur me monte à la tête en pensant à l'Émile. S'il se réveillait, il se sentirait trahi. Il ronfle un peu lui aussi, façon soprane. La tante Louise est un motoculteur baryton, Grand-mère un simple pinson à chignon.

Encore un pas et le trousseau de clés sera à portée de main. Marlene Dietrich vient se dandiner entre mes jambes, si elle caquette, je suis cuit.

Je pose mon doigt devant ma bouche en regardant Marlene Dietrich qui me lance exactement le même regard que :

– Quand elle mange.

– Quand elle vomit.
– Quand elle s'entraîne à voler.

Très expressive, mais toujours la même expression.

Le trousseau de clés scintille dans l'obscurité. À l'échelle du ciel de la cave, je suis en train de décrocher la lune. Les clés, désormais silencieuses, sont dans ma poche.

Je kidnappe Marlene Dietrich au cas où elle se mettrait à claquer du bec en mon absence. Elle va encore me vomir ses pois chiches pourris dessus, c'est sa marque de fabrique.

Je pousse la lourde porte de la cave, elle grince encore plus fort que l'escalier mais les ronflements bénis de la tante Louise continuent de me sauver la mise. Je monte délicatement chaque marche jusqu'à la cuisine et sa longue table en bois trop grande pour trois. Je me sens comme un pirate évadé dans son propre bateau.

Arrivé devant le grenier, je tremble un peu en enfonçant la clé dans la serrure. Ça fait du bruit comme si je fouillais dans un paquet de bonbons en métal. Je tourne lentement sur la droite, rien ne se passe. Puis sur la gauche, rien non plus.

J'enfonce la clé un peu plus loin et la porte s'ouvre avec un petit *clic*. Une lumière de matin se faufile entre les lattes du plafond. Ça m'éblouit comme quand Papa ouvrait les volets de ma chambre pour me réveiller tôt même en vacances.

J'entends un bruit de machine à écrire, puis plus de bruit de machine à écrire.

— Émile ? dit une voix.

Je n'ose pas répondre. Le silence dure un long pourlinstant. J'entends un *clic* qui ne sonne absolument pas comme une porte. Puis des pas. Je connais ces pas. Ils se rapprochent de moi. Un à un. Mes yeux s'habituent doucement à l'obscurité. Une ombre se découpe, elle avance vers moi. Je suis pétrifié. Je pense au bonhomme de neige dans la cour de l'école. Je me sens comme lui.

— Mainou !… J'ai eu peur que ce soit… quelqu'un d'autre.

Mon cœur fait tellement de bruit que je ne m'entends plus penser.

— Je savais que tu finirais par revenir, je pensais juste que ce serait plus tôt.

Les pas s'éloignent, l'ombre aussi et elle s'assoit.

— Je termine un petit quelque chose si cela ne te dérange pas.

Un craquement d'allumette, et une bougie s'allume. *Tac-tac-tac-tac tac-tac !* fait la machine. Marlene Dietrich semble y répondre en caquetant. Je n'ai aucune espèce d'autorité sur cet animal.

Je reste planté au milieu d'un tas de livres rangés par couleur. Je n'ose rien toucher. Déjà regarder, ça me gêne comme d'être en pyjama quand mon institutrice venait prendre l'apéritif à la villa Yvette.

J'y vois clair désormais. L'ombre blonde dispose d'un lit comme ceux sur lesquels nous dormons dans la cave. À travers la fenêtre, la lune lui sert de lampe de chevet. Ce grenier, on dirait la caverne d'Ali Baba, sauf que ses trésors sont des livres. Je reconnais le village de boîtes entassées et le coin cabine avec les bouts de papier griffonnés punaisés au plafond.

— Voilà, c'est terminé, lâche-t-elle soudain en sortant de sa cabine.

Elle s'assoit sur son lit en remplissant de tabac sa pipe blanche.

— Ce n'est pas parce que tu es tout petit que tu es obligé de rester debout. Assis, on fera la même taille.

Elle me fait signe de sa main aux longs doigts élégants. Son sourire est doux et puissant. Je m'installe à côté d'elle. Jamais de ma vie je n'ai posé aussi délicatement mes fesses. Marlene Dietrich et sa paire d'ailes n'auraient pas fait mieux.

L'ombre blonde est si belle que je n'arrive pas à parler. Sans capuche, c'est encore pire que la dernière fois. Ça me rappelle la toute petite Linda avec qui j'avais dû danser pour le spectacle de fin d'année. La beauté, ça me sèche la gorge et après je ne peux plus rien dire. Du coup, je dis rien.

— Je m'appelle Sylvia, dit-elle en me tendant la main.

Ses doigts sont fins et la paume de sa main est plus douce que le duvet de Marlene Dietrich.

— Tu n'as absolument pas le droit d'être ici, n'est-ce pas ?

— Pas trop, non…

— Ça nous fait un point commun ! dit-elle en me regardant en plein dans les yeux. Je dois me cacher ici car si on me trouve, je vais devoir monter dans un de leurs trains qui partent pleins et reviennent vides. Tu le sais aussi, le grenier est l'endroit le plus dangereux de la ferme en cas de bombardement. Je les entends siffler juste au-dessus. *Fffffioooooooo*…

Elle tire lentement sur sa pipe. On dirait que c'est la fumée qui parle.

— Je peux te donner la note exacte sur laquelle ils sifflent. La plupart du temps les bombes sont en *la*, comme la sonnerie du téléphone. Alors que le moteur des avions oscille entre le *mi* et le *fa*. Voilà à quoi m'auront servi mes années de solfège !

J'ai envie de dire plein de trucs, mais tant que je dis rien, ça se voit pas trop que je suis en panique. Je crois. Les anges passent et je me garde bien de leur griller la priorité. Sylvia fait des ronds de fumée, je me retiens de tousser pour faire le grand.

— Mais je ne suis pas si mal ici. Je peux lire, écrire et ne pas écouter les sermons de la tante Louise. Parfois même je chante un peu par-dessus les disques de l'Émile. Il m'apporte gentiment à manger. Dans la situation actuelle, c'est l'équivalent d'un hôtel mille étoiles ! Regarde ! dit-elle en désignant un trou dans le plafond. Le grand ciel est à portée de main !

Je regarde à fond.

— Tu veux fumer ? dit-elle en me tendant sa pipe.

— Oui, merci beaucoup.

— Je plaisantais !

— Ah.

— Pour que tu te détendes un peu. Ça ne marche pas du premier coup, mais je t'assure qu'essayer de rire, c'est une bonne technique. Du moins c'est la mienne. Quand les Allemands ont fait une descente dans l'épicerie, j'étais si terrifiée que je me suis mise à écrire la vie que j'aurais eue si ce type avec sa moustache en ticket de métro était resté peintre en bâtiment. Je m'imaginais chanter et danser dans un cabaret. C'est ce que je ferai si la guerre finit par finir. J'imaginais Adolf Hitler s'il était tombé amoureux d'une Juive. Une pratiquante, beaucoup plus juive que moi. Hitler avec une kippa, dansant sur de la musique klezmer bras dessus, bras dessous avec sa fiancée. Hitler dégustant un falafel, ce genre de choses. J'ai entendu l'accent allemand passer entre les lattes du plancher et ma gorge s'est serrée. J'ai pris ma respiration, et j'ai continué à me raconter l'histoire de l'autre Hitler et de l'autre moi.

— Vous l'écrivez encore ?

— La mienne, tous les jours. Hitler, c'est vraiment quand je suis en colère. Mais tant que j'arrive à me moquer de lui et de sa secte, il reste un arpent de liberté caché sous mon crâne qu'il ne pourra jamais atteindre. Ça peut paraître dérisoire, mais ça me réconforte.

Sylvia sourit et le temps s'arrête un peu. J'ai oublié de respirer assez longtemps, puis j'ai failli m'étouffer. Mon cœur bat comme un train, je ne m'entends plus penser. J'attends que le calme revienne. Elle attend avec moi. J'ai répété ma phrase plusieurs fois dans ma tête pour être sûr qu'elle ne sorte pas n'importe comment. Puis je me suis lancé :

— L'Émile m'a dit que Maman et vous, on vous appelait « les jumelles ». Je me souviens d'une histoire qu'elle racontait, où vous jouiez à celle qui monterait le plus haut dans un arbre…

Je crois que les commissures de ses lèvres tremblent, mais elle m'embrouille avec son sourire à fossettes. Ça fait des points, des virgules et toute une ponctuation.

— Nous étions proches, très proches. Plus que sœurs. Oui, je lui écris parfois. Pas comme une mystique tarée qui lui enverrait des messages à travers les nuages, rassure-toi…

Elle tire longuement sur sa pipe et la fumée me

pique les yeux. Ça ferait une bonne excuse si je me foutais à chialer.

— Juste… je continue le geste. J'ai appris à écrire, à rire, à inventer en écrivant ses devoirs, ses lettres d'amour.

— Ses lettres d'amour ?

— Oui… On savait imiter l'écriture et la signature l'une de l'autre. C'était notre pacte de meilleures copines. On a commencé avec les devoirs et en grandissant on s'est mises à intervertir nos lettres d'amour. Comme quand on était petites, l'une écrivait pour l'autre. On appelait ça le « trafic de poésie ». L'Émile était le seul à être dans la confidence. Ce n'était qu'un jeu… Jusqu'au jour où ta mère a séduit ton père avec un de mes poèmes et qu'ils se sont mariés.

Une pensée étrange me traverse : « Si j'existe, c'est un peu grâce ou à cause d'un trafic de poésie. »

— Elle n'osait pas l'aborder alors qu'ils se croisaient parfois à Guising ou près de la caserne sur le plateau du Légeret.

Elle sourit. Un long sourire qui se poursuit dans le rallumage de sa pipe.

Le désir de lire ces lettres est monté d'un coup. Une sorte d'eurêka émotionnel étrange, le truc le plus proche de la joie que j'aie pu ressentir depuis ton départ.

— Est-ce que mon père sait que les lettres qu'il a reçues n'étaient pas de Maman ?

— Je ne sais pas. Il est possible qu'elle ait emporté son secret dans sa tombe. Elle l'a rendu heureux. Peut-être que c'est le résultat qui compte. Ou peut-être que j'essaie de m'en convaincre, ça dépend des moments. La nuit, j'ai l'impression d'avoir raison. Le jour, un peu moins.

C'est de nouveau le temps de laisser passer les anges. Un putain d'embouteillage d'anges.

— Quand elle est partie, je ne suis pas parvenue à arrêter d'écrire pour elle. Comme si elle était toujours là.

— Moi non plus, j'ai dit.

— Comment ça, toi non plus ?

— Je lui parle dans mon cahier.

— Extraordinaire !

Elle marque un temps d'arrêt et me regarde en se mordillant la lèvre.

— J'adorerais te lire, Mainou… Mais je comprendrais que tu veuilles garder ton secret.

— Marlene Dietrich a tout lu plusieurs fois, alors… pourquoi pas !

Elle rit un peu et ça la fait tousser. Je suis plus fier de moi que lorsque j'ai marqué mon premier coup franc à vingt-cinq mètres.

— Marlene Dietrich, ma cigogne, je précise, en caressant la bête.

Deuxième tournée de petit rire. Deuxième fierté de but en pleine lucarne.

Elle passe son bras autour de moi et sa main se met à presser mon épaule. Je me retiens de parler de sa peau de coquillage nacré qui me fait penser à ceux que je ramassais à la fin de l'été à Palavas pour ne jamais en faire rien d'autre que rien. Je me retiens de parler de ses cheveux dorés à l'or fin qui lui font une dégaine de trésor qui parle.

Je respire lentement et longtemps.

Je sens son parfum iodé qui fait penser à la plage l'été mais je ne lui dis pas. Je me contente de lui demander de me parler de toi.

— Je te préviens, ça va être joyeux ! me répond-elle en rallumant sa pipe.

Elle crache des ronds de fumée encore plus parfaits que ceux de l'Émile. L'un d'eux flotte devant moi, je passe le doigt à travers. Sylvia aussi.

— Qu'est-ce que tu veux savoir ?

— Tout !

Un nouveau long silence, si long que Marlene Dietrich s'est endormie avant que je ne la réveille en toussant comme un débile. J'ai encore oublié de respirer.

— On se retrouvait ici, dans le grenier. Le plancher était pourri, on risquait de passer à travers la laine de verre. C'était formellement interdit et c'est exactement ce qui nous plaisait. Notre grand truc, c'était de piquer du schnaps dans la réserve, d'en boire un maximum et de redescendre en essayant de paraître normales. C'était comme boire du feu. On détestait ça, mais on ne pouvait pas s'en empêcher. On devait avoir à peu près ton âge. Un peu plus peut-être… Un soir d'ivresse, nous sommes allées jongler avec des œufs dans le poulailler. Deux, puis trois, puis quatre. On a commencé à en faire tomber. Et plus ça tombait, plus on riait. Ta grand-mère a déboulé et a sorti Élise avec perte et fracas. J'ai dit qu'elle n'avait rien fait, que j'avais cassé les œufs et que j'étais désolée. J'ai endossé l'engueulade. J'étais fière comme le coq. Les mots de ta grand-mère glissaient sur moi. Pour me remercier, Élise m'a proposé de jouer au bon génie des mathématiques. Elle y excellait. J'étais nulle. Puis ça ne s'est plus arrêté, nous sommes devenues l'ange gardienne l'une de l'autre. Chacune écrivait les rédactions de l'autre. Plus tard vint le temps des premières amours, jusqu'à ce qu'Élise rencontre ton père. Elle aimait l'idée de l'avoir séduit avec, entre autres, mes poèmes. Ce système était ancré en nous depuis si longtemps que la question de l'imposture ne se posait plus. Mais plus le temps passe, moins je me sens à l'aise avec ce mensonge doux. L'équilibre n'est plus le même depuis qu'elle est partie.

— Et personne n'était au courant ?

— J'ai confié ce secret seulement à Émile quand Élise est morte mais elle lui avait déjà tout raconté.

— Est-ce que vous avez gardé les lettres ?

— Elles sont rangées dans la boîte que tu as rapportée de Montpellier, l'Émile est allé l'enterrer quelque part dans la forêt des lucioles.

— Pourquoi ?

— Parce que je le lui ai demandé.

Le silence dure un long pourlinstant. Si long qu'à la fin, j'ai l'impression de ne plus être la même personne.

— Si tu veux revenir, tape trois coups rapides, trois longs et de nouveau trois courts, ce qui signifie SOS en morse, puis tu grattes à la porte pour signifier que tout va bien. Ça m'évitera la trouille de tout à l'heure !

J'ai eu envie de l'embrasser, Maman. De sauter dans ses bras comme un petit singe. Une pulsion. J'ai dit « au revoir » et « merci » dans le même mot, quelque chose comme « merçoir ».

— Tu as mangé des pois chiches, non ?

— Non, c'est Marlene Dietrich…

— Bien sûr !

J'ai descendu l'escalier de la mort avec tant de coton dans les jambes qu'avec on aurait pu soigner toutes les égratignures de mon équipe de foot à Montpellier. La cigogne dormait dans mes bras avec les yeux ouverts, j'ai cru qu'elle était morte, mais étant donné qu'elle s'est mise à pisser, j'imagine que tout va bien.

Je l'ai posée dans son carton et l'ai bordée avec son petit bout de couverture. L'angine de questions a repris, mais les symptômes sont plus doux cette fois. J'ai rêvé de bombardements mais je ne me sentais pas en danger. C'est con les rêves parfois.

« Qu'est-ce que tu fais là ? » dit la voix de Grand-mère dans mon rêve. Rêve qu'elle finit par transpercer au point d'apparaître au-dessus de ma tête.

Elle attrape mon bras et me sort du lit comme une vieille saucisse. J'ai oublié que les nuits de bombardements, même quand la sirène a retenti, nous devons rester dans la cave en cas de rechute. J'ai tout oublié au grenier, le temps d'un instant, je n'ai vécu que dans le présent. Exactement dans le présent.

— Dépêche-toi, dit encore Grand-mère.

De dos, on dirait que c'est son chignon qui parle. Un chignon pas content. Je flotte quelque part entre mon rêve et le réel, quelque part entre le grenier et la cave.

Une fois arrivée, Grand-mère défait son chignon et vient m'embrasser sur le haut du crâne. C'est à croire que j'ai le cœur juste en dessous tellement ça me fait triste. J'ai l'impression de te décevoir à travers elle.

J'ai envie de demander si je peux aller chercher Marlene Dietrich et mon cahier. Je me retiens. L'Émile m'envoie son sourire de tonton copain. J'ai envie de le prendre dans mes bras longtemps et de tout lui raconter à l'oreille. Je me retiens.

J'attends que tout le monde s'endorme. Ensuite, j'irai replacer le trousseau de clés. Un autre monde existe là-haut. Quelque chose de toi y a survécu. Plus exactement quelqu'un, rempli d'autres souvenirs que les miens.

Je voudrais grandir en accéléré pour que la guerre finisse plus vite et me promener en forêt en plein jour. On ira déterrer la boîte et tu reviendras un tout petit peu. Papa sera rentré, tante Louise pourra soulager son envie d'église, du coup elle y habitera pour toujours. J'aurai le droit de ne pas y aller. J'apprendrai à fabriquer de nouveaux souvenirs, histoire de ne pas me fracasser contre les tiens. Mieux, j'apprendrai à les toucher sans m'électrocuter la tête. Ce sera bien d'accélérer encore. Ça fera comme le vent sur le vélo de l'Émile. Il y aura des cris de match de football, l'odeur du vent de la mer et des nuages collés à l'horizon. Tellement bien collés qu'on pourra nager dans le ciel. Si leur truc de Dieu existe, ce sera la porte d'entrée de l'autre monde.

Putain, j'ai réveillé la tante Louise. Elle a cru que je récitais une prière à la con et elle s'est approchée pour me caresser la joue avec ses doigts-saucisses. C'est doux son truc, je n'aurais jamais cru. Alors je caresse son grand dos. Ça prend un long pourlinstant. Quand elle ne parle pas, la tante Louise est une nouvelle personne.

La Frohmühle, le 11 septembre 1944

Tante Louise m'attaque dès le petit déjeuner ce matin. Tu interdisais qu'on te parle avant que tu aies bu ton café, et moi c'est pareil avec mon bol de lait. Je suis comme un chat qu'on voudrait caresser quand il mange. Je souffle et tout.

— Tu sais que Dieu a créé le monde en six jours ? Mais s'il avait pris autant de temps que toi pour avaler un bol de lait, on en serait encore au Moyen Âge.

Je crois qu'elle essaie de faire de l'humour, du coup j'essaie de rire. C'est terrible cet humour de vieux. Pourtant, malgré l'arrière-goût d'hostie périmée, je sens une tentative de tendresse.

— Ils arrivent ! dit Grand-mère.

— Qui ? demande l'Émile.

— Les Allemands, ils veulent nos poules. Mainou, pas un bruit, va te cacher…

— Au grenier ?

— Non ! À la cave, dans l'armoire, et s'ils entrent, tu sors par la porte dérobée.

— Allez ! dit l'Émile qui me prend par le bras.

— Pourquoi ils veulent nos poules ?

— Ils disent qu'on a trop de poules, trop de cochons et trop de bœufs. Ils se servent comme s'ils étaient chez eux ! « Rationnement », qu'ils disent avec leur accent à la con.

J'ose pas dire à l'Émile que je vois pas trop de différence entre l'accent de Grand-mère quand elle parle le patois et l'allemand. Je répète les quelques mots que j'ai appris par cœur au cas où : *Hallo, Ich heisse Hans*, « Bonjour, mon nom (de remplacement) est Hans », et *Danke*, « Merci ».

L'Émile ouvre doucement la porte de la cave et m'installe dans l'armoire. Son visage porte le même déguisement de sourire que celui de la cousine dans la charrette. Il me parle gentiment, il articule à fond. Le docteur Godebout, il te parlait comme ça.

— Ils ont pris ma préférée, celle qui chante en *la* mineur quand elle pond un œuf ! On aurait dit Édith Piaf ! dit l'Émile en imitant ladite poule.

Il a fermé la porte avec son clin d'œil de tonton copain et je me suis retrouvé tout à coup dans la nuit en plein jour. J'ai encore oublié Marlene Dietrich dans ma chambre. Je commence à l'imaginer en aiguillettes, avec de la crème de poireaux. Ou en brochettes de cigogne marinées au paprika. Ça me donne faim et envie de pleurer en même temps. Je sens presque l'odeur et tout. Prenez Chtol ou Maï et faites-en un pot-au-feu, mais pas Marlene !

Je me rassure en pensant à son haleine de pois chiches pourris. Sa protection à elle. Un peu comme le missel de la tante Louise.

Le pourlinstant s'est tellement étiré que j'ai failli oublier que j'étais dans un placard. Toute cette nuit rien que pour moi et rien d'autre à faire qu'avoir peur… ou rêver. Alors je rêve à fond. Quelque chose s'agrandit entre mon cœur et mon cerveau. C'est peut-être en travaux pour toujours, mais ça avance. J'avance.

On y trouve des terrains de football avec de l'herbe assortie aux yeux de Papa. On y trouve des bicyclettes, du printemps, un ballon de volley avec du sable collé dessus, la plage comme avant, des crabes entre les rochers, mon chalutier. La proue, la quille, le bastingage.

Quelque chose s'allège un peu. Le désir de retrouver Montpellier sans toi pique les yeux et le nez, mais par moments, j'arrive à séparer le futur du passé. Ça me fait toujours froid dans le dos d'avoir un peu moins mal. J'avance de deux cases et recule de cinq. Qui perd gagne. Je ressens, je trie, et puis tout s'écroule en un aller-retour de pensées. Mon cœur est un studio de cinéma. Mon cerveau une salle de projection. Je me fais des films sur « l'après-guerre » comme disent les adultes, avec des lacs gelés où patiner les yeux fermés en plein centre de Montpellier.

Et tout à coup, je les rouvre. Tu n'y es pas. Tu n'y seras plus jamais. Peut-être que Papa non plus. Et moi j'en sais rien, sauf que j'ai envie de sortir de cette fichue armoire !

— Ils sont partis les chleuhs ! dit l'Émile en ouvrant la porte au moment pile où je m'étouffais de tristesse.

— Où est Marlene Dietrich ? je demande pour détourner l'attention des larmes qui commencent à me piquer les yeux, parce que chialer devant l'Émile, c'est hors de question.

— Elle chante quelque part pour des soldats, je suppose.

— Je parle de ma cigogne.

— On l'a bouffée de peur que les Allemands la trouvent.

— Vous avez bien fait ! Ras le bol de son haleine de pois chiches !

Le sourire de l'Émile me rend le mien. L'effet domino de la toute petite joie.

La Frohmühle, le 5 octobre 1944

Le jour, je retourne à ma vie officielle. La chambre, la cave, les soupes de légumes goût gravier et l'école dans la cuisine. Par moments, je me sens un peu con à t'écrire alors que le pourlinstant de la guerre dure de plus en plus longtemps et que même Papa, je ne suis pas certain de le revoir.

Chaque montée en flèche de l'espoir est suivie par un « coup de blues du Mississippi » comme dirait l'Émile. Ça prévient pas et ça vient souvent avant de m'endormir. Une envie de tout casser. De partir. Aller chercher mon père entre les lignes Maginot, retourner à Montpellier à vélo avec Marlene Dietrich sur le porte-bagages.

Parfois, je suis tenté de jeter mon cahier dans le poêle à bois. J'en veux à ton fantôme d'être un fantôme et de ne jamais répondre à rien. Par moments je voudrais en être un. Comme ça je pourrais te voir.

La nuit, je vais chez Sylvia. Je suis devenu expert en démarche de chat. Je tape le code, et je vois débarquer sa frimousse de souris blonde. Je lui prépare des blagues, comme on préparerait des petits gâteaux. Elle ne fait pas semblant de les trouver bonnes ni rien.

Sylvia me donne des cours de deuil. Comme ça me fait de la peine de progresser, alors je progresse peu. Par contre, je tombe amoureux. Mais alors à m'en péter les chevilles dans l'escalier tellement ça tremble. C'est bombardement de cœur sur bombardement de cœur. Son rire, quand il finit par arriver, ça fait comme un court-circuit dans la guerre. Je me prends un tel taux de lumière dans le sang que je me sens luminescent. Je brille comme une étoile dans mon lit toute la nuit et je ne m'éteins qu'au petit matin.

Sylvia dit que je suis nul en deuil parce que je t'aime trop. Et que même si tu es morte, je ne veux pas me détacher. Elle dit que je suis un putain de cancre et elle me prend dans ses bras. Là, je gagne du temps. Deux petits chauffages d'appoint réchauffent mon dos, et elle se met à parler des rêves de quand vous étiez petites. Tu voulais être journaliste ou danseuse. Peut-être les deux. Parfois peintre aussi. La joie brouille l'écoute. Sa voix me berce.

L'autre soir, je me suis endormi dans ses bras. Quand elle m'a réveillé avec sa jolie tête au-dessus de la mienne, c'était mieux qu'un rêve. J'ai fini par retourner dans ma chambre avec des étoiles à la place de la tête. Toute une galaxie douce dans les cheveux, il faisait presque jour dans le couloir tellement j'irradiais. Je me suis allongé, les mains croisées derrière la tête. J'ai regardé le plafond si longtemps que le matin s'est pointé. Puis je me suis endormi si profondément qu'au réveil, le temps de quelques instants, j'ai oublié que tu étais morte. J'ai fait des rêves étranges, impression que quelqu'un était assis à mon bureau. J'ai eu peur que ce soit ton fantôme et que tu ne me reconnaisses pas. Mon cœur s'est mis à battre si fort qu'il m'a réveillé.

J'ai entendu des pas et le bruit de la porte, mais je ne sais pas si c'était en rêve ou en vrai. Je me suis mis à imaginer que tu venais tous les soirs lire mon cahier. J'ai tellement aimé l'idée que j'y ai presque cru. Le coq crooner taré a chanté et j'ai compris que c'était simplement le matin. Marlene Dietrich m'a regardé et a claqué du bec d'un air qui m'a paru réprobateur.

J'aurais juré entendre : « Pois chiches ? Pois chiches ? » avec la voix de la tante Louise. C'était bien la tante Louise, qui venait lui apporter à manger. Et moi qui brillais dans mon pyjama, avec ma tronche d'étoile pleine de faux contacts.

— Tu as des petits yeux, toi !

Sa façon à elle de dire : « Tu as une tronche d'étoile pleine de faux contacts. » J'ai failli répondre : « Et toi un gros cul ! » mais je me suis retenu.

Je l'aime bien le matin, quand elle ne parle pas encore de Dieu et qu'elle se balade en chemise de nuit. L'hippopodame. Je la trouve belle par moments. Gracieuse ou je sais pas quoi. Une danseuse au ralenti gonflée à l'hélium qui nourrit un enfant cigogne.

J'ai le cœur gros, j'ai le cœur grand. Même tante Louise y trouve sa place. J'aimerais ne jamais vraiment me réveiller. Vivre avec une transfusion du parfum iodé de Sylvia dans le bras, errer en pyjama au grenier. Juste sentir, renifler, me blottir. Repousser la guerre dans les catacombes des choses à penser. Oublier. M'oublier. Mais t'oublier, je crois que je n'y arriverai jamais.

La Frohmühle, le 11 octobre 1944

Il y a un tout petit Allemand qui vient faire ses emplettes à l'épicerie. Grand-mère et lui parlent lentement et doucement. Il repart toujours avec un sac de sucreries. Ça fait bizarre, ces bonbons colorés entre ses mains avec son costume de nazi. Il s'appelle Hans quelque chose et semble jouer à la vie sans la guerre. On dirait un vieil enfant avec un déguisement trop grand. Ça me picote de sortir de ma cachette et de lui dire : « Hé, c'est quoi ces conneries ? On arrête ! On rend les mamans, le football et le printemps. Tout de suite. Allez, tire-toi avec tes bonbecs ! »

L'Émile tente de m'expliquer l'absurdité de la situation. Les nazis n'aiment pas les Juifs, comme moi je n'aime pas les légumes. Je ne mets pas le feu au potager pour autant. C'est ce que j'ai du mal à comprendre. Pourtant les fils des poireaux dans la soupe, vraiment ça me donne l'impression de manger des cheveux de vieille. Les nazis ont une dent contre les légumes, les potagers juifs et tout ce qui pousse pas tout blond. Mais si Hitler finit par se regarder dans une glace, il risque bien d'assassiner le barbier qui fait le con avec sa moustache depuis des années puis de se suicider plusieurs fois d'affilée !

Depuis que je suis amoureux, mon énergie grandit. Je ne passe pas moins de temps à penser à toi mais quelque chose s'est adouci. J'ai des idées en couleurs, je fais des rêves étranges en plein jour. Je me suis même mis à dessiner.

Mais je n'ose pas remonter au grenier. Enfin, si, j'y vais. J'écoute avec mon téléphone à ficelle et je retourne me coucher. Hier Sylvia a ronflé. La fée du grenier en personne, elle ronflait. Le son d'un petit moteur planqué dans le cœur d'un chat.

Ce soir, quand j'ai changé la paille du nid de Marlene Dietrich, j'ai trouvé un œuf. Ça m'a fait une joie bizarre. Soit cette cigogne est la Vierge Marie des cigognes, soit elle fait des trucs pas très catholiques avec le coq taré pendant la nuit.

J'ai bien observé l'œuf et dessous j'ai vu noté en tout petit : « Ceci est un œuf de la tante Louise. »

Et quand j'ai pris mon cahier pour t'écrire, une lettre y était glissée comme un marque-page.

Mon petit Mainou,

Tu vas peut-être beaucoup m'en vouloir, car j'ai lu ton cahier. Tout ton cahier. Je l'ai dévoré d'un coup. Sec et joyeux. Je voulais seulement t'offrir quelques secondes de rire avec cette histoire d'œuf et puis j'ai vu ton journal ouvert. Tes mots m'ont fait l'effet d'un aimant. J'ai commencé par la dernière page, celle où tu racontes notre rencontre au grenier.

C'était comme entrer par effraction dans ton cœur, cet autre grenier. Plus grand que la maison-ton-corps. Ce n'est pas un studio de cinéma, ton cœur, c'est une planète. Les volcans poussent et se renversent dans les océans, il neige sur la mer car tu ressens tout, tout et tout le temps. J'ai tout ressenti. Tout et tout le temps. Parfois, tu bougeais dans ton lit. Je me demandais si tu faisais semblant de dormir ou semblant de te réveiller.

Ce que j'ai lu là a relancé les travaux d'agrandissement du cœur. Le mien. Je me contentais de ne pas le laisser rapetisser, en l'ouvrant aux amis. Et voilà que là, j'ai tout qui prend vent. J'ai des ailes de géant qui poussent, des fourmis dans les jambes, que dis-je, une fourmilière ivre de danser. Danser ! Danser ! Danser ! J'avais presque oublié à quel point cela pouvait me manquer. J'ai été prise. Sur-prise par ce cadeau à la dérobée.

Et j'ai une proposition à te faire. Elle ne sera pas malhonnête, tu es beaucoup trop jeune pour ça, mais honnêtement, il se pourrait qu'elle te plaise.

Je ne sais pas si je dois dire « merci » ou « désolée », disons les deux.

À bientôt,

Sylvia

Une joie indécente. Une joie de printemps sans guerre, une joie de but de la tête même quand on est trop petit. Ça me transperce. Je pourrais courir. Fort et longtemps, plus vite que la tombée de la nuit, et atterrir de l'autre côté de la vie. Là où tout est grand et libre, avec une forte probabilité de prendre des coups de soleil à l'intérieur du cœur. La joie tient debout sous mon crâne sans besoin de s'appuyer sur la béquille de l'espoir. La joie me tient. Je suis fier comme le coq crooner taré qui chante pour engueuler le soleil quand il tarde à se lever. Sylvia a aimé le cahier. Je suis ce cahier. Donc par un raisonnement hautement mathématique, elle doit m'aimer un peu.

Quelque chose s'ébouriffe. Mon cœur est un train qui remonte le temps d'avant les souvenirs. Le temps d'avant les comparaisons entre le passé et le présent. Les bombes pleuvent et je n'ai plus peur de rien. Je suis fatigué d'avoir peur de tout.

Je me sens vivant, comme si tu étais revenue. Je rapetisse, m'allonge entre les ailes de Marlene Dietrich. Je l'éperonne comme dans les films de cow-boys, je me sens indien. Tout crie en moi. Je deviens le cri. Maman, me reconnaîtras-tu ? Allez-y, les bombes ! Déglinguez-moi ce ciel ! Allez-y ! Faites-moi un spectacle. Je ne veux plus rien avoir à faire avec la peur. Amusez-moi ! Faites claquer le premier tremblement de ciel de l'histoire de l'humanité. Secouez les étoiles !

Les voilà les étoiles qui se décrochent une par une. Tempête de lumière, jour pour toujours ! La lune est tombée dans le pré. Chtol et Maï s'y promènent avant que les Allemands ne les changent en bœufs bourguignons. Les nazis sont interdits sur la lune. Là-bas, tu n'es pas morte ni rien. Là-bas, j'ai l'âge d'embrasser Sylvia sur la bouche si longtemps que j'oublie d'avoir faim.

Et puis Grand-mère vient m'attraper par le bras. Les étoiles remontent au ciel, reconstituant le puzzle des galaxies avec la précision triste de ceux qui ne pensent que par les chiffres. La lune redevient cette bille qui brille au fond de la nuit. La cave redevient la cave. La peur redevient effrayante, le grenier de Sylvia me paraît aussi loin que la lune.

Marlene Dietrich a le hoquet, on dirait qu'elle

danse. Ça me fait sourire. Mon sourire agace la tante Louise, qui semble développer une allergie à toute forme de joie. J'aimerais avoir honte de moi. Mais je n'y parviens plus.

La Frohmühle, le 27 octobre 1944

Je n'arrive plus à t'écrire. Ni à écrire. Je pense de travers. Je n'ose plus retourner au grenier. La honte est revenue, la peur rôde. Je sens que je recule. Je me transforme en tante Louise et ça rend l'Émile triste.

Ça me rend triste de le rendre triste. La lune, le grenier, l'espérance, Papa et ton fantôme sont enfermés au grenier. Je sais que je peux y retourner, mais je ne supporte plus la joie que cela me procure.

Je me rends compte de trop de choses à la fois.

— Tu prends conscience, m'a dit l'Émile.

Ça a du bon, mais ça altère la qualité de mes rêves. Le fait que Sylvia m'ait lu m'a pétrifié. De bonheur, mais aussi de peur. Je crains de ne plus être à la hauteur de cette lettre qu'elle m'a écrite.

Je me re-timidifie comme quand tout d'un coup j'ai été moins petit. À l'âge de quatre ans, dès que

Papa mettait un disque de jazz sur le gramophone, je glissais en chaussettes sur le carrelage et je dansais devant la cheminée. Même devant les invités et tout. Puis vers huit ans, ça s'est arrêté net. Et plus on le demandait, plus ça me bloquait.

Écrire à ton fantôme, c'est facile. Lui parler comme je t'écris, c'est impossible.

— Tu as le trac de l'amoureux transi ! m'a soufflé l'Émile, mi-taquin, mi-tendre.

Passer le bout de mes doigts entre les plumes de Marlene Dietrich devient mon activité favorite. Tante Louise n'arrête pas de me complimenter, elle dit que je gagne en maturité. Grand-mère colmate les brèches, les failles de chacun et les gouffres qui nous séparent. Je me demande ce qu'elle ressent le reste du temps. Quand elle ne prépare pas à manger. Quand elle ne travaille pas à l'épicerie. Que se passe-t-il dans sa tête juste avant qu'elle aille se coucher ? Est-ce que ton fantôme vient la visiter ? Est-ce qu'elle t'appelle au secours ? Est-ce que tu réponds ?

Je lui ai tout demandé d'un coup pendant qu'elle préparait l'omelette. Elle a cassé un œuf si fort que la coquille a explosé entre ses doigts, puis elle a souri. J'ai eu honte. Elle a passé sa main gauche dans mes cheveux. C'était pas très agréable parce que je sentais comme elle tremblait.

— Paris a été libéré mais les bombardements redoublent d'intensité…, dit l'Émile. C'est les montagnes russes en ce moment, ajoute-t-il pour que le silence ne dure pas trop longtemps.

Il oublie même d'être drôle tellement il est concentré. On dirait que la radio l'hypnotise. Il dit que les nazis sont sur les nerfs et que ça les rend d'autant plus dangereux. Il dit qu'il faut manipuler l'espoir avec parcimonie pour ne pas devenir trop impatients.

Tante Louise prie à voix suffisamment haute pour qu'on l'entende. Hier soir, elle a prié pour moi. Ça m'a fait comme quand on t'offre un bijou très précieux mais qu'on sait déjà qu'on ne pourra jamais le porter, sauf pour faire plaisir. Comment peut-on croire qu'un type a construit le monde en six jours ? Les volcans, les étoiles, les dinosaures, la neige… déjà y penser, c'est une chose, mais mettre en place tout le bordel de feu, de nuages et de pondaison en six jours ! Soit le gars est très fort, soit il dispose d'une armée d'anges surdoués.

Parfois ça rassure, parce que je me dis que si on peut croire à ça, on peut croire à tout. Même au fait que la mort, ça dure pas forcément tout le temps. Ça s'allume au fond de moi, puis quelque chose de plus profond encore éteint l'idée. J'aimerais que la pensée reste en moi pour un plus long pourlinstant, mais non. Je sens que rien de tout ça n'est possible. Il n'y a pas de fées dans la forêt et les écureuils ne parlent pas. À la limite, les hérissons sont des souris qui ont cambriolé des coques d'oursins morts pour se donner un genre.

En revanche, Sylvia au grenier, c'est vrai. Ça existe. Son rire, c'est presque un truc de fée.

Il arrive que je sois violemment heureux, et être heureux alors que tu es morte, ça fait des nœuds entre le cœur et le cerveau.

La joie que Sylvia me procure a tendance à chasser la mélancolie. Je sens comme tout ça se transforme en moi. Je pense moins à Papa depuis qu'elle est là. Il se bagarre quelque part et moi je blottis mon dos contre les seins de Sylvia. Alors le temps s'arrête un peu. Plus rien ne fait mal nulle part. Puis je quitte le grenier et tout recommence.

Ne plus supporter la joie donne à la vie un goût de soupe aux légumes filandreux. J'ai rangé toutes les étincelles. Les beaux souvenirs vécus, ceux imaginés, même l'espoir, je n'en veux plus. Je veux la paix.

Je l'achète en faisant mine de lire la Bible. En descendant en vitesse à la cave à la moindre alerte et en me cachant dès que l'Allemand de petite taille se pointe à l'épicerie. Parfois, au creux de l'insomnie, mon cœur bat si fort qu'on dirait un concours de batterie dans ma poitrine. On entend les cymbales jusqu'aux oreilles et contre les tempes. Le temps d'un instant, j'imagine que demain je me réveillerai à Montpellier. J'irai dans la cuisine et tu seras en train de préparer le petit déjeuner. Ces pensées tiennent uniquement lorsque je suis dans un demi-sommeil.

La Frohmühle, le 2 novembre 1944

Les jours et les nuits se fondent les uns aux autres. Je suis le capitaine d'un bateau sans gouvernail. Je glisse dans la brume en plissant les yeux. Le soleil s'est barré mais il a foutu de l'or partout dans les arbres aussi parce que c'est l'automne. Le vent se prend pour un peintre en secouant les feuilles.

C'est bizarre de penser à l'automne dernier. Tu étais encore complètement là. Tu faisais des trucs de maman comme si tu allais vivre une bonne centaine d'années de plus. C'est bizarre de penser que si un jour j'ai des enfants, ils ne te connaîtront pas.

Je regarde Marlene Dietrich, je m'imagine qu'elle me comprend. Surtout quand elle incline légèrement la tête vers la gauche.

— On dirait Alexandre le Grand ! dit l'Émile.

À chaque fois que je m'amuse un peu trop longtemps de cette idée, elle chie sur mon cahier ou dégueule ses pois chiches dans mon lit.

Parfois je lui parle en passant mon index entre ses yeux trop grands. Quand elle s'endort j'ai l'impression d'être un bon papa. Ça calme la tempête de mes idées, ça rend l'angine de questions plus supportable.

Je n'entends plus l'Émile faire la guerre buissonnière. Plus de Rosalie à la grenadine ni d'échappées en vélo et long manteau. Le jour m'effraie. J'ai arrêté d'écouter aux portes.

Par la fenêtre de ma chambre, je vois le camion allemand se garer. Avant, il venait de temps en temps et maintenant, il est là tous les jours.

Il me reste mon boulot au poulailler. J'ai appris à dire : *Pipélé, kom, kom !* presque sans accent. Le coq taré « fétichiste des mollets », comme dit l'Émile, m'effraie toujours un peu, mais je prends sur moi. Ces temps-ci, c'est le meilleur moment de la journée. Je donne des noms aux poules, m'entraîne à détourner leurs œufs. Je les cache dans la cave. Ils sont au frais et à l'abri du réquisitionnement allemand. Ça me rend fier de quelque chose.

La Frohmühle, le 7 novembre 1944

— Tu veux que je t'emmène au grenier ce soir ? Si c'est calme du côté des bombardements, on dit rien à personne et on va y faire un tour.

Je rougis comme une tomate du jardin qu'on aurait oubliée tout l'été.

L'oncle Émile sort sa panoplie de clins d'œil et de coups de coude, il finit par me donner envie de rigoler. Avec l'envie de rigoler vient l'envie de retourner au grenier.

Rien qu'à l'idée, la journée passe en accéléré. Je n'écoute pas le moindre mot du cours de la tante Louise, mais je fais des progrès en comédie. Elle croit vraiment que je l'écoute.

Elle me fait penser à mon institutrice de la Pompignane qui nous distribuait des bons points. Et au bout de vingt, un dix sur dix qui comptait dans la moyenne. Il fallait se transformer en enfant de chœur fayot pour les obtenir. Son truc de Paradis fonctionne exactement pareil. Il faut bien faire sa prière, lire la Bible et faire tout un tas d'autres choses que parfois je pourrais avoir envie de faire spontanément mais que sous la « contrainte arbitraire et dogmatique », comme dit l'Émile, j'ai pas envie de faire du tout. J'ai l'impression d'être pris pour un débile avec ce mode d'emploi du bien et du mal. Même si des fois je suis d'accord, je n'aime pas la manière.

Qu'est-ce que j'en ai à faire d'avoir des bons points pour le Paradis ? J'en veux un pour la vie de maintenant. Un laissez-passer pour le grenier et pour la forêt.

Je ne comprends ni pourquoi ni comment les gens croient à cette histoire de Paradis d'ailleurs. Le Paradis, c'est maintenant tout de suite qu'on le veut. Surtout avec cette guerre. Les oiseaux, les étoiles, le football, entre autres. Comment peut-on croire que Dieu passe son temps à surveiller le cerveau des gens et à mettre des petites croix, si tu me passes l'expression, dans le cahier noir des mauvaises actions ?

Le gars, c'est Dieu ! Il a créé la vie, si j'ai bien compris. Et il va passer son temps à faire de l'administration et du contrôle ? Il pourrait voler avec les oiseaux, inventer des choses marrantes ou travailler au livre de ses meilleures blagues. Quel cadeau pour l'humanité ce serait ! Ça détendrait tout le monde, croyant ou pas, on rigolerait un bon coup.

Mais non, le gars se tape un boulot de pion dans le cerveau des gens pour trier les morts : « Alors… j'ai comptabilisé 98432 mauvaises pensées contre 98431 bonnes. Ah, dommage ! C'est vraiment l'Enfer pour vous car vous avez raté le Paradis à une pensée près… » J'y crois pas. Maman, tu y croyais, toi ?

À moins qu'il ait des anges collabos qui viennent lui rapporter que, par exemple, je pense très souvent aux seins de Sylvia alors que j'ai seulement l'âge de penser au football.

Je pense aussi au football, ne t'inquiète pas trop. C'est juste que ces deux pointes chaudes dans mon dos pendant quelques minutes, ça me calme comme un bain de mer de deux heures.

— Je veux la vie maintenant. Pas plus tard, dans le Ciel, et même si c'était vrai…

— Tu as développé une belle allergie aux dogmes ! dit l'Émile pendant le dîner.

Oh punaise, j'ai encore pensé à voix haute !

— Tu influences cet enfant ! a répondu la tante Louise.

— Il a besoin de sortir, ce gosse, c'est tout. Se dégourdir les jambes. Être insouciant. Être amoureux, ce genre de choses…

— Et se dégourdir les jambes, c'est mieux que croire en Dieu ?

— Non, je veux juste qu'il choisisse. Comme sa mère aurait voulu qu'il choisisse.

— Lisette était très croyante.

— Et alors ? C'est un autre sujet ! Est-ce que tu crois qu'elle l'aurait obligé à quoi que ce soit ?

J'ai envie de dire que je devais aller à l'église et tout, mais que lorsque j'ai refusé de faire l'enfant de chœur, elle ne m'a pas rouspété ni rien. J'ose pas trop intervenir. Je me contente de noter dans ma tête.

— Si au moins ce petit croyait en Dieu, il saurait qu'il a toujours une maman et une petite sœur dans le Ciel.

Parler de moi comme si je n'étais pas là, une spécialité de la tante Louise. Ça m'agace autant que ça m'émeut. Elle croit si fort à cette histoire de nuage.

— Ça ne te plairait pas de choisir ton propre rêve, Louise ? Juste une fois... Comme quand tu étais toute petite, tu te souviens quand tu étais toute petite ? Tu n'as pas cru en Dieu tout de suite, si ?

— Je suis bien comme ça. Jésus est dans mon cœur, je n'ai besoin de rien d'autre.

Ils se parlent sans crier, c'est un spectacle étrange et doux.

— J'aimerais que Dieu puisse réconforter le petit comme il me réconforte.

— Tu aimerais, c'est bien. Mais tu ne peux pas

l'y obliger. J'aimerais qu'il devienne fermier, mais je ne vais pas le retenir ici s'il n'en a pas envie. Je rêve qu'il s'épanouisse. C'est le plus excitant des rêves que j'ai pour lui.

— Ton oncle est un rêveur. Mais il oublie que quand on rêve trop grand, on passe sa vie à être déçu de la réalité.

— Ta tante est une rêveuse. Mais elle oublie que quand on ne rêve pas ses propres rêves, on s'emmerde.

L'Émile tire sur sa pipe sans l'allumer et fait semblant de cracher la fumée.

— Mainou « deviendra lui-même », comme disait Nietzsche !

— Ah, ton philosophe préféré qui a inspiré Hitler ?

— Lui-même !

— Bravo, le fasciste !

— C'est toi la fasciste, tu sais pourquoi ?

— Parce que je ne veux pas que Mainou blasphème ?

— Parce que tu n'as pas d'humour. Et c'est exactement ce qui empêche d'être fasciste, l'humour.

— Ton humour à toi, il donne envie d'être fasciste !

— Faut avouer que c'est drôle, ça ! dit Grand-mère qui devait faire semblant de dormir.

— Pas faux… Pas faux…, dit l'Émile, beau joueur.

— Allez, calmons-nous un peu, si Élise était là, elle détesterait vous voir vous disputer.

Est-ce que tu aurais détesté ? Tata qui bat tonton dans un concours de reparties avec un trait d'humour, c'est un truc à vivre au moins une fois dans une vie. Je crois que tu aurais trouvé ça marrant. Il est tellement passionné, l'Émile !

Je voudrais être comme lui. Je voudrais être lui. Je voudrais avoir dans le cœur ce qu'il a dans la tête ou l'inverse. Je voudrais savoir fumer la pipe sans tousser, je voudrais des bretelles. Je voudrais être un deuxième lui tellement je l'aime. Il me fait pousser des ailes dans le dos, ce qui fait que je me cogne au plafond bas de la réalité souvent. Mais au moins, je décolle un peu. Et pendant que je décolle, j'ai l'impression que je vole.

L'Émile repart de plus belle. Il accuse Louise de ne pas avoir lu Nietzsche, pour dire des conneries pareilles.

— Tu répètes ce que tu entends dire au lieu de réfléchir !

— J'ai pas envie de réfléchir…

— Alors tu es mûre pour une société fasciste !

Louise s'allonge sur son lit et nous tourne le dos. Son fabuleux popotin en guise de « Bonne nuit, la compagnie». Considérant que sa tête est malade, l'Émile continue de parler à son cul. Il s'adresse à lui comme s'il allait lui répondre.

— Quand on ne réfléchit pas mais qu'on se contente de penser comme son voisin, même s'il n'a pas plus réfléchi et dit des conneries, on perd la «grande santé»! Tu sais ce que c'est la grande santé? Le «gai savoir», ça te dit rien? Hé non! Puisque tu n'as jamais ouvert un livre de Nietzsche.

Il continue de s'adresser à son cul et j'ai une envie de rire terrible. Grand-mère me voit et je vois qu'elle me voit.

— La grande santé, c'est l'âme! Et une âme qui ne se nourrit ni de poésie ni d'imagination, une âme qui ne réfléchit pas, ça pourrit!

Il pointe le derrière de tante Louise, totalement emporté par son discours. Grand-mère se met à rire. C'est la première fois que j'entends ce son. Un truc de mouette qui n'arrive plus à respirer. Jamais entendu un son aussi joyeux. Je n'ai pas pensé à la guerre ni rien pendant plusieurs secondes d'affilée. Et maintenant que le silence est revenu, je ne pense plus qu'au grenier.

La Frohmühle, la nuit du 7 novembre 1944

L'Émile a attendu que Grand-mère et la tante Louise dorment. Pendant ce temps, j'ai écrit si fort dans le cahier que j'ai fait des trous dans les pages. L'encre coulait et j'ai bien failli péter la plume. J'étais en transe de tout dire.

L'Émile ouvre la porte, qui grince comme dans un film de cow-boys. Il me montre la clé que je connais très bien et nous grimpons l'escalier au ralenti. Nos quatre pattes font le boucan d'un très gros insecte. Je lui ai dit que voir Sylvia me faisait plus peur que les bombardements, mais moins peur que les ronflements de la tante Louise.

— On dirait qu'on abat un arbre à chaque fois qu'elle reprend sa respiration... Non mais écoute-moi ça ! Des animaux sauvages se battent dans la cave ! ajoute-t-il.

Je le vois faire avec ses changements de sujet censés alléger mon trac. Ça marche un peu.

La porte du grenier que je n'ose plus ouvrir est en face de moi. La machine à écrire joue sa partition de *tac-tac*. L'Émile enfonce la clé dans la serrure.

— Émile ?

— Non, Adolf Hitler. Mais pas d'inquiétude, je viens de me convertir au judaïsme. J'ai découvert la musique klezmer, c'est très entraînant !

— Oh, Mainou… Entrez, mes petits !

Je continue de noter même en entrant, je manque de me casser la gueule dans les trous de laine de verre.

Mes yeux s'habituent à l'obscurité comme ils savent le faire quand je passe cette porte. Une ampoule me sourit, elle a des yeux de diamant et des cheveux électriques. Sa peau, c'est de la crème fouettée.

— Je suis contente de te revoir, Mainou. J'ai une surprise pour toi.

Je note : « Je suis contente de te revoir, Mainou… »

— Pose ce cahier, tu veux bien ? Tu auras tout le temps de revivre ce qui va se passer un peu plus tard.

Alors je pose le cahier. J'écris dans ma tête, ce qui s'appelle « vivre l'instant présent » d'après ce que j'ai compris.

L'Émile me tape dans le dos un peu trop fort. Je tousse. Nous nous asseyons autour de la palette en bois qui sert de table basse. Sylvia sort sa pipe blanche et trinque avec celle de l'Émile. On se croirait dans un western étrange, où tout se passerait la nuit dans un grenier avec seulement des Indiens.

Sylvia s'approche de moi avec tout son bordel de sourires à fossettes. Je hume son parfum et déjà je suis saoul. Elle me tend un petit livre.

— J'ai adoré ce livre, me souffle-t-elle.

J'ouvre et je reconnais mon cahier transformé. Mes mots tapés à la machine. Bien ordonnés, sans ratures. Les lettres, les phrases et les paragraphes, comme une chambre d'enfant turbulent qu'une fée aurait magiquement rangée. Mon cahier en costume du dimanche. Je n'ose pas décoller mon regard du livre.

— J'ai tellement aimé te lire que j'ai tapé ton texte en trois exemplaires. Il y en a un pour toi, un pour ma collection personnelle si tu me le permets, et un troisième…

— Pour la tante Louise ! dit l'Émile.

Mon cerveau reçoit le signal de la blague, mais ne parvient pas à l'intercepter.

— Le troisième exemplaire est pour la boîte. Je ne crois pas vraiment aux fantômes, mais j'aime l'idée que dans cette boîte enterrée au pied du chêne préféré de ta maman, quelque chose continue d'exister. Je crois que ce que tu écris y a sa place.

Un puzzle de lumière s'assemble sous mon crâne et je me mets à chialer. Je te dis que je supporte plus la joie. Il neige un 14 juillet en plein centre de Montpellier. Les feux d'artifice gèlent et s'installent dans le ciel pour une durée indéterminée.

La Frohmühle, le 14 novembre 1944

Je résiste à la tentation de suivre l'Émile en cachette depuis une semaine. Je recommence à être souriant avec les poules, tant qu'il en reste quelques-unes. Quand tante Louise me fait son catéchisme, je pense à Sylvia au grenier, je pense à l'Émile sur son biclou dans la forêt des lucioles avec des poèmes plein les poches. J'ai tout raconté à Marlene Dietrich car je ne parvenais pas à rester assis pour écrire. Je suis une bouilloire, je suis un train, je suis une gare construite sur une faille sismique. Il va falloir inventer un assemblage chaise-bureau à roulettes. Quand je serai grand, j'écrirai en descente. J'écrirai, je peindrai dans la forêt ! Je trimballerai mon assemblage sur le dos. Tant que je serai en mouvement, ce sera ma maison partout.

— Je crois que j'aimerais, comme toi, écrire pour quelqu'un, ai-je dit à Sylvia.

— Pour l'instant, occupe-toi de toi. Plus tard, tu

auras des amoureuses, puis peut-être une amoureuse, une famille… Alors il sera temps de penser à aider quelqu'un d'autre. Mais avant cela, il faut faire des travaux entre ton cœur et ton cerveau. Beaucoup de choses à reconstruire. Il me semble que c'est ce que tu fais en écrivant à ta maman.

Elle ne se rend pas compte que l'amoureuse, je l'ai déjà. Même si elle est un peu vieille pour moi. « Doux euphémisme » comme dirait l'Émile, vu que Sylvia a le même âge que toi, Maman. J'ai failli le lui dire. J'ai senti l'électricité des mots sur ma langue, ma salive avait un goût de pomme. Faut dire que je venais de manger une pomme.

Je retourne dans ta chambre, je hume les étoiles par la fenêtre. Le plancher craque. Il neige. J'ai reconnu l'odeur des flocons avant de les voir.

Le temps ralentit. Les sapins se changent en cotons-tiges, la brume arrondit les angles de la ferme. J'ai l'impression de regarder un film par la fenêtre. Il ne se passe pas grand-chose, mais c'est très beau.

Tout à coup, le craquement doux de pas dans la neige. C'est l'Émile et son biclou. Il porte son long manteau aux poches remplies de poèmes. Va-t-il traverser la route pour se rendre directement chez Rosalie ou couper par la forêt des lucioles ?

Le biclou creuse une trace nette dans la

poudreuse. La carte au trésor grandeur nature apparaît. L'Émile est en train de graver l'itinéraire vers la boîte aux secrets.

Oh le couillon… Il coupe vers la route. Je le maudis autant que je le comprends. Il va se blottir dans du doux, du féminin. De l'autre côté de la route, de l'autre côté de la guerre. Reste à savoir s'il fera un détour en revenant. Je prie le Dieu de la tante Louise pour qu'il le fasse et celui qui gère la question des nuages pour que les flocons continuent de tomber. Avec un peu de chance, la trace sera encore visible demain soir.

La Frohmühle, le 15 novembre 1944

J'ai tenté de veiller jusqu'au retour de l'oncle Émile mais la chute des flocons m'a hypnotisé. Je me suis endormi sur ta chaise avec Marlene Dietrich sur les genoux.

Ce matin, il y a deux traces dans la neige. La première est celle qui va vers la maison de Rosalie, la seconde vient de la forêt. Elle devrait me mener jusqu'à l'emplacement de la boîte.

C'est le jour le plus long pour moi. Je passe mon temps à regarder par les fenêtres pour vérifier que la neige ne fond pas. Je joue au calme pour dissimuler ma tempête. Le soir tombe. Je n'ai aucun appétit, ce que Grand-mère remarque en deux coups de fourchette hésitants.

— J'ai un peu mal au ventre, j'ai dit.

Grand-mère m'a préparé une soupe pour réchauffer mon estomac, et ça m'a légèrement brisé le cœur de la voir se démener à cause de moi. Mais, comme elle le dit au moins une fois par semaine, « on ne fait pas d'omelette sans casser des œufs ».

La neige recommence à tomber. À gros flocons. Par la fenêtre, je vois les traces de vélo s'effacer doucement. Il ne me reste plus beaucoup de temps avant qu'elles deviennent invisibles. Je dois attendre que la maison soit entièrement silencieuse, plus une demi-heure de sécurité. Grand-mère fait souvent le coup de retourner dans la cuisine alors qu'elle a dit bonne nuit à tout le monde. Elle va dans sa chambre et tout, j'entends la porte se fermer et puis elle revient. Je me demande bien ce qu'elle fait toute seule dans la cuisine en pleine nuit.

Je pose mon téléphone à ficelle contre le mur qui sépare l'escalier et la cuisine car l'Émile l'a rejointe et ils ont l'air de célébrer quelque chose. La radio dit que la ville de Thionville vient d'être libérée. L'Émile dit qu'il ne faut pas s'emballer, que ça pourrait prendre des mois encore avant que les Américains arrivent jusqu'ici. Mais dans sa voix, on sent qu'il a envie de s'emballer.

Moi aussi j'ai envie de m'emballer. J'aimerais crier et tout, mais la neige qui continue de tomber calme mes ardeurs. Les traces sont en train de s'effacer. Comme prévu, Grand-mère fait craquer l'escalier et hante la cuisine en chemise de nuit.

Puis elle remonte, je l'entends fermer délicatement sa porte. C'est maintenant ou jamais.

Je pique le biclou de l'oncle Émile sous les yeux de Chtol et Maï, mes jambes sont trop courtes mais, en baissant la selle, je me sens comme une grande personne. J'installe le panier de Marlene Dietrich sur le guidon. Quand elle bat des ailes, j'ai presque l'impression de décoller.

Cette fois, c'est parti ! Je me prends le grand ciel en pleine gueule, je ne l'avais plus vu depuis Montpellier. Je vais me choper un torticolis sauce bolognaise si je continue à pédaler en cherchant la Grande Ourse entre les nuages. Manquerait plus que je me mange un arbre. Les flocons sucrent le ciel au ralenti. Quelqu'un prépare un truc à manger sur la lune. Je me reconcentre sur la trace. Je cherche un trésor avec un peu de toi à l'intérieur. Je suis le Petit Poucet qui se les caille à bicyclette au très beau milieu de la nuit.

J'entre dans la forêt, la nuit y est plus épaisse. Les arbres morts n'ont pas l'air contents. Je roule sur les branches et j'ai l'impression de leur péter les os. Je ne peux pas me perdre, il suffit de suivre ce qui reste de la trace. Quand même, je crois que je me perds un peu. Les traces se dédoublent et s'effacent complètement par endroits.

À part le biclou, rien ne fait de bruit. D'un coup, un son que je connais bien. Celui qui dit à mon cerveau de filer à la cave. La sirène.

La sirène, puis le vrombissement des avions. Émile dit souvent « vrombissement » quand on parle des avions. Une explosion dans le lointain. C'est la première fois que j'en entends aussi loin de la cave. Ça se rapproche.

Ils vont s'inquiéter à mort. Je commence à m'inquiéter aussi. Même Marlene Dietrich me regarde de travers. Elle me regarde toujours de travers, cela dit.

Retourner à la Frohmühle, c'est tout droit à l'envers mais je suis encore moins sûr. Les explosions se rapprochent. Je vois les avions pondre leurs bombes à l'horizon. Ça siffle comme une bouilloire géante à travers le ciel. La nuit se transforme en jour en un éclair. Grand-mère, l'Émile doivent me chercher partout. Même la tante Louise et ses gros doigts-saucisses, elle doit me chercher partout.

J'ai peur et mal de leur faire ça. Je le comprends trop tard, et pourtant si vite que j'ai presque l'impression que je pourrais remonter le temps et retourner dans mon lit. Grand-mère me réveillerait et, si je ne me réveillais pas, l'Émile me prendrait dans ses bras de « costaud des Batignolles » comme tu disais.

Le temps ne remonte pas. J'ai de plus en plus

peur et de plus en plus froid. Le bout de mes pieds est gelé et les mains, c'est n'importe quoi. La colère me saisit. Quand c'est contre moi-même, ça fait moins de bruit. Pas de cris ni rien. « Quel con ! » Voilà la seule pensée que j'arrive à articuler.

Le ciel se décolore entre les arbres. De nouvelles aurores de quelques secondes explosent à l'horizon. Je fais demi-tour au sprint. Les roues patinent. Je suis hors d'haleine, j'avale un flocon. Je pose délicatement le vélo contre un tronc. Je glisse Marlene Dietrich sous mon chandail pour la calmer, ou pour me calmer. Ça marche un peu. Je me blottis contre le grand pin. J'attends que l'orage passe. J'aimerais tant être dans la cave à écouter la sonate pour ronflements de la tante Louise et regarder les taupes se cogner aux barreaux de chaise. J'aimerais être un putain d'enfant de chœur qui ne piste pas les trésors cachés sous la neige ni rien. J'aimerais être un autre et à un autre endroit.

Le pourlinstant dure plus longtemps que le temps des bombardements dans la cave. À la moindre accalmie, j'espère entendre hurler la deuxième sirène, celle qui indique aux avions de retourner se garer dans les nuages. Mais c'est encore un bruit de bombe qui vient.

L'orage se rapproche. Trois avions jaillissent derrière la cime des arbres. Ils me crient dans les oreilles. Le ciel se pète en deux. Il fait jour en pleine nuit. La lune garde son calme, les étoiles aussi.

J'entends des pas qui approchent.

— Mainou ?

— Émile ?

— Tu n'es pas blessé ?

— Non, tout va bien !

Il me prend dans ses bras plus longs que mes jambes et me pose comme une sacoche sur le porte-bagages.

Je n'ai jamais été aussi heureux d'avoir honte. L'Émile fonce. Les arbres défilent en accéléré, j'ai à nouveau l'impression de voyager dans le temps. Avec l'Émile qui pédale, ça marche presque. Je vais me retrouver dans mon lit et demain matin, tout le monde aura oublié mes conneries. La tante Louise psalmodiera des trucs les yeux mi-clos devant sa soupe, l'Émile testera l'élasticité de ses bretelles et Grand-mère fera semblant de ne rien savoir. On sera presque bien.

— Ça va derrière ?

— Moi ça va… Mais Marlene Dietrich claque des dents qu'elle n'a pas !

— On y est presque, mon petit !

Je garde les yeux ouverts. Les bombes sifflent, secouent le sol. L'Émile est en danseuse et pour moi c'est le rodéo. Le biclou dérape et, par moments, c'est du ski sur roues. Je serre la cigogne fort contre mon ventre. Le biclou accélère, on dirait qu'il va décoller. D'ailleurs, c'est ce qu'il fait quand on rencontre des racines planquées sous la neige. Je ferme les yeux. J'entends l'Émile souffler en cadence, le rodéo se poursuit. Un arbre prend feu. Je suis un colis piégé, je vais exploser dans les mollets de l'Émile. J'ai une oiselle malade dans le chandail. Mouillée. Avec une haleine de pois chiches. Le biclou ralentit.

J'ouvre les yeux. La Frohmühle est là et Grand-mère devant l'entrée, comme le premier jour. L'Émile me porte dans ses bras. L'idée de faire semblant que je suis mort pour me faire un peu moins engueuler me traverse l'esprit.

Me voici dans la cave. La famille est au complet. Ça fait Noël improvisé où tout le monde ferait la gueule, même l'Émile. Ils me regardent sans défroncer les sourcils. Une bombe a explosé si près que même les meubles ont sursauté.

Je m'attends à recevoir un sermon de première classe. Mais rien. Pas un mot. Pas même une réflexion de la tante Louise. L'engueulade la plus terrible de ma vie se résumera à un grand silence plein de vide.

La Frohmühle, le 16 novembre 1944

Le jour s'est levé, les bombardiers ont fini par aller se coucher et la petite vie de la maison a repris son rythme. L'Émile a nettoyé son vélo et regonflé les pneus avec l'application d'un palefrenier. Tante Louise s'est occupée de récupérer les œufs alors que c'est mon boulot normalement. Le coq taré ne me fait plus peur et je connais le prénom que j'ai donné à chaque poule par cœur. Mais j'ai laissé faire tante Louise.

Grand-mère est à l'épicerie. Je l'entends répondre en allemand, puis en patois, parce que je commence à reconnaître la différence. Je l'entends parler en français parfois, à voix basse. Là, il s'agit à nouveau de la pénurie de grain et du temps qu'il fait. Elle connaît tout sur tout le monde, elle se souvient des prénoms des enfants, de la grippe qu'ils ont eue le mois dernier et de leurs difficultés scolaires. Elle est « épatante », un mot que dit souvent l'Émile quand il parle de toi.

Le soir a fini par arriver, j'ai eu une nouvelle crise de fugue. Piquer le biclou tout ça. Mais ça m'a vite passé. Il ne reste de la neige qu'un mélange de boue marronnasse. Très peu de chances de trouver le fameux chêne. Celui que Grand-père a planté le jour où tu es née.

Quand même, je n'ai pas pu m'empêcher d'aller me trimballer dans l'obscurité en chaussettes. L'escalier grince toujours autant.

J'entends des voix. Pas comme Jeanne d'Arc ni des trucs de fantômes du garage ou quoi. Juste des voix, nombreuses et pas d'accord entre elles. Ça vient de la cave. Je reconnais celle de Grand-mère qui engueule l'Émile. Je ne comprends pas vraiment ce que ça dit, mais il y a du Mainou par-ci et du Mainou par-là. Ça rigole pas du tout.

Je retourne chercher mon téléphone à ficelle en vitesse, je me cogne contre les murs tellement je fonce.

— J'ai cru moi aussi que la fantaisie de Sylvia le réconforterait, le consolerait de quelque chose. Mais il faut se rendre à l'évidence, j'ai eu tort. Nous avons tous eu tort, dit Grand-mère.

— Alors on fait quoi ? coupe l'Émile. Demain au petit déjeuner on lui dit qu'à partir de maintenant, il devra gentiment attendre la fin de la guerre dans la cave ?

— Je lui expliquerai que nous l'avons laissé aller au grenier pour l'aider à faire le deuil, pour occuper son esprit, car c'est la vérité. Vous n'auriez jamais dû dire où était enterrée la boîte.

— Maman a raison, dit tante Louise, vous n'auriez jamais dû ! Et le gosse, il doit respecter le code et se tenir…

— Se tenir ? À neuf ans quand on a perdu sa mère et qu'on est enfermé toute la journée ?

— Tu n'aurais jamais dû lui parler de Sylvia. J'étais contre ! dit tante Louise.

— Tu es contre tout… Je te rappelle que tu étais également contre l'idée de cacher Sylvia à la maison. C'est un enfant, pire, c'est un orphelin. On ne peut pas le garder sous cloche. À nous de trouver des astuces pour qu'il ait de quoi penser à autre chose qu'à la mort de sa mère, à la guerre qui n'en finit pas et à son père qui ne reviendra peut-être jamais. Il faut que sa machine à rêves continue de fonctionner. Il faut qu'il puisse s'explorer encore. Qu'il lise, qu'il écrive, qu'il dessine, et même qu'il fasse des conneries.

— C'est la guerre, Émile ! Tu te rends compte des conséquences si quelqu'un de malintentionné l'avait vu ? dit Grand-mère.

— On pourrait tous se faire tuer. Tous ! ajoute la tante Louise.

Mes pensées sont un miroir cassé. Je me vois dedans de travers. Je me coupe à en chialer dès que je touche à une pièce du puzzle. J'ai l'air con avec mon cahier à t'écrire, avec mon amour impossible, avec ma cigogne et ce coffret. Mais que c'est bon d'être un peu con. C'est léger, Maman. Je prends dans mes bras ton fantôme sans pleurer. Je vibre. Je me sens vivant, si intensément vivant que je te sens presque.

— C'est un gentil gosse… Faut savoir le prendre, c'est tout, dit l'Émile. Je pourrais aller chercher le coffret et lui faire la surprise, il comprendrait certaines choses et, au moins, il ne serait plus tenté d'aller le chercher dans la forêt…

— Surtout pas ! disent Grand-mère et tante Louise à l'unisson.

Il y a un nouveau long silence. J'entends les respirations à travers le téléphone à ficelle, le souffle excédé de la tante Louise.

— Allez, tout le monde au lit ! Une bonne nuit de sommeil hors de la cave nous fera du bien à tous, dit Grand-mère.

Je remonte l'escalier en courant. Avec la colère, ta chambre paraît trop petite. Je ne supporte plus l'idée de m'y enfermer. Je vais casser un truc. Si au moins je pouvais filer à l'étable, Chtol et Maï me calmeraient avec leur calme.

Non.

Il me faut le ciel, le froid et le biclou de l'oncle Émile. Puis les bras de Sylvia, chauds comme un bain.

J'aimerais respirer tes bras. Je vais dans le placard, sentir la lessive de tes vêtements. Le parfum a presque disparu. Cette sorte de lavande toute propre d'un autre temps. La poussière me fait éternuer. Quand même, on la sent un peu. À moins que ce soit un souvenir.

Je pense aussi à Sylvia. J'ai des envies de grenier. Cette salle d'attente du ciel. Près de là où on peut mourir si un avion décapite la maison, près de là où on peut rêver et se rapprocher de tout ce bordel d'étoiles.

Une pensée me traverse, belle et rouge. C'est un baiser. Sylvia. Maintenant que je me suis entraîné à regarder l'Émile avec sa Rosalie, je dois pouvoir me débrouiller. Sentir ses seins-chaudières contre ma poitrine et l'embrasser le temps d'un long pourlinstant. Comme sur les photos de mariage, quand on dirait que l'éternité ça dure pas si longtemps que ça mais que pendant un moment, on croit à un truc impossible.

Le voilà mon antidote, un putain de baiser.

Ne serait-ce que d'y avoir pensé, je me sens plus léger.

La Frohmühle, le 11 décembre 1944

Ça fait un mois que tout le monde me fait la gueule à sa façon. Tante Louise, pour de bon. Grand-mère, qui veut me montrer à quel point je ne dois pas recommencer mes conneries. L'Émile, lui, me fait la gueule uniquement devant Grand-mère. Seule Marlene Dietrich ne me juge pas.

Il arrive que je la caresse longtemps. Comme si je cherchais des idées dans son plumage pour ma lettre d'amour à Sylvia. Ça ne remplacera jamais les tiennes, mais j'aimerais qu'elle reçoive quelque chose elle aussi.

«J'ai envie de passer ma main dans vos cheveux qui ont l'air plus légers que les plumes de Marlene Dietrich.» Je déchire brouillon sur brouillon. Et ça me fait de moins en moins de pages à mon cahier.

L'Allemand aux petites mains est resté deux heures dans la cuisine cette après-midi. Il est reparti sans bonbons ni rien de l'épicerie. J'ai essayé d'écouter la discussion du haut de l'escalier mais ils chuchotaient, et même avec le téléphone à ficelle contre le mur, ça donnait pas grand-chose. Ils parlaient français, et il avait presque une voix douce, le nazi.

— Qu'est-ce que c'est que ce putain de nazi à voix douce ! j'ai pensé, si fort que je l'ai dit.

Après son départ, Grand-mère a fermé la boutique et a allumé Radio l'Ombre. Elle a appelé l'Émile et la tante Louise. La voix dit que le général Patton et ses troupes ont percé la ligne Maginot. Ce truc souterrain où Papa se cache peut-être. Est-ce qu'il va revenir plus tôt que prévu ? Est-ce qu'il pourra m'envoyer une lettre ?

« Strasbourg vient d'être libéré ! »

— Ils ne sont plus qu'à soixante kilomètres ! s'exclame l'Émile.

« L'armée américaine progresse dans le pays de Bitche malgré la terrible contre-attaque allemande qui a eu lieu le 6 décembre. Une bataille s'est engagée hier autour de la citadelle de Bitche[1]. »

— On va les avoir ! jubile encore l'Émile.

— Il faut garder son calme malgré les bonnes nouvelles, dit Grand-mère. On a eu raison de ne

1. Bataille décisive dans la libération du pays de Bitche.

pas trop paniquer quand on a frisé la catastrophe, ne faisons pas l'erreur de trop nous emballer.

Je m'emballe un peu quand même à l'autre bout de mon téléphone à ficelle.

Je vais aux poules pour dissimuler ma joie dans un truc un peu normal. J'aime bien observer Marlene Dietrich se promener entre les crottes, on dirait une fille de la ville qui arrive à la campagne avec les mauvaises chaussures.

L'Émile vient me voir et me raconte ce que je ne suis pas censé avoir entendu. Je joue au gars surpris et, même si je ne suis pas très bon, l'Émile ne remarque rien. Je me laisse porter par sa joie de partager ce qu'il appelle un « espoir solide ». J'ai envie de lui poser une question à propos de Papa, mais je préfère le laisser dans son enthousiasme. Il est beau, son enthousiasme. Ça donne envie de danser avec les poules et tout. L'Émile passe ses doigts dans mes cheveux. Ça continue de m'énerver mais je l'aime beaucoup trop pour le lui dire.

— Je te surveille ! dit-il encore en faisant un peu le papa qui s'éloigne dans le pré.

Il siffle Hector qui promène sa dégaine de loup tout content. Je m'assois un moment dans la paille. Je me laisse aller à penser à ce nouvel espoir. Et c'est toujours aussi étrange de se réjouir de quelque chose dont tu ne fais plus partie. J'observe les poules qui se dandinent exactement comme elles devaient le faire quand tu n'étais pas morte. On dirait des horloges qui pondent aussi implacablement que sonne le carillon.

Je pense à la magie des œufs. Ce truc qu'elles fabriquent avec leur cul et qui peut se transformer aussi bien en omelette qu'en poussin. Ça sent la crotte de poule et la poussière, tante Louise et Grand-mère se gueulent dessus en patois, mais moi je suis tout à ma joie des poules. J'en ai parlé à Marlene Dietrich et tante Louise est allée dire à Grand-mère que je devenais « fada » comme disait Papa.

Je veux bien être fada, si ça procure un peu d'amusement. J'ai la « polarité du blues qui s'inverse parfois », dirait l'Émile. Des envies de rire et de faire le con. Pendant que je pense à des choses drôles, l'adulte que je deviens en accéléré ralentit sa course. Mon esprit fait une pause. Récréation.

Je retourne dans ta chambre. Ici, je peux faire rire mon esprit sans inquiéter personne. J'entends des pas dans le grenier. En écoutant avec le téléphone à ficelle, d'autres pas. On dirait que ça danse en silence là-haut.

En changeant la paille du nid de Marlene Dietrich, je trouve un petit paquet. Exactement comme si elle l'avait pondu, mais soigneusement emballé dans du papier journal.

Je le déballe, c'est une petite bouteille de parfum. Un flacon en forme de losange. Une odeur de gâteau et de soleil. Ton parfum, et le sien.

J'en mets dans mon cou. Dans mes cheveux. Je sens si fort la cocotte que d'une minute à l'autre je pourrais pondre une omelette.

Et tout à coup, l'envie de connerie monte d'un cran. Je vaporise le corps de Marlene Dietrich. Ça sent encore un peu le pois chiche, mais son haleine est en nette amélioration. Je fixe le plafond et me lance, je bois le flacon cul sec. Comme un homme. Je trinque avec le bec de la cigogne bourrée. J'ai des fourmis en coton dans les jambes. Elles grimpent jusqu'à mon cerveau. Elles foutent le feu à ma gorge et ma langue. Je ne suis qu'incendie. Je pousse les cris les plus silencieux de l'histoire des cris. Je me rappelle le piment dans une paella à Montpellier, c'était de la rigolade à côté de ça. Les souvenirs de tes bras remontent. Je sens presque la pression de tes doigts quand tu me soulevais. La plage, quand j'étais tout petit. Le parasol et le chapeau obligatoire sur ma tête de cachet d'aspirine. Le sable collé sur la peau et l'odeur de la lotion anti-coups de soleil. Le parfum me projette à l'intérieur de mes souvenirs. Je te revois, je me revois la fois où je me suis perdu, juste avant la guerre. Je courais derrière mon ballon comme un taré et, en me retournant, impossible de retrouver notre parasol. J'ai attendu des minutes qui m'ont paru être des heures au poste de secours. Ils ont crié mon nom dans les haut-parleurs comme si j'avais gagné une étape du Tour de France. Puis tu es venue me chercher, je m'attendais à me faire disputer. Au contraire, tu m'as pris dans tes bras. J'ai voyagé comme ça, la tête contre ton épaule, jusqu'au parasol. Je ne me suis jamais senti plus en sécurité que ce jour-là. C'est la première fois que je retourne dans ce souvenir et il me donne une force toute neuve.

Je pose Marlene Dietrich sur mon épaule pour avoir l'air un peu pirate, mais cette conne monte sur ma tête et s'envole n'importe comment vers son nid. J'ai hérité de la première cigogne casanière de l'histoire des cigognes.

L'incendie ne se calme pas. Et plus je bois de l'eau, plus j'ai l'impression d'être saoul.

Je pousse la porte. L'ascension de l'escalier de la mort s'avère plus compliquée que d'habitude. Adieu les pas feutrés de chat en chaussettes, je fais un boucan de bombardement. J'essaie de répéter le début de ma « déclaration aux impôts de l'amour », comme dit l'Émile. Enfin, comme dit Sylvia pour l'Émile dans un poème pour Rosalie. Je me sens poème, j'aimerais en être un. Une lettre vivante. J'ai la tête qui tourne dans un sens et le cœur dans l'autre.

J'arrive devant la porte du grenier, essoufflé

comme Chtol et Maï réunis. C'est entrouvert. Même pas besoin de code. Sylvia m'attend. Quand je bouge un peu trop la tête, les décors se dédoublent. Mes yeux sont enfoncés dans deux kaléidoscopes mal réglés. Mes jambes sont des accordéons pourris. Dans mes poumons, tout un champ de fleurs à dégueuler. Je me tiens droit. Et même quand je me tiens droit ça penche.

— Sylvia… comme vous l'avez fait dire à l'Émile pour Rosalie, je viens vous faire ma « déclaration des impôts de l'amour ». Je n'y connais rien en amour, ni en impôts, ni en rien à part un peu les poules, mais je voudrais vous faire ma déclaration.

Pas de réponse. Si ce n'est l'écho de ma putain de voix ramollie par l'alcool. On dirait un disque passé à la mauvaise vitesse.

— Vous ne voulez pas que je vous fasse ma… déclaration ?

Pas grand-chose d'autre que le silence.

Maintenant des pas dans l'escalier. Et le grenier qui tourne et se dédouble autour de moi. La porte s'ouvre.

— Sylvia…, je dis avec ma voix à la con.

Pas de réponse. Pas de crinière blonde. Pas de petits pas ni de rire de souris.

La Frohmühle, le 12 décembre 1944

L'Émile m'a posé dans mon lit. J'ai dégueulé mon champ de fleurs. Le mélange d'odeurs avec les pois chiches de Marlene Dietrich m'a fait redégueuler.

J'ai une barre de fer glacée sous le crâne. Des bourdons bourdonnent dans mes oreilles comme s'ils cherchaient un truc impossible à trouver. Du coup, ils s'énervent.

Je descends pour le petit déjeuner. L'odeur du lait chaud me donne envie de remonter me coucher. Tante Louise me sourit et passe ses doigts-saucisses contre ma joue. Elle ne se force pas ni rien. Grand-mère coupe une pomme avec tant de fermeté qu'on dirait qu'elle lui en veut.

L'Émile m'explique que Sylvia a dû quitter la maison parce que quelqu'un l'avait dénoncée. Grand-mère continue en me racontant l'histoire de l'Allemand aux bonbons, qui lui a sauvé la vie en la prévenant. Hans, le nazi aux petites mains. Elle ajoute qu'elle sera plus en sécurité désormais, que c'est mieux pour tout le monde.

L'Émile dit que Sylvia a laissé une lettre pour moi en plus de sa bouteille de parfum et que ce serait une bonne idée de la lire plutôt que de la manger…

J'ai envie de chialer, ça change un peu du vomi. Je ne peux pas empêcher mon menton de trembler.

La tante Louise dit que je devrais remercier Dieu. Apparemment c'est grâce à lui que je ne me suis pas fait prendre.

Je dis rien parce que je suis poli et moins saoul qu'hier, mais rester ici sans Sylvia ou se faire prendre, je ne vois plus trop la différence.

— Parce que tu ne t'es pas fait prendre justement, dit Grand-mère en dégommant une nouvelle pomme.

Faut que j'arrête de penser trop haut. Faut que j'arrête de penser.

— Ça me rassure que Sylvia ait réussi à quitter la Frohmühle, dit la tante Louise.

— Louise a raison, on devrait tous se réjouir, dit Grand-mère.

L'Émile ne cligne plus des yeux, il fait ça quand il est en surchauffe.

Je connais par cœur ces silences tendus. Je sens que la tante Louise va pleurer et se mettre à parler de Jésus.

— Où est-elle maintenant ?

— Dans une autre cachette, plus sûre. Un bateau toujours en mouvement, avec une cale secrète, dit l'Émile.

J'essaie d'imaginer ce bateau avec elle à l'intérieur. Je pense au chalutier que Papa m'a offert après mon appendicite. J'ai toujours rêvé qu'il existe en très grand et d'en être le capitaine.

— Tu reviendras nous voir pour les vacances ? dit Grand-mère, pour changer de sujet. Tu auras droit à la forêt, aux animaux et même à faire du vélo la nuit si l'Émile t'accompagne, ajoute-t-elle.

— Tu crois qu'elle reviendra, Sylvia… pour les vacances ? je demande.

Un nouveau silence s'installe. Il me paraît moins tendu. Mon esprit se réchauffe doucement à l'idée de ces vacances hors de la guerre. Papa sera revenu. L'herbe aura tellement repoussé qu'on ne verra presque plus le trou d'obus dans le pré. Je me blottis au creux de cette pensée.

— Ta Sylvia, si elle est partie, c'est à cause de toi. On a tous failli se faire tuer à cause de toi. Quelqu'un t'a vu quand tu es sorti avec la bicyclette ! dit la tante Louise.

Je demande à Grand-mère si quelqu'un m'a vu. Elle me répond que non.

Je redemande à Grand-mère si quelqu'un m'a vu. Tante Louise répond que oui, et que Grand-mère est arrivée à s'arranger avec le petit Allemand.

— Je dis ça pour que tu te rendes un peu compte de la réalité, tu comprends ? ajoute la tante Louise avec ce ton de miel qu'elle prend parfois.

Le pire, c'est que je crois qu'elle est sincère.

— Ne l'écoute pas, Mainou, tu n'y es pour rien du tout, dit l'Émile.

Je sens qu'il ment pour me protéger. Ses mains tremblent.

J'ai l'impression d'être caché dans l'escalier avec le téléphone à ficelle alors que je suis bien à table avec eux. Ils se comportent exactement comme quand je ne suis pas là.

Tante Louise se signe et se met à sangloter.

C'est le retour du silence. Celui profond qui laisse toute la place au son de la pendule. Le repas reprend, on entend tout du tintement des couverts et de l'eau qui descend dans les gosiers.

Je fais semblant de manger mes œufs brouillés. J'ai une gueule de bois à faire passer Pinocchio pour un jouet en fer-blanc. Pas besoin de mentir en disant que je ne me sens pas très bien et que je voudrais aller m'allonger dans ta chambre. Grand-mère accepte d'un petit signe de tête. Je ne me fais pas prier.

Je retrouve Marlene Dietrich, endormie debout dans sa chambre en carton. L'Émile dit que c'est une « somnambule immobile ». Toutes les cigognes dorment comme ça. Quand elle sera morte, on l'empaillera et je pourrai continuer à caresser son plumage en pensant à la chevelure de la fée du grenier. J'ai progressé en imagination depuis que j'habite ici. Je sais jouer au football dans ma tête, faire du vélo en bord de mer, me baigner plus loin que les bateaux et embrasser une fille qui a ton âge. Je parle à une morte et une cigogne endormie toutes les nuits.

Quelqu'un frappe à ta porte. Je me retourne et découvre une petite enveloppe blanche glissée sur le seuil. Je reconnais les pas de l'Émile qui s'éloignent dans l'escalier. Je prends le temps d'ouvrir l'enveloppe délicatement. Même si tu n'es plus là, elle continue d'imiter ton écriture. Je glisse la lettre dans ma poche et file au grenier.

Je ne peux m'empêcher de retirer mes souliers et de marcher sur la pointe des pieds. J'entrebâille la porte, la lumière du jour a saccagé le cocon. Sans Sylvia ni la nuit, le grenier ressemble à la cave en plus petit. Restent les effluves de son parfum. De votre parfum. Je m'assois sur son lit, puis m'allonge et me couvre avec le drap. Je déplie la lettre le cœur battant.

Mon petit Mainou,

J'ai dû quitter le grenier précipitamment avant que la Milice ne débarque et fouille la Frohmühle.

Je ne pouvais pas risquer de mettre la vie de toute la famille en danger. J'espère que tu ne m'en voudras pas trop de ne pas t'avoir prévenu. Quand la guerre sera terminée, je te promets que nous nous retrouverons.

Garde précieusement le flacon de parfum, il appartenait à ta mère.

Je m'arrête un instant parce que j'ai l'impression que tu me regardes. Oui, Maman, j'ai pris la première cuite de ma vie en buvant ton parfum. Et il n'en reste plus la moindre goutte.

Nous avons eu l'aide d'un Allemand. Tu sais, le tout petit qui achète des bonbons. Hans se sert de son uniforme et de son grade pour sauver des gens. Juifs, résistants, opposants au régime nazi. Ce type est extraordinaire. Il risque sa vie tous les jours. Il sait que nous sommes là depuis le début.

Garde en tête que les Allemands sont en train de perdre la guerre ! Je ne t'écris pas ça seulement pour te donner du courage, c'est vraiment ce qui est en train de se passer. Nous sommes en train de gagner, ce n'est plus qu'une question de temps. Notre mission, et la tienne à la Frohmühle désormais, c'est de tenir. Toute une vie magnifique t'attend après la guerre. Une famille, des enfants, des voyages dans un monde libre.

Rien ne remplacera jamais ta maman. Perdre sa maman, c'est se faire couper un bras. Ce bras ne repoussera pas. Mais tu trouveras la force de fabriquer une prothèse.

Un alchimiste émotionnel, voilà ce que tu dois devenir. Tu n'as pas d'autre choix que d'apprendre à être heureux à nouveau.

Sylvia

En repliant la lettre, je découvre un poème griffonné au verso.

L'ultra-présent

Je chante l'élargissement du présent, ce cadeau
Je chante la joie ludique de l'ouverture de ce présent
Je chante la joie de mordre le fruit cueilli sur l'arbre
Mordre dans le ciel avec ou sans supplément de chantilly-les-nuages
Refuser de vivre au passé sans effacer sa mémoire, telle est la règle du jeu pour ultra-vivre
Moissonner ses deuils et ses échecs pour en distiller l'antidote à nos traumatismes
Il est grand temps d'accélérer le ralentissement
Prendre le temps du recul amusant
Regarder
Mieux, voir !

Je chante l'ultra-présent ici et maintenant. Pour toujours.
Je travaille à l'élaboration de l'éternel printemps :
L'endroit et le temps où tout se fabrique.
L'endroit et le temps où tout est en mouvement.

Je l'ai relu trois fois. Puis je l'ai récité par cœur dans ma tête sans bouger du lit et je me suis endormi.

Grand-mère me réveille en gazouillant dans toute la maison que le repas est prêt. Je redescends dans ta chambre, Marlene Dietrich m'accueille à coups de *tac-tac-tac*. Je glisse la lettre délicatement dans son enveloppe et la range dans le petit tiroir de ton secrétaire. Je caresse la cigogne et passe mes doigts entre ses plumes.

— À taaaaaable ! chante encore Grand-mère de sa voix de pinson enroué.

C'est fou ce que c'est triste la fausse joie de Grand-mère. Je crois que je préfère encore la vraie tristesse.

Je vais faire semblant de manger, comme ça on me laissera penser à Sylvia tranquille. Maintenant qu'elle n'est plus là, repenser à toi est à nouveau plus douloureux.

Et Papa ? Est-ce qu'il a le temps de penser aux souvenirs ? S'il revient, est-ce qu'il aura changé autant que je suis en train de changer ? Est-ce que je le reconnaîtrai ? Est-ce qu'il fera encore les mêmes petites blagues qu'avant le 3 juin ? Est-ce qu'il regardera dans le vide en faisant mon nœud de cravate avant de m'emmener à l'école ?

Et lui, est-ce qu'il me reconnaîtra ? Est-ce qu'il aimera le nouveau moi ? Est-ce qu'on arrivera à vivre tous les deux avec ton fantôme ? Est-ce qu'il faudra ouvrir les fenêtres de ta chambre pour qu'il puisse s'envoler ? Les laisser ouvertes longtemps, pour qu'il puisse revenir ?

Je voudrais avoir une discussion avec l'Émile à ce sujet.

La Frohmühle, le 15 décembre 1944

Nous sommes à la cave et tout le monde chuchote. Personne ne se crie dessus à propos de Jésus ni rien. Grand-mère parle de plus en plus souvent de la fin de la guerre. Pourtant, ça cogne encore. Fort et pas loin. La sirène tarde à se faire entendre.

L'Émile me propose de m'adopter si je n'ai pas envie de retourner à Montpellier. Il dit qu'il m'installera une vraie chambre rien qu'à moi au grenier « avec la lune comme lampe de chevet ».

— Je t'offrirai mon vieux biclou !

— Et toi, comment tu vas faire ?

— Tu me le prêteras !

Grand-mère, elle, insiste sur le fait qu'il ne faut pas se relâcher :

— L'Allemagne est en train de perdre, mais attention à l'animal blessé. Les nazis peuvent encore provoquer d'énormes dégâts. Ils bousilleront tout ce qu'ils pourront jusqu'à la fin.

La Frohmühle, le 21 décembre 1944

Les Allemands sont encore venus se servir en œufs et en poules. L'un d'eux a même ordonné à Grand-mère de lui cuisiner une omelette, qu'il a mangée en mettant les pieds sur la table. Ses bottes en cuir bien cirées, sur la table !

Mon cœur palpitait si fort dans l'escalier. J'aurais voulu lui sauter au visage, Maman, tu n'imagines pas comme je l'ai détesté. Je ne me serais jamais cru capable de détester autant. Ses bottes sur la table et cette façon de manger les œufs d'une poule que je connaissais, ça m'a transformé en un moi que je ne connaissais pas.

J'ai tenté la télépathie avec Marlene Dietrich : « Vole, mon amie, vole et défèque sur son petit képi ridicule. » Je crois qu'imaginer cette scène m'a permis de ne pas débouler dans la cuisine pour lui sauter au visage.

L'Émile a dû sentir que j'observais. Il grimpe l'escalier et se poste devant moi. Il pose son doigt devant sa bouche en me regardant droit dans les yeux et me prend sous son bras. À ce moment précis, je peux facilement m'identifier à un sac de ciment. Il ne prononce pas un mot jusqu'au grenier.

— Tu ne bouges pas d'ici tant que je ne viens pas te chercher ! chuchote-t-il.

Je fais un petit oui de la tête et m'assois sur la chaise de Sylvia, en face de la machine à écrire. Tout un tas de messages sont punaisés sur le mur. Des débuts de poèmes, des croquis de bateaux et beaucoup de choses raturées. Je les effleure du bout des doigts sans vraiment les lire. Sur son bureau, tout un tas de cocottes en papier. Je ne peux m'empêcher de jouer avec l'une d'elles. Sur le premier coin un cœur, sur le deuxième une étoile, sur le troisième la lune, sur le quatrième « Émile » en lettres majuscules.

Je replie la cocotte et la remets en place. Je parviens à ne pas la déplier. Je décide de compter jusqu'à cent. Si à cent personne n'est venu me chercher, je l'ouvre.

Un, deux, trois… Je compte lentement, mais le temps passe en accéléré… Vingt-quatre, vingt-cinq, vingt-six… Toujours pas le moindre bruit dans l'escalier… Cinquante-sept, cinquante-huit… J'en ai marre de compter. Je déplie les ailes de l'oiseau.

C'est comme ouvrir un cadeau. Mais un cadeau qui ne m'est pas adressé.

J'entends des pas dans l'escalier. Je n'ai plus le temps de tout replier. Tant qu'à faire je lis, mes yeux glissent à toute vitesse sur le papier.

Cher Émile,

J'ai laissé une dizaine de poèmes pour Rosalie dans la boîte près du chêne. J'ai profité de ma dernière nuit pour te confectionner une petite réserve. J'espère que cela te permettra de tenir jusqu'à la fin de la guerre. Si tu venais à en manquer, essaie d'en écrire ! Tu en es très capable. N'oublie pas que c'est toi qu'elle aime, sinon les poèmes que je t'offre n'auraient aucun effet. Ce n'est qu'un tremplin pour te donner confiance. Tu vas l'épouser, la Rosalie, j'en suis convaincue !

Et puis si tu te sens de lui dire la vérité, cela pourrait être très beau aussi. Je ne crois pas que Rosalie t'aimerait moins, au contraire.

Plus facile à dire qu'à faire. Plus facile à dire à l'autre qu'à faire soi-même, je dirais.

Toute la beauté de ce que j'ai vécu avec Élise résidait dans ce principe. Chacune fabriquait la vie de l'autre. Du coup, nous avions un recul extraordinaire l'une sur l'autre. Quand la confiance est totale, c'est un merveilleux système.

Mais vois-tu, alors que je tente de t'encourager, j'ai été moi-même incapable de dire la vérité à Mainou.

Prends soin de toi, de lui, de ta chère Rosalie, de Catherine et même de l'inénarrable Louise.

Baisers,

Sylvia

Je la repasse avec le plat de la main et la pose bien en évidence sur la machine à écrire.

— Ils sont partis ! me dit l'Émile en entrant.

Je suis en pleine crise d'angine de questions, mais je ne peux pas me permettre de les lui imposer. Ou alors il faudrait que j'utilise des chemins détournés. J'ai vraiment envie de connaître la « vérité » mais j'aime tellement l'Émile que ça me gêne d'essayer de le piéger. Déjà que j'ai lu sa lettre !

— J'écris à Maman qui est morte, je parle à une cigogne et j'ai appris la lettre de Sylvia par cœur, j'ai l'impression que je deviens comme la tante Louise.

Il s'approche, prend mon pouls et fait mine de réfléchir. Je sens qu'il fait l'idiot pour dédramatiser, mais même si je le sais, ça marche un peu.

— Cher jeune homme, je vais vous rassurer sur-le-champ, vous n'avez pas contracté la louisite dogmatique. Vous êtes parfaitement immunisé contre ce virus catholiciste. Par contre, je crains que vous n'en pinciez un peu pour Sylvia. C'est un petit béguin, voilà. Ça passera. Ou pas. C'est une jolie maladie.

Je souris tellement que je ris presque. Ça fait domino sur son sourire et du coup il me prend dans ses grands bras. Ça dure longtemps et tout. C'est bizarre parce que d'habitude il se sert de ses bras pour me soulever comme un sac de pommes de terre et me ramener à la cave. Là c'est un vrai câlin. Le truc qu'on fait pas trop dans la famille. Pas qu'on s'aime moins que les autres, mais on est embarrassés avec les « Je t'aime », les embrassades et ce genre de choses.

Ça fait une cabane confortable, ses bras. Je chiale un peu, mais vraiment à peine. Une larme ou deux, pas plus. Une toute petite tache sur son chandail au niveau de l'épaule. Ça va vite sécher, il ne verra rien.

La Frohmühle, le 25 décembre 1944

Il neige, le bruit des bombes s'emmitoufle dans du coton. La neige se fout un peu de la gueule de la guerre. Elle saupoudre la ligne de démarcation de blanc, zone française et zone annexée, bonnet blanc et blanc bonnet.

Par la fenêtre, le paysage ressemble à un gâteau calme. C'est fou ce que j'aime la neige. Le mot, le son du mot et la façon dont les flocons dégringolent de la gouttière invisible du ciel.

Je me souviens de la première fois que j'en ai vu, à Montpellier. Tu m'avais emmené voir les flocons tomber dans la mer. Je t'ai demandé s'il était possible que des vagues de neige se forment. Ça t'a fait sourire longtemps. J'imaginais une mer de neige et un bateau qui voguerait dans la poudreuse sans émettre le moindre son. Je voulais habiter dans ce bateau avec toute la famille.

Grand-mère m'a dit que le pays de Bitche était

surnommé la Petite Sibérie. En regardant par la fenêtre, je m'imagine être dans une ferme au beau milieu de la Russie.

Marlene Dietrich est une cigogne presque adulte désormais, elle mesure près d'un mètre de haut. Elle fait des crises de mélancolie du ciel qu'elle ne connaît pourtant pas. Elle vole dans ta chambre, et se cogne au plafond et à la fenêtre. Alors je la prends sur mes genoux et je passe ma main dans ses cheveux de plumes en pensant à Sylvia. Ça ne réconforte que moi.

Un de ces jours, Grand-mère va entrer pour aérer et elle va se barrer pour toujours. Elle ira chlinguer dans les nuages et elle oubliera son papa pourvoyeur de pois chiches pourris pour toujours.

La famille de la Frohmühle au grand complet fête Noël dans la cave. Rosalie est conviée pour le repas de midi. On dirait qu'on me prépare à la vie d'après la guerre si Papa ne revenait pas. Le parfum de cannelle me renvoie au temps de l'année dernière, mais il manque la fleur d'oranger des oreillettes pour que j'aie vraiment l'impression de remonter le temps.

Tante Louise met des guirlandes autour des taupinières et m'offre sa bible alors que toutes celles de la région ont été brûlées. Je suis aussi touché qu'embarrassé. Ce livre est si important pour elle, et je le lis avec à peu près autant de plaisir que l'annuaire téléphonique d'un pays dans lequel je ne connaîtrais personne.

L'oncle Émile a posé un petit nœud de tissu sur son biclou.

— C'est un cadeau à retardement... Tu pourras t'en servir quand nous serons libérés. En attendant, je te le piquerai de temps en temps.

Rosalie m'offre une bouteille de grenadine. L'Émile me glisse que c'est la dernière de sa réserve. Il aimerait que je l'aime et ça me fait déjà l'aimer un peu. Elle est venue avec son schnaps qui sent l'essence à la prune.

— Le Père Noël ne peut pas passer dans la cave, tu le sais ? dit Grand-mère avec ses œufs de poule peints à la main en guise de boules de sapin.

Elle a coupé une branche de pin qu'elle a plantée dans une taupinière. Tout le monde décore avec les moyens du bord.

Maman, je ne crois plus à cette histoire de type en robe de chambre rouge qui parvient à livrer des cadeaux dans un milliard de cheminées la même nuit, mais je vois que Grand-mère se donne du mal pour sauver quelques grammes de magie, alors je fais comme si. Je suis bien entraîné pour faire croire que je crois car c'est déjà ce que j'ai fait à Noël dernier avec Papa et toi. Ça a marché, je pense.

L'Émile fait des blagues sur le fait qu'on pourrait manger Marlene Dietrich en guise de dinde de Noël. Par moments, on imite tellement bien la joie qu'on est peut-être véritablement joyeux.

L'oncle Émile propose une partie de football avec une grosse pomme de pin en guise de tout petit ballon. Pas trop la place de dribbler dans la cave, mais on invente des cages entre deux taupinières, et on se fait une séance de penalties.

J'ai aussi droit à trois chocolats Lombart. Je propose de les partager et tout le monde refuse. J'essaie de ne pas trop penser à l'année dernière, ni à l'année prochaine. Je croque un petit morceau de chaque, en essayant de me concentrer sur le plaisir que ce goût me procure.

L'Émile profite d'un aparté entre Grand-mère et la tante Louise pour me chuchoter un truc :

— Demain, les boches vont avoir une petite surprise de Noël.

— C'est quoi ? je chuchote à mon tour.

— J'ai remis le drapeau français à la place du drapeau nazi à l'entrée du village.

Il ouvre discrètement son sac, un grand morceau de tissu rouge sur lequel je devine une croix gammée apparaît, puis il le referme en vitesse. Il a le même regard que mon copain voleur de bonbons à la Pompignane. Cette étincelle dans ses yeux restera le plus beau cadeau de cet étrange Noël.

La Frohmühle, le 28 décembre 1944

Les Allemands sont revenus ce matin pendant que je nourrissais Marlene Dietrich. Je les ai vus arriver par la fenêtre de ma chambre. Pas le temps de descendre à la cave, du coup je me suis foutu dans ton armoire à discuter avec tes vieilles robes. Je me suis appliqué à ne pas penser qu'ils pouvaient être à ma recherche. Je t'ai parlé comme je t'écris. Comme si tu étais toi aussi dans ce placard. Je t'ai parlé de ta purée maison et mon ventre a fait du bruit. Ça résonnait contre le bois.

Puis, au bout d'un long pourlinstant, la porte de ta chambre s'est ouverte lentement. J'ai entendu des pas qui se sont rapprochés et un claquement de doigts suivi d'un claquement de bec de Marlene Dietrich.

— Sors de là, Mainou ! dit la voix de l'Émile. Ils sont dans le poulailler avec Grand-mère, je crois qu'ils pensent que nous hébergeons des poules de confession juive.

Je fais semblant de rire pour encourager son effort de blague, mais je n'ai le cœur à rien. Je me sens poule de confession juive. Alors que je ne suis qu'un petit garçon qui ne croit à rien d'autre qu'aux histoires de chalutiers miniatures.

Nous passons par la grange et sortons exactement comme je suis sorti pour chercher la boîte dans la forêt. Le son de mes pas dans la neige et l'odeur du vent glacé me donnent des envies de luge. Il suffirait de monter sur le plateau du Légeret et de se laisser descendre. Se concentrer sur la pente et ne penser à rien d'autre qu'à ça.

— Si tu reviens en vacances l'hiver prochain, je te construis une luge en bois, chuchote l'Émile.

Ça y est, je vais avoir droit à une séance de manège à oiseaux. On va me faire tourner des petites idées mignonnes autour de la tête pour que je m'éloigne un peu de la réalité. Tu faisais ça pour m'emmener chez le dentiste, la cousine a fait ça dans la charrette, Grand-mère fait ça quand elle imite la joie et même la tante Louise le fait des fois.

— Tu te rappelles Gaston ?

— Le petit cousin dans le coffre de la voiture ?

— Oui ! Il en a une, vous pourrez faire la course. Sauf que toi, tu pourras te faire tracter par Marlene Dietrich ! La première luge à propulsion ailée ! Tu seras un pionnier, mon petit Mainou, dit l'Émile en me tapant si affectueusement dans le dos que je manque de m'étaler dans la neige.

Ça me rend presque triste de devenir trop grand pour les histoires de l'Émile. Je ressens toute la tendresse, mais j'aimerais y croire. Comme la tante Louise avec son Bon Dieu finalement. Par moments, je crois que ce serait reposant.

Les rares voitures qui s'aventurent sur la neige le font très lentement. L'Émile fait le guet, je reste caché derrière un tronc d'arbre. J'écoute les oiseaux qui discutent.

— Allez ! dit-il enfin.

Je m'élance et manque de déraper sur le verglas, l'Émile me rattrape au vol et m'ouvre la sortie de secours de l'épicerie. Il sourit et me félicite. Un flocon est en train de fondre sur sa moustache.

Je me glisse dans la réserve. Ça sent la graine et la poussière. Je suis fatigué. Je crois que j'en ai physiquement marre de me cacher.

Quelque chose s'était rallumé au contact de Sylvia et maintenant j'ai l'impression de retourner à la case départ. La longueur du pourlinstant depuis que je suis ici me donne l'impression que rien ne finira jamais.

L'Émile accueille les clients et les sert. Il me gratifie d'un clin d'œil lorsqu'il vient chercher des produits dans la réserve. Plus je le vois faire des efforts pour me rassurer, plus je me sens seul. Je ne lui montre pas, je souris et tout.

Je reconnais la voix de Rosalie qui salue l'Émile et fait mine de venir acheter des trucs. L'Émile réapparaît dans la réserve.

— Mainou… est-ce que je peux te poser une question ? chuchote-t-il.

— Oui, tonton.

— Je n'ai plus de poèmes de Sylvia… J'ai offert le dernier il y a une semaine. Rosalie m'en a gentiment réclamé un hier et j'en ai pas dormi de la nuit. J'essaie d'en composer moi-même mais je n'y arrive pas, ça sonne faux. Est-ce que je me trouve une excuse à la con en attendant d'en écrire un satisfaisant ou… est-ce que j'avoue mon imposture au risque de tout perdre ?

— Tu devrais lui dire.

— T'es sûr ?

— Non. Mais de toute façon, t'es coincé.

— Je pourrais encore bricoler des choses avec les brouillons que Sylvia a laissés dans le grenier…

— Dis-lui exactement ce que tu m'as dit la première fois que tu m'as parlé d'elle.

— Qu'est-ce que j'ai dit ?

— Tu as dit que depuis tout petit, tu rêvais d'elle.

— Elle le sait déjà.

— Dis-lui que tu t'en veux, mais que tu

voulais qu'elle t'aime coûte que coûte et que tu as demandé un peu d'aide à Sylvia pour les poèmes. Dis-lui aussi que tu as essayé d'en écrire mais que tu ne les trouves pas assez bien pour elle.

— Même pour tante Louise ils ne sont pas assez bien.

— Ça, tu lui dis pas.

— Et si elle demande à les lire ?

— Tu gagnes du temps et tu fais de ton mieux.

— T'es sûr ?

— Non. Je n'y connais rien en amour, moi.

— Oh si, je trouve que tu t'y connais déjà très bien, dit la voix de Rosalie à travers la cloison.

L'Émile est plus blanc qu'un fantôme. J'ai l'impression d'être son tonton et tout à coup je me sens musclé. J'ai peur pour lui, mais je me sens musclé.

Rosalie entre dans la réserve. Elle se penche pour m'embrasser.

— Je sais depuis le début que Sylvia écrit les poèmes.

Je n'ose pas regarder l'Émile, je n'ose pas regarder Rosalie, même les graines j'ai du mal à les regarder.

— Ce qui m'a plu, c'est que tu te sois donné tout ce mal pour me faire plaisir. C'est pas si important que tu ne les aies pas rédigés toi-même. Tu as donné les intentions, tu les as recopiés avec ton écriture, tu es venu dans la nuit pour me les apporter, c'est presque encore plus beau. C'est toi quand même et c'est toi que j'aime.

Le silence qui s'ensuit est le plus beau silence de l'histoire des silences. De loin. Je n'ose toujours pas regarder qui que ce soit mais je sens la joie immobile de l'Émile me traverser. Je n'ai jamais été si content pour quelqu'un.

La Frohmühle, le 31 décembre 1944

Pour mon anniversaire et la bonne année, on écoute la radio toute la journée. La bataille de la citadelle se joue à quelques kilomètres d'ici. C'est un peu comme écouter les résultats d'un match de foot avec des morts à la place des buts.

Je n'ai jamais vu Grand-mère dans un tel état. Elle n'était que modération depuis mon arrivée, mais là je la découvre. Emportée par une sorte de joie sauvage quand le poste crache les bonnes nouvelles.

L'Émile ne quitte plus les bras de sa Rosalie. Je les trouve beaux. Toute l'habituelle caravane de mélancolie disparaît quand je les regarde. Tonton me gratifie de ses plus beaux clins d'œil à la moindre occasion. Rosalie fait semblant de ne pas le voir et m'en fait aussi.

La Frohmühle, le 1er janvier 1945 tôt dans la nuit

C'est con ces histoires de dates, ça ne change rien à rien mais ça pique toujours un peu plus. Un mélange de joie et de tristesse qui pète à la gueule. C'est mon premier anniversaire sans toi et tous les bons souvenirs me sautent dessus. Je ne suis pas encore prêt à les laisser venir.

Je me suis mis à préférer les souvenirs que je m'invente. Certains d'entre eux se passent dans le futur. J'imagine que mon cœur est une machine à voyager dans le temps. J'ai passé tellement longtemps enfermé dans la cave et dans ta chambre que j'ai appris à m'échapper par l'esprit. À force de t'écrire, j'ai construit tout un monde où je te retrouve.

Je ne suis pas devenu un fada qui croit à ce qu'il ne voit pas, ne t'inquiète pas. C'est une forme de magie plus artisanale, comme faire pousser des trucs dans le jardin. Le jardin, c'est moi. L'eau, c'est l'Émile. L'engrais, c'était Sylvia. Je me sers de l'odeur de ta lessive, disons du souvenir de l'odeur de ta lessive car le parfum a définitivement disparu de tes habits. Je respire le flacon laissé par Sylvia, avant que ça ne s'évapore complètement. Je prends quelques vrais souvenirs aussi, puis je les agrandis, je leur fais des suites. Je sculpte. Quand j'obtiens un tout nouveau souvenir tout neuf, j'ai l'impression d'avoir voyagé dans le temps.

Les vrais souvenirs, même les bons, sont des aimants à mélancolie. Alors que mes petites créations me rendent doucement joyeux. C'est artificiel, soluble dans l'air, mais je m'en vaporise l'esprit souvent. J'arrose ce cœur tout sec, j'huile ses engrenages.

La Frohmühle, le 16 janvier 1945

La radio raconte que l'armée allemande contre-attaque avec des bombes au phosphore. Je sais pas ce que c'est mais vu la tête de l'Émile, j'ai pas vraiment envie de demander.

On parle de plus en plus souvent de l'après-guerre quand même et je ne sais pas trop quoi en penser. Je crois que je commence à préférer le monde que je nous ai créé. J'ai dû travailler tellement dur pour rivaliser avec la réalité que je voudrais en sortir le moins possible.

Je bois la grenadine par petites lampées, mais pure. Hier, je suis arrivé à recréer l'exacte sensation de ta main dans la mienne. La bonne température, la pression de tes doigts souples entre les miens.

Puis Marlene Dietrich s'est encore cogné le bec contre la fenêtre et je suis revenu à la réalité.

J'ai pris la cigogne dans mes bras et je l'ai caressée

longtemps. J'ai ouvert la fenêtre et l'ai posée sur le rebord. Le froid mordait mes oreilles, le vent sonnait comme une bouilloire à l'horizon. Le croissant de lune tenait en équilibre entre les étoiles. La cime des arbres trempait dans les nuages bleus.

Marlene Dietrich s'est envolée sans bruit. Droit vers le ciel, comme si elle connaissait le chemin par cœur. J'ai applaudi comme un con, tout seul dans la nuit. Le son de ses ailes dans le vent m'a donné envie de la suivre. Ça a l'air si simple de voler quand on la regarde. C'est beau quand c'est simple. Marlene Dietrich est devenue une version jouet de Marlene Dietrich, puis l'ombre d'un jouet et, tout d'un coup, elle s'est transformée en souvenir.

Mon cœur est devenu lourd mais capable de voler. L'odeur de pois chiches que continuait d'exhaler son nid m'a fait sourire longtemps.

La Frohmühle, le 3 février 1945

J'écoute l'Émile écouter la radio dans l'épicerie avec mon téléphone à ficelle. Il pousse des cris de joie comme Papa devant les matchs de football. La contre-attaque des Allemands a échoué. De nombreux villages aux alentours sont libérés. L'Émile prend Grand-mère dans ses bras et même la tante Louise a droit à son câlin fougueux. J'ai envie de danser. Du coup je danse. J'aurais aimé partager ce moment avec Marlene Dietrich. Je regarde son nid vide. Puis je me dis qu'elle danse déjà, que son espèce n'est pas concernée par cette histoire de guerre. Que j'aurais dû la libérer beaucoup plus tôt.

Je danse. J'y crois. Je comprends un peu tante Louise tellement j'y crois. J'ai envie d'y croire. Je me prépare à revivre. Je suis la flèche d'un arc que je n'osais plus utiliser. Ça y est. J'y retourne. Je reviens à moi.

Papa, viens me chercher ! On se tire. On ne retourne pas à Montpellier, on patine sur des lacs gelés, longtemps. Allez viens, Papa, on vit. On recommence la vie !

La Frohmühle, le 20 mars 1945

J'étais en train de t'écrire quand Grand-mère est entrée dans ta chambre. D'habitude, c'est l'Émile qui vient me chercher. Quand c'est Grand-mère, c'est forcément grave. Qu'est-ce que j'ai encore bien pu faire ? À part t'écrire des trucs en imaginant la vie d'après, je ne crois pas avoir fauté. À moins que j'aie encore écrit tout haut et que cela ait vexé la tante Louise ? Grand-mère m'a demandé de la suivre.

Dans la cuisine, tout le monde porte ses habits du dimanche. On est effectivement dimanche, mais je ne les ai jamais vus porter ces costumes. L'Émile ouvre la porte et me dit de sortir. Son biclou rouillé est couvert de cotillons.

— Il est à toi maintenant. Et non seulement il est à toi, mais en plus tu peux aller où tu veux avec. Nous ne sommes plus en territoire annexé. Nous sommes libres.

J'ai du mal à réaliser. J'en ai tellement rêvé que j'ai l'impression que c'est pas vraiment vrai. C'est presque aussi étrange que si finalement tu étais venue me dire bonne nuit hier soir. Tu serais arrivée là, avec ta chemise de nuit et ton parfum de Sylvia, et tu m'aurais embrassé sur le front.

Depuis si longtemps, je n'entends que : « Guerre ! Prudence ! Allemands ! Attention ! » Même si ces derniers mois l'espoir passe à la radio, je ne sais pas trop comment m'y prendre avec cette joie toute neuve.

L'Émile me serre dans ses grands bras solides, j'arrive plus à respirer ni rien. Grand-mère a les yeux mouillés, et tante Louise sourit, on dirait une jeune mariée. Ça me fait comme un souffle à la menthe. Ça me rafraîchit en me piquant les yeux. Rechute joyeuse de l'angine de questions.

La Frohmühle, le 21 mars 1945

J'ose pas monter sur le biclou de l'Émile. Il me taquine en me rappelant que la nuit sous les bombes, j'y arrivais très bien. Mais maintenant que c'est le mien, je suis tout intimidé.

Il fait presque beau. C'est pas encore le vrai printemps mais l'hiver se fissure. L'odeur d'herbe coupée me prend à la gorge.

— Je te prête ton vélo, Émile, et on va faire un tour ensemble, d'accord ?

— D'accord ! Mais d'abord, j'ai promis d'aller à la messe avec Louise.

L'Émile tire sur sa pipe en me regardant dans les yeux, puis il l'éteint. Il pose sa main sur l'épaule de la tante Louise. Ils restent immobiles et souriants comme sur une photo. Je sens que cette image va me rester.

— File ! Prends ce moment pour toi.

— Tu vas vraiment à l'église ?

— Je l'accompagne juste…

On a ri. Et ce rire sonne déjà autrement que lorsque nous étions en territoire annexé, hier. Nous venons de basculer dans un nouveau monde.

J'enfourche le vélo. Je suis tellement plus habitué à la liberté que ça me fait tout bizarre. Je commence doucement, comme si je goûtais un plat trop cher pour moi. Trop grand et trop bon. Le cliquetis de la chaîne me rappelle à mon bon mauvais souvenir de fugue. La neige a fondu depuis, je ne porte plus de manteau. Le vent transporte encore un peu d'hiver en lui, ça se sent à l'ombre mais dès que le soleil se faufile entre les arbres, tout devient caresse. Je me dresse sur les pédales en roue libre, tranquillement debout. Puis je relance en danseuse, me penche dans les virages.

Sur le vélo de l'Émile, je me sens tellement bien que je me prends pour lui. Je lâche le guidon et tout. Depuis le temps que je rêvais de faire cette descente devant la Frohmühle !

Le soleil tape dans mes yeux, je pourrais pédaler tout droit le temps d'un si long pourlinstant que j'arriverais à Montpellier. Pédaler à fond me donne l'impression de circuler à bord d'une machine à remonter le temps. L'excitation monte. Les muscles de mon imagination soulèvent la Lorraine et juste en dessous c'est le Midi. Maman, j'arrive ! Ça commence à sentir la lavande, le vent change la couleur du ciel. Papa, j'arrive ! Je suis tellement content que je n'ai même pas le temps d'avoir faim. Ou alors c'est que je garde l'estomac tout neuf pour quand tu me feras une bonne purée maison. J'aurais pas dû penser à purée ni à maison, j'ai une terrible envie d'en manger une maintenant. Je me sens presque à Montpellier. J'accélère, le son du vent augmente. Ça y est, les deux arbres ! Maman, j'arrive. C'est un énorme chêne siamois que l'on aperçoit depuis la route. Celui qui le voit sait que Montpellier va apparaître dans moins d'un quart d'heure. Je traverse le pont Juvénal. Il est exactement comme avant tout ce bordel de guerre. Il fait mal aux cuisses au début, puis après c'est roue libre jusqu'à la villa Yvette. Le Lez coule. Je le laisse couler jusqu'à la mer. Je me laisse couler jusqu'à la mienne. Je descends de vélo, mes jambes tremblent. Je pousse le portillon, reconnais son grincement. Je vais rentrer dans ma chambre par la fenêtre et me glisser dans mon lit. Je vais faire semblant de dormir. Tu viendras me réveiller. Tu es fatiguée parce que tu vas accoucher dans quelques jours seulement. J'entends tes pas dans le couloir. Je les reconnaîtrais entre mille, tes pas. Ils ont un rythme d'horloge douce, qui retarde un peu.

Le raidissement de mes mollets me ramène à la réalité. Montpellier s'évapore et la Lorraine aux herbes hautes reprend ses droits. Maintenant, il faut remonter la pente pour retourner à la Frohmühle.

J'ai le temps et je n'ose pas le prendre. Faut que je me réhabitue à la liberté.

La côte est dure, je l'attaque en danseuse. Mes mollets, engourdis par ces mois d'enfermement, sont raides. Souffrir des mollets, quelle merveille ! Ne penser à rien d'autre qu'aux choses de vent et respirer en plein jour. Le parfum des conifères, le soleil dans les yeux.

À bout de souffle, j'atteins le plateau du Légeret. Trois énormes chars américains traversent devant moi. Des gens qui saluent, applaudissent, chantent. Je me suis habitué à mon cahier, ma cigogne et mes fantômes, ils me font presque peur, tous avec leur joie. Il y a des enfants de mon âge partout. Dire qu'ils étaient juste à côté depuis le début du pourlinstant.

Je n'ose pas leur parler. Je regarde le spectacle. Le rêve de tous ceux qui vivaient terrés dans leurs caves depuis de longs mois. Ça chante, ça rit. La vie explose si fort qu'on dirait qu'il ne fera plus jamais nuit. Les fleurs de printemps sont de sortie. Les robes des filles aussi. Partout dans l'herbe et dans les fossés, pâquerettes et primevères en cascades.

Un soldat s'est endormi dans les fleurs, bouche

ouverte, les mains sur la poitrine. Un autre et encore un autre de l'autre côté du fossé. L'un d'eux porte un uniforme allemand, les deux autres sont français. Leurs vêtements sont rougis par endroits.

Je pense à Papa. C'est déjà le retour de la nuit. Je n'osais pas trop penser à lui. Il fallait que je m'occupe de toi et des pois chiches de Marlene Dietrich. C'était normal de ne pas savoir ce qu'il se passait pour lui et maintenant, ce n'est plus normal du tout.

Maintenant, j'ai le droit de l'attendre à nouveau.

L'angine de questions revient.

La Frohmühle, le 16 avril 1945

Mon cahier est presque terminé. Du coup j'écris plus petit. J'aimerais commencer un nouveau cahier quand Papa viendra me chercher, s'il finit par le faire. En attendant, je vais enfin pouvoir ouvrir la boîte.

— Je me souviens que ma mère parlait d'un chêne que son père aurait planté le jour de sa naissance, est-ce que tu pourrais me le montrer, tonton ? je lance l'air de rien au petit déjeuner.

L'Émile sourit et me balance dans le dos sa rude tape amicale qui fait tousser.

— J'en connais un qui veut récupérer sa boîte..., me répond-il en chuchotant.

Je fais oui en hochant la tête, sans oser soutenir son regard.

— Tu es vraiment sûr de vouloir déterrer le passé ?

Cette fois, je le regarde dans les yeux et lui lance un « Oui » exactement clair.

L'Émile secoue les cheveux sur ma tête, j'ai horreur de ça. Mais quand c'est lui, ça passe. Il sourit tristement, c'est une de ses spécialités.

— D'accord. Je vais t'emmener.

— Quand ?

— Ce soir, mais tu n'en parles à personne, d'accord ?

— Qu'est-ce que c'est que ces messes basses encore ? demande Grand-mère.

Sur le mot « messes » la tante Louise lève un sourcil, qui redescend d'un coup sur le mot « basses ».

— J'expliquais à Mainou que nous sommes en train de gagner la guerre, mais que ce n'est pas encore fait. On gagne quatre à deux mais nous sommes dans les arrêts de jeu, dit l'Émile en me regardant du coin de l'œil. Il faut rester vigilants jusqu'au bout.

Je patiente en me promenant librement dans la forêt et partout. Je fais exactement tout ce qui m'était interdit. Je me promène dans l'épicerie, je fais du biclou sans toucher le guidon en descente et lorsque je croise des gens, je dis bonjour plusieurs fois tellement je suis content de dire bonjour. Hier, j'ai crevé mon pneu avant en roulant sur un hérisson. On aurait vraiment dit une souris déguisée en oursin. Je lui ai parlé doucement et il m'a répondu en poussant des petits cris et grognements. Je me suis assis contre un arbre à côté de lui. J'ai essayé de caresser son adorable tête miniature, il est resté tout énervé en boule avec sa dégaine de rond pique-aiguilles. Le biclou était à plat et le hérisson en pleine forme, mais il ne décolérait pas. Ça m'a plu. Je l'ai adopté sur-le-champ. Il s'était fait un nid de feuilles mortes et d'herbes sèches derrière un chêne, j'ai posé le tout sur le panier à l'avant du vélo. Il a continué à faire la gueule, et j'ai aimé ça. J'ai décidé de l'appeler Jean Gabin.

Sur le bord de la route qui monte jusqu'au plateau du Légeret, je vois des soldats allemands munis de haches s'attaquer aux arbres. Ils font de larges entailles triangulaires tournées vers la route. Et voilà qu'ils y installent un cordon de couleur rouge. Il doit y avoir une cinquantaine de chênes immenses alignés le long de la route et le cordon va du premier en bas jusqu'au dernier en haut.

Leur but d'après l'Émile, c'est d'allumer cette mèche afin de faire exploser toutes les charges déposées dans les encoches et que les arbres se couchent en travers de la route pour ralentir l'arrivée des nôtres. Dans « les nôtres », il devrait y avoir Papa. En tout cas, il pourrait. C'est le nouveau sujet que personne n'ose aborder. L'Émile a même arrêté de proposer de m'adopter.

Sauf que leur système d'allumage ne fonctionne

pas et que les chars américains sont en train descendre tranquillement. Paniqués, les Allemands prennent la fuite. Quel spectacle extraordinaire !

Et je suis aux premières loges. Pas de cave, de grenier ou même de fenêtre. Je laisse aller le biclou de l'Émile en roue libre et lève les bras comme si j'avais gagné une étape du Tour de France.

Là Frohmühle, le soir même

J'attends dans ton lit en caressant du bout des doigts la toute petite tête de Jean Gabin. Plus difficile d'imaginer la chevelure de Sylvia qu'avec le plumage de Marlene Dietrich, mais ça adoucit provisoirement l'angine de questions. Je lui ai ramené un escargot et depuis, il est sorti de sa coquille de hérisson. Je regarde ses petits yeux tendres qui ont l'air de ne rien comprendre à rien et je me sens presque bien.

L'Émile vient toquer à ma porte. Il allume sa pipe, fait semblant de démarrer une motocyclette en imitant le bruit du moteur et je grimpe sur le porte-bagages du vélo. On joue à se faire peur alors qu'on ne risque plus rien. On sait que c'est peut-être nos derniers moments ensemble, même si j'ai promis de revenir pour les vacances. Alors, on jouera à la guerre et on ira se cacher à la cave. Si Sylvia était de retour au grenier, il se pourrait que ce soit merveilleux.

Hier, l'Émile m'a fait la surprise d'amener Gaston, ce cousin éloigné rencontré dans la forêt en descendant de la charrette à foin. On s'est raconté nos guerres sur le vélo, et l'Émile nous a traités de « vieux combattants ». C'était la première fois qu'on se parlait hors d'un coffre de voiture. On a fait des imitations de moteur en souvenir de notre première rencontre. Tout était si intact. Impression qu'il venait d'un autre monde et qu'en même temps, c'était il y a quinze jours. « Le temps passe au ralenti et en accéléré dans la cave », a dit un jour l'Émile. C'est une des premières phrases que j'ai notées dans le cahier.

Mais ce soir, cap vers la forêt et ton chêne préféré. Les épines craquent sous nos pas, le chant des hiboux est si proche que l'un d'eux pourrait être posé sur nos épaules. Je respire chaque seconde de cette promenade. Je me revois quelques mois plus tôt, le bout des pieds mouillé et le bruit des avions sifflant au-dessus de ma tête.

L'Émile s'arrête et me désigne un petit chêne de rien du tout. Je le reconnais : c'est contre cet arbre que nous avons discuté après notre visite chez Rosalie. Il s'agenouille et balaie le sol de sa main. Sous le feuillage apparaît un couvercle.

— À toi de jouer ! me lance-t-il.

Je me saisis facilement de la boîte. Dans mon souvenir, elle était beaucoup plus lourde. Je la secoue comme un cadeau étrange. On se croirait à Noël dans la forêt ou à Pâques dans la nuit, à la chasse aux œufs rectangulaires.

L'Émile me tend une petite clé. Je la glisse dans la serrure et ouvre délicatement le couvercle. On dirait le grenier en version miniature, quelques livres, des lettres, des petits morceaux de papier avec des notes raturées, des dessins. Ton écriture, la sienne.

— Elle faisait *glong-glong* quand on la secouait et elle était beaucoup plus lourde j'ai dit.

— Parce qu'il y avait la machine à écrire de ta maman dedans. C'est le cadeau de ton père pour Sylvia. Il voulait qu'elle puisse continuer à composer des poèmes avec.

L'Émile prend la boîte entre ses grandes mains et la serre contre sa poitrine.

— Regarde ça ! dit-il, l'œil presque aussi pétillant que lorsqu'il parle de Rosalie.

Il pousse un loquet au fond de la boîte, qui ouvre un tiroir secret.

— Ouvre-le…, me dit-il.

Mon cœur bat si fort que mon cerveau ne sait plus comment s'y prendre. Tout me paraît compliqué. Je finis par y parvenir et reconnais mon petit chalutier or et bleu.

— La proue, la quille et le bastingage ! dis-je fièrement en désignant chaque partie du bateau.

— Ouvre-le encore… le chalutier, fouille sa cale !

Je déboîte le haut du navire et découvre un tas de cartes marines miniatures et de plans de construction de… bateaux.

— Ta mère et ton père avaient pour projet de transformer un vieux chalutier en péniche pour y cacher des résistants.

Tout un tas de souvenirs de ces derniers mois remontent, le jour où mon père m'a offert le chalutier, la boîte dans la charrette à foin, l'histoire du cambrioleur de bombardement, la découverte du grenier. L'antidote à l'angine de questions est sous mes yeux.

— Elle avait pris ton jouet comme référence, en espérant qu'un jour tu le verrais grandeur nature.

— Et est-ce que…

— Oui… Il existe. À l'heure qu'il est, Sylvia doit y être. Tout un réseau de résistants s'y retrouvent. Et il y avait également des faux papiers. Voilà pourquoi les Allemands ne devaient surtout pas mettre la main sur cette boîte.

— Et moi ? Pourquoi on me l'a cachée, à moi, une fois arrivé à la Frohmühle ?

— Grand-mère préférait que tu découvres la correspondance entre ta mère et Sylvia seulement après la guerre. Elle pensait que lire ta mère te rendrait encore plus triste. J'avoue que l'une de ses lettres nous a particulièrement bouleversés. Mais ça t'appartient, tout ça. Je devais attendre la fin de la guerre pour te les montrer, mais j'estime que tu as assez attendu.

Nous restons un moment sous les étoiles, à écouter le vent faire le con dans les branches. On dirait presque le bruit de la mer les jours de vent du Midi, quand les vagues s'entendent de loin. Puis l'Émile s'est déplié lentement. J'ai pris la boîte sous le bras. Nous sommes rentrés sans un mot. Nos pensées faisaient déjà trop de bruit.

— Bonne non-nuit ! souffle tendrement l'Émile en me raccompagnant à la chambre.

Je prends le tout petit corps de Jean Gabin et l'installe dans la boîte. Je retire mes souliers doucement alors que je n'ai plus aucune raison de les retirer doucement. Ni même de les retirer tout court, pour aller au grenier.

Je m'installe en face de la machine à écrire. Je sors le hérisson et le dépose sur le plancher. Tant que je le regarde trottiner, je maintiens mes battements de cœur à un rythme acceptable. Je sors un cahier de la boîte. Sur sa couverture, tu as inscrit : « Sylvia pour Élise pour Eugène ». Je goûte chaque mot. Je déguste les syllabes, la ponctuation et même les blancs entre les phrases. Effleurer le papier me fait l'effet de caresser le drap de ton fantôme. Ton cœur bat dans ce cahier. J'ai l'impression que c'est toi qui écris, même si c'est elle.

Mon esprit se laisse divertir, presque comme si je lisais la correspondance de deux personnages de roman. Vos histoires de trafic d'œufs de cigogne, vos rendez-vous secrets dans ce grenier, vos histoires de parfum... jusqu'aux lettres qu'elle a écrites pour que tu séduises Papa, puis que tu continues de le séduire, comme l'Émile avec Rosalie, car « l'amour, ça s'entretient comme un potager. Et la poésie, c'est le meilleur des engrais ». Est-ce que lui aussi savait ? Est-ce qu'il n'a jamais su ? Je ne suis pas certain d'oser le lui demander un jour.

Je te sens vivre sous la plume de Sylvia. Je ressens une magie un peu folle. Comme si elle avait réussi à sauver quelque chose de toi et qu'elle le portait. Tout d'un coup tu n'es plus complètement morte.

D'autres lettres sont encore dans leurs enveloppes, j'hésite à les ouvrir. Tu n'as pas eu le temps de les recopier, leurs dates se rapprochent du 3 juin 1944. Jean Gabin fait des petits bruits en grattant le plancher. Je finis par les décacheter.

Toujours cette écriture qui pourrait être la tienne mais ces lettres ne font pas partie de votre trafic de poésie. Sylvia s'y adresse directement à toi.

Elle demande de mes nouvelles, dit qu'après la guerre elle aimerait me rencontrer. Il y a beaucoup d'humour malgré la guerre, et je me laisse aller à rire tout seul dans le grenier avec mon hérisson qui gambade tout autour. Il fait déjà presque jour. Mes yeux piquent mais je n'ai absolument pas envie de dormir. Je dois digérer toute cette joie trop forte pour moi. J'ai envie de pleurer, puis de rire, puis les deux en même temps. La pluie dans le beau temps.

Il reste une dernière enveloppe, « Mainou » est inscrit en petites lettres majuscules. Exactement la même écriture que sur l'étiquette du carton rempli de guirlandes de Noël.

Le coq crooner taré hurle, m'indiquant que les choses de matin ne vont plus tarder à commencer. Le coq gueule encore et Jean Gabin fait le con à se cogner partout.

J'ouvre. Je reconnais le papier à lettres. Je reconnais ton écriture.

Villa Yvette, le 3 juin 1944

Mon petit Mainou,

Comme je m'en veux de t'avoir fait pleurer, mon petit. Comme je m'en veux de te laisser à la vie sans maman. Comme je m'en veux de ne pouvoir rien faire d'autre que de m'en vouloir. Mais je pense à toi, si beau avec tes yeux encore plus verts à cause des larmes. Alors j'ai presque le sourire qui revient.

J'espère encore un peu que tu n'auras jamais à lire cette lettre, ou alors dans très longtemps, après la guerre, quand Mireille et toi serez suffisamment grands pour comprendre que votre maman a failli partir. Je voudrais revenir déjà. Moi qui me suis toujours fait un sang d'encre pour toi. Voilà que j'écris avec, alors qu'il quitte mes veines. Je sens mes forces m'abandonner. Je sens que je glisse et j'ai terriblement peur pour Mireille. Même pour ton grand costaud de père, j'ai peur.

Si je ne revenais pas, j'aimerais que tu emportes un peu de l'amour que j'ai pour toi. Il est si grand qu'il doit bien en rester quelque chose même quand on disparaît. Les étoiles mortes continuent de briller. Je voudrais briller encore pour toi, qu'un petit feu te réchauffe encore.

Ta Maman

Mes mains tremblent, le papier fait encore plus de bruit que le hérisson. Je ne pleure pas ni rien. Le reste de mon corps est presque calme. Sauf le cœur, s'il continue de taper comme ça, je vais me péter une côte.

— À taaaaaaableeee ! siffle Grand-mère.

J'ai l'impression que sa voix est plus aiguë depuis que le pays de Bitche est libéré.

Je descends en sautillant dans l'escalier, tout pinson joyeux que je suis censé être. Non que je sois triste ou quoi, juste j'ai le cœur et le cerveau qui débordent. Les connexions entre les deux fument. Il va me falloir ne pas penser pendant un moment pour retrouver un peu de lucidité.

Le petit déjeuner se passe comme un petit déjeuner d'avant l'ouverture de la boîte. Tout le monde est de bonne humeur, la radio est allumée toute la journée maintenant que plus rien n'est interdit. On peut même l'écouter de dehors en ouvrant la fenêtre.

J'attends que tout le monde quitte la table, je glisse Jean Gabin dans la poche de mon manteau et je cours droit vers les arbres. J'ai besoin de courir longtemps. Alors je cours longtemps. Je n'ai plus l'habitude, alors je suis vite essoufflé. Finalement, je marche longtemps. Loin dans la forêt aux lucioles. Loin, si loin que j'ai failli oublier de rentrer pour midi.

La Frohmühle, le 30 avril 1945

Je passe beaucoup de temps à bicyclette. J'installe Jean Gabin dans ma poche, et nous nous promenons.

— C'est plus facile de trier les émotions quand on est en mouvement, dit l'Émile.

Alors je marche, je cours, je pédale, je grimpe aux arbres, je joue même au football dans le trou d'obus boueux. Je fais naviguer mon chalutier dans les flaques en rêvant de naviguer un jour sur la version grandeur nature. Rien que d'y penser, mon énergie a décuplé.

Au poulailler, je laisse aller mon esprit à des idées amusantes histoire de me décongestionner. Des poules qui pondraient des œufs en chocolat par exemple. Pour fêter Pâques tous les jours.

— Une fête catholique ! dit la tante Louise derrière mon épaule. Tu vois, chacun peut trouver ce qu'il veut dans la Bible.

Je me dis que je dois régler ce problème de penser tout haut que j'ai attrapé en passant beaucoup de temps seul et en te parlant beaucoup.

— On ferait des omelettes avec les œufs de la poule chocolatière et en fait ça aurait un goût de gâteau moelleux.

Tante Louise a presque ri. En tout cas, elle a fait un sourire qui fait du bruit. Un truc d'animal, comme quand elle ronfle mais en plus gentil.

Elle est toujours aussi endieusifiée, mais la Libération a changé quelque chose.

Elle passe à peu près autant de temps à la messe que moi dans la forêt.

Ce matin, j'ai vu voler des cigognes et j'ai espéré qu'il y avait Marlene Dietrich. Ça m'aurait plu qu'elle descende un peu de son ciel et qu'on discute tous les deux. Je lui aurais raconté la vie d'après, ma main entre ses plumes, en pensant à la chevelure de Sylvia tout en respirant l'odeur de pois chiches pourris.

La Frohmühle, le 8 mai 1945

C'est fini. La guerre. Toutes les conneries. C'est plié. Le match est gagné. Retour à la case départ de la Frohmühle. Si Papa revient.

Voir les sourires sur les visages de toute la famille me donne envie de pleurer. J'ai les souvenirs de nuits dans la cave qui reviennent et toute cette joie, là au milieu, je sais plus trop quoi en faire.

Comme si mon cœur s'était atrophié, qu'il n'était plus habitué à laisser grandes ouvertes les valves du bonheur.

Est-ce qu'un jour ou une nuit je retrouverai le calme doux ? Celui de quand tu étais là. Je ne sais pas. Je reste insomniaque. Le moindre bruit dans la nuit me réveille, et dans un demi-sommeil je crains encore d'entendre hurler la sirène. Pourtant, parfois, ce n'est que le hérisson qui se promène sous ton lit.

L'Émile a installé un hamac entre deux arbres devant la maison. Il s'y allonge pour lire le soir, quand il a fini de travailler. Il fume sa pipe, fabrique quelques nuages et descend pour venir me chercher.

— Grimpe ! Tu vas voir comme on est bien pour lire.

C'est sa fierté, ce hamac. Alors je m'y glisse et c'est effectivement formidable. Je me sens comme dans les bras de quelqu'un, bien blotti dans un cocon en suspens.

— Si tu veux, plus tard, tu pourras habiter avec moi chez Rosalie. J'espère de tout cœur que ton père va revenir. Mais si jamais, tu sais que je suis là.

Il devient timide lorsqu'il aborde la question. Un peu comme lorsqu'il parle des poèmes qu'il n'a pas écrits pour Rosalie.

Depuis que je suis arrivé, il a fait toutes sortes de boulots pour moi : grand frère, bon copain, tonton marrant, papa remplaçant et maître d'école buissonnière. Tout en continuant à faire le travail à la ferme, et à s'engueuler avec sa « plus ou moins bonne sœur ».

— Est-ce que je pourrai prendre un hérisson ?

La Frohmühle, le 14 mai 1945

Mon père est arrivé ce matin. On aurait dit le Papa du train, mais avec un sourire rafistolé. Je suis descendu du hamac et il m'a porté à bout de bras comme il faisait quand j'étais plus petit. Il me lançait en l'air et me rattrapait, tu avais horreur de ça. Il disait que c'était pour que j'aie un meilleur équilibre. S'il savait que ça m'a permis de me barrer sur le vélo de l'Émile sans toucher le guidon un soir de bombardement, sans doute qu'il sourirait un peu moins longtemps.

Encore cette joie à moitié fendue qui me prend. Parce que lui, quand il essaie de ne pas montrer un truc, ça se voit encore plus. Il est fendu brisé partout. Après que tu es partie, je m'étais promis de ne plus jamais pleurer. J'ai à peu près tenu jusqu'à ce que je sente son eau de Cologne. Le barrage a cédé.

Il joue au papa costaud, parce qu'il en est un. Il me prend dans ses bras. Je respire son eau de

Cologne. Les mots ne sortent pas. Ni les miens ni les siens.

Je crois qu'il va falloir du temps. Encore et toujours du temps.

Il est resté toute la journée là, habillé comme un soldat. Grand-mère et lui ont beaucoup parlé. Je lui ai présenté Jean Gabin et ils se sont plutôt bien entendus. Il a demandé des nouvelles de Sylvia et mon cœur s'est accéléré comme à l'école quand j'étais pris en flagrant délit de rêverie par la fenêtre.

Grand-mère a dit qu'elle était retournée sur son bateau, le vieux chalutier transformé en péniche où elle se cachait avec des résistants au début de la guerre.

Un ange passe. Peut-être que c'est toi. Ton fantôme plane, on peut même dire qu'il est pas très discret tellement il écoute fort.

— Je t'y emmènerai un jour, je l'ai promis à ta maman. On ira cet été, a dit Papa.

Sa grande main attrape mon épaule et ça me rappelle les défaites de football, avant la guerre. Ça me rappelle à quel point tu vas continuer de manquer.

Nous nous installons autour de la trop grande table de la cuisine et l'Émile raconte presque tout, même ma cuite au parfum, le vomi et tout. Autant dire que je me tomatifie à mort. Puis il demande à Papa de nous raconter son année à lui. Il s'est échappé d'un camp de prisonniers deux fois et lors de sa deuxième évasion une balle lui est rentrée dans l'avant-bras. Il nous montre son effrayante cicatrice.

C'est difficile de me faire à l'idée que c'est mon vrai Papa, le même qui hochait la tête de dépit quand Montpellier battait Nîmes au football, le même qui avait fermé ma valise pleine de fantômes, le même qui t'appelait « ma Lisette », le même. Mais avec un avant-bras défiguré.

Sa voix me rappelle tellement le lui d'avant que le souvenir de la tienne revient par étincelles. J'ai l'impression que ça lui fait pareil, mais je n'ose pas le dire. J'ai travaillé dur à me déshabituer de lui et maintenant il m'intimide un peu.

Les au revoir sont étranges et terribles. Comme si mon cœur et mon cerveau étaient branchés à l'envers.

— Fin de la guerre + Papa = joie.

— Quitter l'Émile, Grand-mère et même la tante Louise = palpitations d'insomnie en plein jour.

Les bons et les mauvais souvenirs se crient dessus comme des supporters d'équipe de foot. Mon cœur est un stade et le match est aussi spectaculaire qu'indécis. La bonté dans le regard de Grand-mère, Sylvia et ses deux bouillottes contre mon dos au grenier, la naissance de Marlene Dietrich et la virée interdite en forêt avec l'Émile pour déterrer le grand secret font gagner l'équipe des bons souvenirs aux penalties.

Je récupère ma boîte et y réinstalle ta machine à écrire et le chalutier avant d'y planquer Jean Gabin. Je dis au revoir au grenier, puis à ta chambre, à ton lit, et je me glisse une dernière fois dans l'armoire pour discuter avec tes vieux habits. J'ai l'impression d'abandonner ton fantôme en quittant la Frohmühle.

L'oncle Baptiste vient nous chercher avec sa voiture. Pas besoin d'aller dans le coffre cette fois. Gaston me fait signe sur la banquette. J'aurais aimé revoir la cousine Jeanne.

L'Émile me promet qu'il ira la saluer de ma part. Il me serre dans ses bras, un peu trop fort.

Puis c'est au tour de la tante Louise de me câliner exactement comme si elle m'aimait. Elle me chiale dessus et tout. Je sens ses larmes couler dans mon cou. Je suis pas sûr qu'elle me manquera beaucoup mais quand même, ça fait bizarre.

Vient le tour de Grand-mère, qui ne fait que répéter que de toute façon je reviendrai pour les vacances, que l'été c'est seulement dans un mois. Elle dit à la tante Louise que ça ne sert à rien de pleurer, qu'on me revoit bientôt.

Du coup, c'est moi qui chope la chiale. J'ai tenu

un an sans pleurer devant personne ou presque et maintenant que tout est doux j'ai une pomme de pin dans la gorge. Ça pique les yeux et les oreilles.

Je monte dans la voiture avec ma boîte sous le bras et la dépose entre Gaston et moi. Papa monte à l'avant. Je les regarde tous les trois plantés devant la Frohmühle. On dirait des santons de Provence devant la crèche.

La voiture démarre, je me retourne sur mon siège pour continuer de les voir à travers le pare-brise arrière. Je secoue les deux mains, puis les bras pour qu'ils me voient le plus longtemps possible. Ils deviennent tout petits, puis minuscules, mais au loin, ça continue d'agiter les bras. La voiture monte sur le plateau du Légeret, ils disparaissent dans le virage et la maison avec.

Gaston m'observe. J'essaie de faire le dur trop content de rentrer chez lui. Je suis un peu content de quelque chose, parce que Papa est là et que la guerre est terminée. Mais je ne suis ni dur ni sûr de vouloir retourner à la villa Yvette sans toi. Surtout que Papa m'a pris à part avant que la voiture de l'oncle Baptiste arrive.

— Tu sais, on va retourner dans notre maison à Montpellier et là-bas, tu auras une « tata » qui s'occupera de toi. Oh, ça n'aura rien à voir avec ta pauvre maman, mais enfin tu verras, elle sera très gentille avec toi.

Je marche sur le quai avec une main dans celle de Papa et l'autre qui secoue le ciel pour dire au revoir à Baptiste et Gaston. Tout ce ciel à portée de main ! Je n'ai plus à avoir peur de rien et j'ai peur de tout. J'ai du coton dans les jambes. Je marche dans les nuages.

Papa, je l'ai vu disparaître sur le quai de la gare comme dans un tour de magie étrange. Je l'ai imaginé tant de fois venant me sortir de la cave ou du grenier… S'il réapparaissait, alors le tour de magie serait réussi.

Ce n'est pas exactement ce qui se passe aujourd'hui. Malgré le bonheur intense de le retrouver, quelque chose au fond de moi me dit que si le tour de magie est effectivement réussi, il est bel et bien terminé. Je ne suis plus le petit garçon de l'année dernière. Je suis pas beaucoup plus grand, mais quelque chose a changé. Je vis un peu mieux avec l'idée que l'angine de questions mettra un très long pourlinstant avant de guérir complètement.

J'écris de plus en plus petit, et cette évidence qui revient cogner aux portes de mon cerveau : à part en souvenir, je ne te verrai plus jamais. Alors que le train démarre et quitte lentement la gare de Bitche, je réalise à quel point la maman, c'est fini.

Jean Gabin fait le con dans la boîte, faudrait

pas qu'il soit en train d'étouffer. Je suis traversé de tellement d'émotions contradictoires que mon cerveau se bloque. J'enfonce mes poings dans mes poches et m'écorche avec des piques de hérisson. J'aimerais que ce train nous emmène vers le chalutier grandeur nature. Avec la proue, la quille et le bastingage. J'aimerais naviguer avec Sylvia, Papa et ton fantôme. Je tiendrais la barre et tout. On voyagerait loin et longtemps. Si loin que l'eau finirait par geler. Alors on descendrait pour patiner. Tout le monde patinerait bien, l'Émile, Grand-mère et même tante Louise auraient un air d'oiseaux un peu marrants. On fermerait les yeux et on ne se cognerait jamais à rien.

Je sens le bras de Papa qui s'enroule autour de mes épaules.

— Je suis très fier de toi, Mainou. Et ta pauvre maman le serait tout autant.

Épilogue

Nous allions visiter la famille en Lorraine assez régulièrement, la Frohmühle avait été vendue, des fleurs avaient poussé dans le trou d'obus. Nous visitions les bunkers de la ligne Maginot et nous nous adonnions à de longues balades en forêt, armés de bâtons.

J'y ai vu des cigognes installées dans leurs nids-cheminées. J'ai failli marcher sur un hérisson plusieurs fois et j'ai même rencontré l'oncle Émile. Il m'a offert des bonbons à la réglisse en parlant au ralenti sur la route, juste en face de la maison de Rosalie. Il avait fini par l'épouser.

Mon père avait tenu sa promesse, il était revenu passer les vacances d'été jusqu'à ce que Grand-mère décède. Il dispersait les indices de son récit. Au fil des lieux et des rencontres, fantômes et souvenirs se réveillaient. Un nid de cigogne par-là, le chalutier par-ci, ou Hans, l'Allemand aux bonbons, qui était revenu des années plus tard boire une grenadine avec femme et enfant alors qu'ils descendaient prendre des vacances dans le sud de la France. Il avait demandé à l'oncle Émile si ce n'était pas lui qui avait remplacé le drapeau nazi par le drapeau français le 24 décembre 1944. C'était bien lui, avait avoué l'oncle, avant de lui offrir une grenadine.

La première fois que j'ai demandé à mon père de me raconter l'histoire de son enfance en détail, j'étais à l'hôpital pour recevoir une greffe de moelle osseuse. L'ordre des choses s'inversait. Je devenais son père, il redevenait le petit Mainou.

Nous parlions football sans nous rendre compte qu'on parlait poésie. Nous parlions panache, on en parle encore. La Coupe du monde 2014 nous offrait un sujet béquille. Quand la réalité ressurgissait par le biais d'une transfusion à effectuer entre autres soins, je lui demandais de me raconter son enfance. Il était assis en face de moi, avec la tête que j'aurai probablement dans trente-cinq ans.

Le temps de son récit, celui de ma maladie s'arrêtait. Alors je ne pouvais plus être mort. Quelque chose retrouvait l'équilibre, même dans une chambre d'hôpital stérile. Le même genre d'équilibre qu'avait dû représenter pour lui toute la famille lorsqu'il était enfermé dans la cave entre les taupes et les ronflements d'hippopodame de sa tante Louise.

Mainou a perdu sa mère très jeune, puis sa femme trop jeune, et à cette époque, il craignait de perdre la copie carbone de lui-même, son fils. Je le regardais me regarder de toute sa force douce pour dissimuler son inquiétude derrière son masque chirurgical et je me suis dit : « Tu es un guerrier de porcelaine, mon Papa. Tu es un sensible qui n'a pas peur du combat et je t'aime. »

Quelques mois plus tard, j'étais sauvé par du sang allemand. Grâce aux cellules souches conservées dans l'azote liquide à –190 °C de deux femmes, ayant accouché l'une en 1999 et l'autre en 2005 à Düsseldorf.

Génétiquement, j'ai tout pris de mon père. Je suis une version miniature du Mainou de ce livre. Les yeux verts, les nerfs à vif, tout. Et c'est ce qui m'a sauvé. Car le fait d'avoir trouvé les deux cordons ombilicaux compatibles près du lieu de naissance de mon père signifie que ces enfants et moi sommes cousins d'une manière ou d'une autre. Une ramification franco-allemande. Un saut par-dessus les frontières, par-delà le temps des malentendus, à travers la grande et la petite histoire.

Élise, ma grand-mère, est née en territoire allemand, juste avant la première guerre mondiale. Du sang plus ou moins allemand coule dans les veines de la famille depuis un siècle. L'âge de la machine à écrire qui aura traversé le temps de trois générations. Un joli pied de nez à « ceux qui sont nés quelque part » comme chantait Brassens pour moquer les identitarismes de tous bords.

Le 24 mai 2019, je rencontrais les mères qui m'avaient remis au monde. Par le truchement d'un code confidentiel écrit dans un livre[1], elles m'avaient retrouvé.

Je traversai la moitié de l'Europe en vélo électrique pour les rejoindre. La réalité dépassait la science-fiction, filait au-delà des confins de mon imagination. La frontière entre le possible et l'impossible fondait. J'eus l'impression de réparer quelque chose au moment où j'ai croisé le regard des mères et celui de ma jumelle de sang. Le fantôme de Sylvia, ma mère disparue qui souriait dans mon dos, comme à chaque fois que quelque chose de beau m'arrivait. C'est ce que j'imaginais. C'est ce qui me traversait le cœur. Il battait la chamade au tempo élevé d'un morceau de swing des années quarante.

Je pensais à mon père et à ma grande petite sœur. Je pensais à sa mère et à la Frohmühle. J'y pensais si fort qu'ils vivaient tous en moi, les morts et les vivants, logés à la même enseigne.

---

1. *Journal d'un vampire en pyjama*, Albin Michel, 2016 ; Le Livre de Poche, 2017.

Montéléger (Drôme), le 15 juin 2021

Le baromètre indique « grand beau », et je m'apprête à glisser secrètement ce livre dans la fameuse boîte qu'il ne fallait surtout pas ouvrir. Ombres et fantômes nous accompagnent pour le dîner. On y est habitués, depuis la mort de ma mère.

Je vais raconter à mon père l'histoire de son histoire, la poupée russe et rusée de la réalité et la magie du peut-être. Nous allons remonter le temps et probablement changer quelques éléments à l'affaire, fouiller dans la boîte, y trouver un petit chalutier or et bleu (avec la proue, la quille et le bastingage), des photographies de fantômes en noir et blanc, des lettres, des histoires, des poèmes, des films, un disque de Marlene Dietrich, un double fond et, dans ce double fond, tout à coup, une odeur de pois chiches.

Mais avant cela, nous allons regarder un bon vieux France-Allemagne à la télé.

REMERCIEMENTS

Merci à mon merveilleux Papa et à ma famille, mes familles.

Merci à Daria Nelson de m'avoir soutenu au jour le jour dans l'écriture de ce livre si important pour moi.

Merci à Olivia de Dieuleveult et Anne Michel pour leur confiance et leur travail magnifique sur le texte.

Ultramour

Je viens de donner le dernier coup de pédale et de poser Electric Horse sur sa béquille pour la dernière fois. Une joie de penalty réussi en finale de Coupe du monde m'envahit et, presque instantanément, comme un baby-blues.

Une des non-églises magiques que je fréquente le plus assidûment : le rock'n'roll. (Photographie légèrement truquée à dessein.)

À chacun son Everest, le mien sera le col de Landelies et ses 177 mètres d'altitude. Quelque part en bord d'Ardennes.

C'est un coteau !
C'est un mamelon !
C'est un tertre !
Que dis-je, c'est un tertre ?... C'est un monticule !
Curieux : À quoi sert cette oblongue capsule ?
D'écritoire, monsieur, ou de boîte à oiseaux ?
Glorieux : Aimez-vous à ce point les nuages que paternellement
vous vous préoccupâtes de leur tendre un si petit
croche-pattes ?

Le deuxième pied-à-terre de mon voyage ne fut autre qu'un pied-à-mer posé comme ça, dans un jardin à herbe verte. À bord, j'ai pu commander une assiette de pâtes en me prenant pour le commandant d'un galion. Alors, tout pouvait arriver et il n'arriva rien d'autre qu'une bonne nuit de sommeil à rêver du lendemain.

On peut trouver en Belgique des parcelles d'Amérique vendues très bon marché. Pour l'heure et le virage que je prenais devant ce *car wash*, je pus me prendre le temps d'un instant pour Jim Harrison ou Colum McCann. Tout à coup, j'étais à cheval. Entre le rêve et la réalité. Quelques jours plus tard, je dormais dans un ranch à la frontière allemande. Encore un coup d'Amérique, avec un hôte à moustache fan de Johnny Cash. Et je n'invente rien, je garais pour la nuit Electric Horse dans une écurie.

Ceci n'est pas une pomme de pin géante, mais la chambre à coucher pour écureuil géant dans laquelle j'ai créché après que j'ai dû abandonner le joli petit vélo vintage assorti avec le bleu de ciel, acheté à un vendeur quelque peu renard un mois plus tôt.

Le Vélo et le Renard

Maître Vélo, sur un arbre perché,
Tenait en son bec un voyage.
Maître Renard, par l'écrivailleur alléché,
Lui tint à peu près ce langage :
Puis-je vous vendre un vélo,
Un tout à fait joli, qui vous rendra plus beau ?
Sans mentir, si votre grand âge
Se rapporte à votre voyage,
Vous êtes le phénix de ces bois.
À ces mots, l'homme-vélo ne se sentit pas de joie,
Et, pour montrer la voie,
Ouvrit un large bec et la bécane il acheta.
Le Renard le lui vendit et lui dit (un peu plus tard) :
Apprenez que tout vendeur
Vit aux dépens de celui qui l'écoute.
Cette leçon vaut bien un mauvais biclou, sans doute.
L'homme-vélo, honteux et confus
Jura, mais un peu tard, qu'on ne l'y prendrait plus.

Namur, mon amour
de péniche !
Le plus doux traumatisme jamais recensé que cette nuit, collé au hublot. Quelques années plus tard, j'habiterais sur un bateau.
La suite dans les idées, quand elles vous apparaissent à la lueur d'un reflet sur la Meuse.

Je pourrais légender comme dans un album de famille à l'ancienne, lorsque l'on fixait les photographies avec de la colle Uhu avant de commenter au stylo Bic.
« Ma deuxième maman et moi, sur un quai au bord du Rhin. »
La beauté de ce moment m'inonde de bonheur dès que je me le remémore.

Tuto pour se faire un peu peur en remontant le temps : munissez-vous d'une loupe et regardez bien ce qui arrive à l'arrière-plan, tout au bout des rails.

Vue de l'esprit de Düsseldorf, la cité engloutie dans mes rêves de retourner au normal extraordinaire, le pays des vivants. J'y suis, j'y reste. Je garde ce souvenir porte-bonheur. Quoi qu'il arrive, cette aventure aura ouvert la porte au bonheur et je peux vous dire qu'il n'a pas manqué de s'y engouffrer.

ULTRAMOUR

(Un western de conte de fées)

À toutes mes familles

La réalité dépasse la fiction pour une raison simple : la fiction doit rester vraisemblable. La réalité, elle, n'y est pas tenue.

Philibert HUMM[1]

Je suis parti dans les bois parce que je désirais vivre de manière réfléchie, affronter les faits essentiels de la vie.

Henry David THOREAU[2]

A horse, an electric horse. All my kingdom for an electric horse.

(Plus ou moins) William SHAKESPEARE

---

1. *Roman fleuve*, Éditions des Équateurs, 2022.
2. *Walden*, traduction de Brice Matthieussent, Éditions Le mot et le reste, 2017.

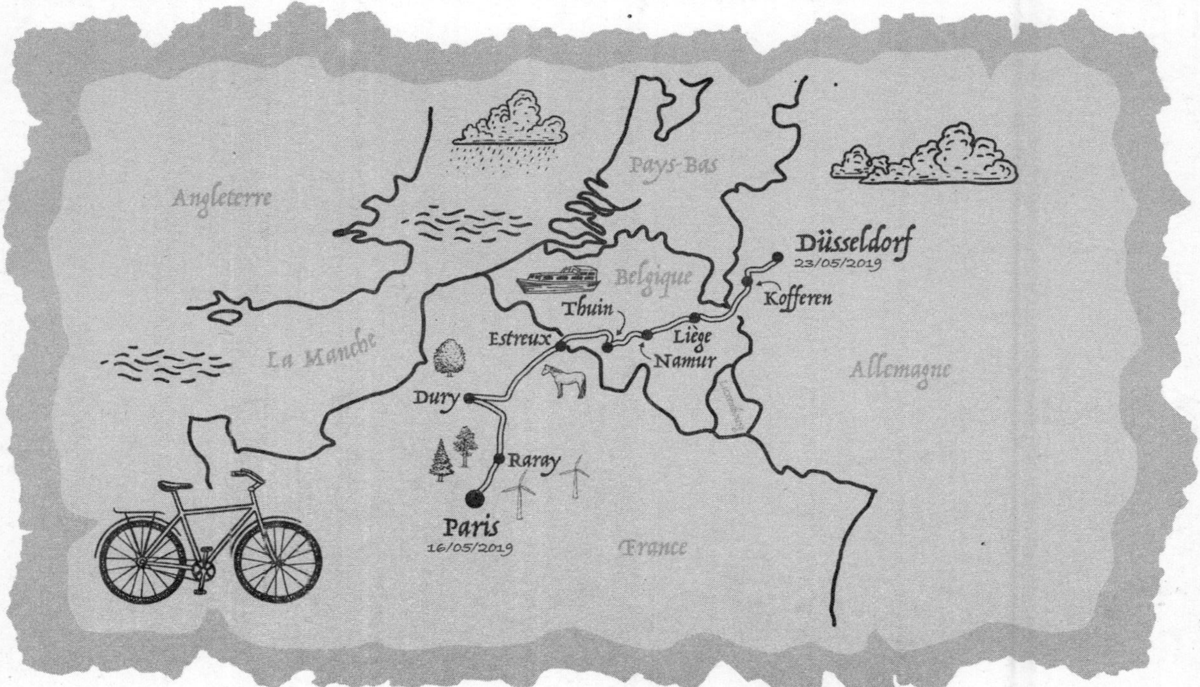
Angleterre
Pays-Bas
Belgique
Düsseldorf
23/05/2019
Kofferen
Thuin
Liège
Namur
Estreux
La Manche
Allemagne
Dury
Raray
Paris
16/05/2019
France

Quand la réalité dépasse la (science-)fiction

En 2014, j'ai reçu une greffe de moelle osseuse par sang de cordon ombilical. Ces cellules avaient été conservées à –190 °C dans de l'azote liquide pendant quinze ans. J'ai passé onze semaines en chambre stérile et j'ai changé de groupe sanguin.

Me faire sauver la vie fut l'aventure la plus extraordinaire que j'ai vécu mais ce n'était que le début de l'histoire.

Ce que je vais vous raconter maintenant pourrait ressembler à un conte fantastique ou à de la science-fiction, à la différence près que tout y est vrai.

1

Papillon

« Le battement d'ailes d'un papillon au Brésil peut-il provoquer une tornade au Texas[1] ? »

Tout a commencé avec une enveloppe blanche posée entre un Mars et une banane dans la loge d'un petit théâtre de Hambourg. Je m'apprêtais à monter sur scène pour donner une conférence sur les vertus de l'imagination dans le contexte d'un confinement en chambre stérile.

Je développais une théorie selon laquelle les survivants n'avaient pas d'autre choix que de se transformer en sur-vivants. Être son propre médicament pour aider les médecins à vous soigner. Rire, faire rire. Partir à l'aventure intérieure. Explorer son cœur pour y débusquer la moindre particule de « waouh ». Devenir « chasseur de waouh ».

1. Edward Lorenz.

Travailler à redevenir soi-même, chaque jour. Refuser de basculer du mauvais côté de la farce. Quand le corps pile, faire en sorte que le cœur puisse faire face. L'amour, toute sorte d'amour toute voile dehors !

Je ne le savais pas encore, mais ce que j'allais découvrir à l'intérieur de l'enveloppe me ferait passer de la théorie à la pratique.

Un tour de magie était en train de se mettre en place. En quelques secondes de lecture, je tombais dans l'enveloppe telle Alice, au pays des merveilles.

*

Rembobinage
21 octobre 2014

« Aujourd'hui, c'est le très grand jour. Le jour de la greffe.

Aujourd'hui, on va me planter des graines dans le corps pour qu'elles aillent se loger au fond de mes os dans l'espoir qu'elles reconstituent ma moelle osseuse.

Aujourd'hui, je vais devenir le fils d'une seconde mère biologique. Le sang prélevé dans son cordon ombilical et congelé à –190 °C depuis le 12 juillet 1999 va couler dans mes veines. [...] Cette femme est peut-être en train de me sauver la vie », écrivais-je à l'époque dans mon *Journal d'un vampire en pyjama*.

Cette femme m'a effectivement sauvé la vie.

L'ADN de mon système immunitaire en fut modifié et j'ai changé de groupe sanguin.

En ce fameux 21 octobre 2014, alors que la poche remplie de sang placentaire coulait dans mes veines, je notais :

« Je passe de longues minutes à fixer la poche qui se vide. Je me sens comme un arbre qu'on essaierait de planter sur la Lune.

[Je] ne parviens absolument pas à ranger dans un tiroir la poche ayant contenu les cellules souches hémato-poétiques[1]. Comme un paquet cadeau qu'on ne veut surtout pas jeter tellement il est imprégné par son contenu magique. Je relis l'étiquette.

Ma date de renaissance anticipée : 21 octobre 2014.

Mon nouveau frère ou sœur est né le 12 juillet 1999.

Ma nouvelle mère biologique s'appelle "DUCB-037653[2]". »

---

1. Les cellules souches hématopoïétiques produisent les cellules sanguines, en me sauvant, elles me sont devenues hématopoétiques.

2. *Journal d'un vampire en pyjama*, Albin Michel, 2016 ; Le Livre de Poche, 2017.

Je ne le savais pas encore mais en notant ce code secret dans mon livre, je venais de déclencher l'effet papillon.

*

Débobinage

Deux ans plus tard, *Journal d'un vampire en pyjama* sortait en France et dans quelques autres pays dont l'Allemagne. Le battement d'ailes du papillon déposa le livre entre les mains du professeur Gesine Koegler, directrice de la banque de cordon ombilical de Düsseldorf. Chercheuse et surtout trouveuse du sang de cordon qui allait sauver ma vie.

En lisant la page 164, elle découvrit le fameux code. Les premières lettres, « DUCB » signifiaient « Düsseldorf Cord Bank ». C'était leur signature…

Je l'imaginais alors, notant à son tour le code censé être secret avant de l'entrer dans la base de données-donneuses. « D-U-C-B-0-3-7-6-5-3. »

Le papillon se posa sur ses paupières et un battement de cils plus tard, elle découvrait l'identité de ma seconde mère biologique. Il s'agissait d'une collègue de travail qui œuvrait elle-même à la coordination des greffes. Elles se côtoyaient donc avant que le professeur Régis Peffault de Latour lance une recherche mondiale pour me trouver une donneuse compatible.

Le professeur Koegler avait envoyé le cordon DUCB-037653 à l'hôpital Saint-Louis, sans savoir qu'il s'agissait de celui de son amie.

Elle lui offrit le livre, sans lui dire qu'elle était la mère. Une fois que cette dernière l'eut terminé, elle lui proposa de vérifier le code.

Le sien.

Elles accompagnèrent le battement d'ailes du papillon en m'écrivant une lettre. Quelques semaines plus tard, je la découvrais dans l'enveloppe posée entre le Mars et la banane d'un petit théâtre de Hambourg.

2

Vertige

Pour la deuxième fois de mon existence, la réalité était en train de dépasser la (science-)fiction. Ma bouteille à la mère avait été retrouvée et on me proposait de la rencontrer.

Cette possibilité ne m'avait jamais traversé l'esprit et, tout à coup, elle me transperçait le cœur. Retour vers mon futur. La machine à continuer le temps.

Je croulais sous la joie.

Je remis la lettre dans l'enveloppe comme on remballerait un cadeau un peu trop précieux. Peur d'abîmer. Vertige. Je pensai à ma mère. Montagnes russes montées à l'envers. Je me trouvais face au carrefour émotionnel le plus bruyant de mes deux vies.

J'avais envie de hurler merci, d'inventer un mot plus puissant encore. Me transformer en poème de chair et de sang et, sur-le-champ, me téléporter.

— Düsseldorf ! Ô cité engloutie dans les brumes de mes rêves, j'arrive ! soufflait la partie la plus (a)droite de mon cerveau.

— Attention, tu vas revivre ta greffe à travers cette rencontre, passe à autre chose ! répondait la partie gauche.

— Ce n'est pas ce passé qui m'intéresse, mais bien l'ultra-présent. J'ai envie de le célébrer, de dire merci en vrai.

— Tu risques de faire un transfert avec ta maman véritable. Tu crois qu'elle aurait approuvé ?

— Je le crois, oui. Si elle avait senti que ça me tenait à cœur, elle m'aurait encouragé.

— Et puis, tu ne sais pas à qui tu vas avoir affaire… Il se pourrait qu'elle te déçoive ou, pire encore, que tu la déçoives.

— Son sang coule dans mon sang, c'est le lien des liens. Toute la beauté du geste vient du fait que nous sommes connectés artificiellement. C'est de la science-fiction qui se passe en vrai. C'est l'ultraventure !

— C'est mieux parfois de laisser à un rêve son statut de rêve, bien rangé dans l'armoire à possibilités magiques. Tous les fantasmes ne sont pas faits pour être réalisés !

— Si je me rangeais à cette pensée, je n'aurais jamais rien fait d'amusant de me vie.

— Je te rappelle que la loi française sur la

bioéthique interdit ce genre de rencontres. Préserver l'anonymat et la gratuité, c'est essentiel. Cette loi n'existe pas pour rien, cela devrait te faire réfléchir.

— Créer un lien humain au-delà des cellules, c'est un autre essentiel. J'ai reçu une lettre, une invitation. Ce n'est pas mon initiative.

— Alors pourquoi y répondre ?

Deux ans passèrent. J'avais rangé ce précipité de joie dans une boîte à souvenirs. De temps à autre, je l'ouvrais. Je humais son parfum de miracle. Le papillon dormait, un peu trop beau pour que j'ose le réveiller.

Mais le syndrome de sur-vivant s'aggravait. Imaginez un arc tendu depuis des années dont on décocherait la flèche. J'étais cette putain de flèche. Ivre de vent. Mon cœur devenait une machine à rattraper le temps. J'avais traversé le cercle polaire en skateboard, rencontré un bébé renne blanc, refusé les avances d'une prostituée à moitié nue sur un vélo jaune dans la nuit pékinoise, avais également payé très cher pour une médaille en plastique très moche à l'effigie de Mao Zedong, après six heures d'ascension sur la muraille de Chine, et avais encore chanté accompagné de mariachis ivres au lycée français de Mexico après un orage plus violent qu'un concert des Stooges.

Il m'arrivait de relire la lettre. Elle me faisait l'effet d'un trésor de pirate. L'impression d'avoir le mot de passe pour entrer dans la caverne d'Ali Baba et, une fois à l'intérieur, ne plus savoir que faire de tout cet or. Tout était en même temps si précieux et si encombrant. Je finissais toujours par repapilloter le bout de papier dans son enveloppe.

Jusqu'à ce qu'une chevauchée en vélo électrique change la donne. Je découvrais le vieux Pékin à bord d'une de ces bicyclettes truquées. La sensation de liberté offerte me fut particulièrement délectable. Traverser les Hutongs, ces ruelles vieilles de sept cents ans, en pilotant cette machine du futur me donnait l'impression de remonter le temps.

Je me souviens très bien de la proposition de la merveilleuse Delphine Halgand, attachée culturelle à l'institut français de Chine. « Première option : je passe vous prendre en taxi et vous emmène dîner dans un restaurant du vieux Pékin. Deuxième option, plus aventureuse : vous me rejoignez chez moi et mon mari vous prête son vélo électrique. Vous découvrirez Pékin en usurpant l'identité d'un grand coureur cycliste. »

Je ne le savais pas encore, mais je venais de réveiller le papillon.

Je renouvelai l'expérience quelques mois plus tard à Barcelone. Des Ramblas du centre-ville aux rues escarpées menant au parc Güell, je flânais en accéléré. La joie du tout petit pouvoir magique.

Ce n'était plus une ballade mais une fugue. Je laissais les vents contraires musicaliser dans mon dos, fendant l'air de rien.

Profitant d'un concert aux Francofolies de La Rochelle, je m'adonnai une nouvelle fois à la pratique de la bicyclette livrée avec fée électricité. Je parcourus ce jour-là plus de soixante-dix kilomètres à travers les salines et la côte sauvage de l'île de Ré.

Dans le train qui me ramenait à Paris, je tapai Paris-Düsseldorf dans Google Maps. Cinq cent quatre-vingts kilomètres. Je divisai ce chiffre par 70 et obtins 8,2.

J'en conclus qu'en multipliant l'effort consenti ce jour par huit, il était possible d'aller de chez moi jusqu'à la caverne d'Ali Baba teutonne.

L'excitation me gagna. Les battements d'ailes du papillon suivaient le rythme de mes palpitations cardiaques. Dire merci stimulait mon envie depuis l'ouverture de la lettre, mais je ne savais pas comment m'y prendre. Ce ne fut qu'en décidant comment m'y rendre que l'équation émotionnelle put se résoudre.

Il me fallait mériter mon miracle.

À l'instant précis où cette idée me traversa l'esprit, le trop-plein de joie ressentie devint acceptable. Si je m'acquittais du chemin entre chez moi et Düsseldorf à bicyclette, même avec l'assistance de la fée électricité, je gagnerais en légitimité.

Ainsi, je ne froisserais pas les ailes du papillon. Ce serait entre moi et moi, pour elles et eux. Ce voyage serait initiatique ou ne serait pas. Une façon de rendre hommage aux soignants, aux chercheurs, aux trouveurs et à la maman.

Le désir prenait corps. Je fomentais mon rêve en secret, cherchais mes lieux de villégiature insolites en remontant la carte. Je frissonnais de joie à l'idée de dormir dans des cabanes, péniches, roulottes et autres ranchs. Je voulais vivre un western de conte de fées, célébrer la joie d'avoir désormais le droit de fêter deux anniversaires par an.

La fée électricité avait beau aider, il fallait tout de même pédaler pour alimenter le vrombissement de ses ailes.

De retour chez moi, j'appelai un ami aux mille et une vies devenu, entre autres, coach sportif.

Il me concocta un entraînement personnalisé de type « crossfit » pour augmenter ma capacité à répéter les efforts. Il savait transmettre son goût du dépassement de soi, il vous « Rockybalboaïsait » en douceur. Un maître de l'encouragement.

J'appelais également le professeur Régis Peffault de Latour, mon greffeur. Il me connaissait par cœur, au sens propre comme figuré. Il était devenu mon frère-père-copain tout en restant mon médecin. Je lui demandai son précieux avis. Régis m'encouragea à vivre l'expérience parce qu'il comprenait pourquoi je vibrais.

À sa demande, j'entrai en contact avec l'Agence de la biomédecine française. Nous convînmes que si je devais parler publiquement de cette histoire, je spécifierais le contexte organisationnel de la rencontre. Je comprenais et respectais cette loi visant à protéger l'anonymat du don et sa gratuité. Je me reconnaissais complètement dans cette éthique.

Je me contentais d'honorer une invitation sublime, dans le sens « plus grande que moi », venue d'Allemagne, où ces rencontres étaient permises deux ans après la greffe avec consentement et dans un cadre très précis.

Ils furent un bon petit peloton à me déconseiller de partir pour de plus et moins bonnes raisons. Chute de vélo, mort dans un ravin, mal de cul, pluie… L'ADN de l'aventure contient forcément une part de risque. Je me sentais prêt à vivre, à assumer mes (ir)responsabilités.

Le soir même, j'écrivais au professeur Koegler.

Dear Professor Koegler,

One year and a half after our last contact, the desire of meeting « the mother » grew up.

Now, I feel ready and excited by this ultimate experience of the absolute « thank you ».

It was only a strange dream when you contacted me in October 2017, and now, I would like to ask you, if it's possible, to visit you and the donor in Dusseldorf.

All my best regards,

Mathias Malzieu

PS : I would like to do the trip on an electric bike, and donate it for medical research.

Elle me répondit dès le lendemain et, quelques échanges de mails plus tard, le rendez-vous était fixé au 24 mai.

À partir de là, je ne pouvais plus reculer. Court-circuitage en règle du cerveau gauche. Cœur et cerveau droit en avant toute. Je m'apprêtais à quitter le monde, du moins le mien pendant neuf jours d'affilée. Une faille dans l'espace temporel de la taille d'un grain de poussière. Mais en son sein, une cellule microscopique d'éternité.

3

Fugue

16 mai 2019, Paris-Raray.
Bande originale de la journée: «Aucun express», d'Alain Bashung.

La nuit surgit. Les étoiles traversaient le plafond. Soleil de minuit sous mon crâne, pétillements de trac. *Crac!* Le réveil tonna plus qu'il ne sonna tellement j'eus l'impression de me faire engueuler par le carillon.

Quelques minutes plus tard, c'était le grand départ. Sacoches, casque, bidon, GPS, tout était prêt! Mon cœur et mon cerveau droit cavalaient déjà au beau milieu de l'Arizona.

Une voisine s'étonna de mon coming-out tout en k-way-baskets, une autre me salua comme si elle ne m'avait pas reconnu. Je croisai mon reflet dans le miroir du rez-de-chaussée on aurait dit un vieux campeur perdu en plein Paris.

Dès le premier coup de pédale, mon pied ripa le long du cadre et je perdis l'équilibre. Nous étions, *Electric Horse and I*, à moins de dix mètres de ma boîte aux lettres. Je frisais déjà la catastrophe. Cerveau droit et gauche en surchauffe. Ne restait plus que le cœur, les jambes et un peu d'électricité pour atteindre un haut lieu de l'Embouteillage parisien : le boulevard de Magenta.

Ses faux airs de parking géant où tout le monde aurait oublié de couper le moteur. Ses odeurs de station-service sans services ni stations, l'essence même d'un Paris perdu. Du moins pas tout à fait, car entre le trottoir et l'abattoir à oiseaux se trouvait une ligne Maginot appelée « piste cyclable ». Bordée de platanes asthmatiques, ce couloir à vélos permettait de doubler les auto-immobiles en sifflotant. Qui aurait cru qu'un jour les vélos rouleraient plus vite que les voitures ?

À chaque nouvelle enfilade de rue, je sentais la griserie douce de l'éloignement me gagner. Tout semblait si neuf, les quartiers que je connaissais par cœur m'apparaissaient comme des territoires inconnus. Je me sentais déjà Don Quichotte rue Lafayette. Les moulins à vent du nord commençaient à tourner. La grande machine à fabriquer la journée parisienne se mettait en route, à l'heure où les zombies n'ayant pas dormi croisaient ceux qui allaient travailler. J'étais un zombie qui partait travailler à son rêve, à cheval entre deux mondes.

Au détour d'un virage, de nouveaux visages, puis de moins en moins de visages. S'extraire de Paris. Couper le cordon périphérique. S'évaporer comme dans un tour de magie en pause longue. Je fuguais ! Déjà, la joie de cette désobéissance infusait. Qu'il était doux de claquer sa propre porte. Faire le mur, puis l'escalader.

Accepter d'appuyer sur pause. Quitter mon système plus ou moins solaire restait la façon la plus efficace de se rebeller. Plutôt que de geindre en alimentant le flux, je coupais net. «J'ai pris la contre-allée / Je me suis emporté / Transporté», chantait Alain Bashung dans «Aucun express». Pour quelques jours, je délaissais moi aussi les grands axes. Chaque kilomètre accompli faisait fondre les bâtiments. Je roulais sur la terre comme dans un Tetris géant. Plus rien n'entravait la lumière, je me livrais aux bons soins du grand ciel.

Soudain, des lignes à haute tension. Le socle des nuages par-delà l'horizon. Le silence enroulé autour des cliquetis de chaîne. Chaque coup de pédale redéfinissait la métrique des secondes. Tout se métamorphosait. Les oiseaux devinrent plus bruyants que les pots d'échappement. Le rapetissement du son amplifiait l'intimité avec mon propre souffle, intimait à mes jambes de tenir la cadence. L'exaltation me gagnait à mesure que je perdais mes repères. C'était déjà l'heure des villages aux allures de maquettes de villages, avec leurs petits virages secs et cette façon d'entreposer les maisons façon château de cartes. Quelques nuages pour décorer le ciel et la forêt d'Ermenonville en contre-haut. Les conifères m'accueillaient à bras ouverts. Le parfum d'herbe fraîchement coupée me rappelait les matchs de football de mon enfance. Je me rendais au stade à bicyclette et, selon le sens du vent, je pouvais sentir ces émanations de ballon rond dès la sortie du village. La promesse d'une catharsis joyeuse.

Le GPS m'enjoignit de passer par l'impasse des Oiseaux. L'impasse des Oiseaux… Cela ne pouvait être que le ciel, ou une toute petite rue avec des maisons en briques de nuages.

Un bataillon de pins sylvestres montait la garde à la lisière de l'autre monde.

Mon esprit vagabondait, un moineau se posa sur le guidon de mon vélo quelques dixièmes de secondes. Travelling ! Auto-cinéma en temps réel. L'horizon s'ouvrait en CinémaScope.

Et cette idée folle et douce en point de mire : rencontrer une nouvelle mère après avoir perdu la première quinze ans plus tôt.

Je vis avec un trou dans le cœur depuis. Parfois je fuis, parfois je suis le maître de mon univers. J'y fabrique des histoires pour colmater la brèche. Aujourd'hui je vis cette aventure en prenant le risque de la rouvrir.

Tout à coup des arbres, beaucoup d'arbres. De nouvelles couches de silence.

J'entrais dans un labyrinthe en bois vivant. Hêtre ou ne pas être perdu dans un dédale de pins sylvestres, telle n'était plus vraiment la question.

« À droite, à gauche, à droite… », disait la voix d'institutrice du GPS. Et pourquoi pas « tu brûles », « tu chauffes » et, surtout, « tu refroidis » !

Je ressentais la même sensation d'imposture que lorsque l'institutrice m'invitait à résoudre un problème de mathématiques au tableau. J'espérais toujours que magiquement la craie se mette à trouver la solution. Alors j'essayais d'écrire quelque chose. Et rien ne se passait.

Je m'enfonçais dans la forêt. Le terrain devint sablonneux, mes pneus patinaient. La Bise faisait claquer la grand-voile de mon k-way. Tout à coup, silence radio. L'institutrice qui habitait dans le GPS avait siphonné la batterie. Plus de son, plus d'images et surtout plus d'indications.

Je ralentis, regardai derrière moi. La forêt ressemblait à la forêt exactement partout. Qui dit plus de batterie, dit plus non plus de téléphone…

Je repris ma course, me disant que la forêt finirait bien par finir. Mais les bois s'épaississaient encore. Les ombres s'entassaient, la température baissait. De grosses racines sortaient de terre telles les mains squelettiques de zombies géants. Je refusais d'accepter l'idée, pourtant c'était une évidence : je m'étais perdu.

Que devais-je faire ? Demi-tour ?

Sans GPS ni carte je risquais de me perdre autant dans un sens que dans l'autre. Je n'avais absolument aucune idée de par où pouvait commencer ou finir ce labyrinthe.

Tout à coup, Electric Horse se mit à hoqueter comme dans un rodéo de fête foraine. Je vérifiai la batterie, encore largement chargée, et continuai à pédaler comme pour conjurer le mauvais sort. « Ceci n'est pas en train de m'arriver », me convainquais-je.

Electric Horse se changeait en âne mort, la fée électricité s'était envolée pour de bon. Mes jambes devenaient plus dures que le bois des arbres.

J'avais eu l'éclatante stupidité de choisir ma monture comme un costume de scène, pour l'esthétique. Avec ses pneus blancs, sa peinture plus bleue que le ciel sur les hauts de Nice quand il fait vraiment très beau, Electric Horse avait la très fière allure d'une bicyclette sortie d'un magazine pop des fifties. Un très bon choix, sans doute, pour remonter la promenade des Anglais sans toucher le guidon avec une bouteille de Spritz en guise de gourde. Moins bon, pour traverser la moitié de l'Europe et ses sous-bois.

Bilan : je m'étais perdu dans une forêt que je n'aurais jamais dû traverser, la bicyclette était foutue et mes mollets crampaient à souhait.

Il me restait plus de cinq cents kilomètres à accomplir et je devais me rendre à l'évidence, j'étais plus touriste que cyclo. Je donnais raison aux experts en raisonnabilité tiédasse. Je les entendais déjà ricaner dans mon dos.

*

Après quelques pérégrinations qui confirmèrent le dépannage impossible, je fus contraint d'abandonner ma jolie petite bicyclette bleue. J'étais désormais aux commandes d'un vélo Kalkhoff au cadre noir. Sobre, solide, sportif. Allemand. La greffe prit instantanément. Je fendais la Bise et me sentais revivre. Je me penchais dans les virages, me délectais du retour en grâce de la fée électricité. Les battements d'ailes du papillon se calaient sur mon coup de pédale, je volais à nouveau.

Sur les bas-côtés poussaient des bouquets de maisonnettes en pierre. Quelques chênes balisaient le chemin. La proximité de ma première ligne d'arrivée m'aspira comme un vortex.

À peine eus-je le temps de gagner mes appartements de bois que les hiboux se mirent à chanter la mélopée des étoiles. La brise se fit plus douce, caressant les feuilles mortes, harmonisant son propre souffle. Les branches s'égrisaient tels les balais sur une caisse claire de jazz. Perché à douze mètres dans les bras d'un chêne, j'avais l'impression d'être parti depuis quinze jours. À moins de cent kilomètres de mon appartelier parisien, j'évoluais déjà dans un autre monde. Mon cœur battait plus lentement, son rythme changeait la fréquence de ma perception. J'entendais tout, surtout le silence.

Tel l'écureuil, je blottis mon saoul dans les bras d'un grand chêne dont le tronc traversait une cabane. La cabane, dont rêve l'enfant, pour s'entraîner à rêver plus et mieux. La chambre ressemblait à une bogue de châtaigne géante, avec un petit matelas blanc et un soupirail bien noté pour soupirer en regardant les étoiles. Il fallait traverser un pont de singe pour gagner la terrasse sur laquelle était installé un bain bouillonnant dit nordique.

J'y réchauffai mon corps et délassai mes muscles endoloris. On se serait cru dans un tonneau de vin géant. Un comble pour qui a appelé son groupe de rock Dionysos[1] que de veiller à bien y vieillir,

1. Dieu du vin.

le temps d'une tombée de nuit. Nu comme un vermicelle, j'infusais à la lune. Mûrir au moins, pour apprendre des erreurs de ce premier jour.

Je fis un pacte avec moi-même : ne plus confondre le fantasme de ce voyage avec sa réalité. L'accumulation de mes erreurs du jour éclairait ma boussole. Je plongeais dans le concret, les mains, les pieds et le corps tout entier dans le cambouis. Cela me procurait une nouvelle forme de joie. Moins éthérée, plus physique et revigorante.

J'avais réussi à quitter le port et, désormais, je devais apprendre à naviguer en haute mer. Mon petit appartelier parisien semblait déjà loin, comme si chaque coup de pédale le projetait au fin fond de l'espace-temps. Dès le lendemain, j'attaquerais les Hauts-de-France par la face nord.

Cela nécessitera de gagner en concentration sur mes itinéraires, ne pas seulement compter sur le GPS, mieux doser les moments de rêverie. Je ne pouvais pas me permettre de dériver, je devais tenir le cap !

Et toujours cette sensation de miracle qui pétillait sous mon crâne, même en bord de nationale sur l'herbe jaunie d'un terrain vague, à contempler le désastre amusant d'un petit vélo bleu en panne.

Et pendant ce temps… À quoi pouvait bien penser ma seconde mère biologique à cet exact instant ?

4

La patrie des ruisseaux

17 mai 2019, Raray-Dury.
Bande originale de la journée: « Cripple Creek Ferry », de Neil Young.

Il me fallut emprunter la route nationale qui transperçait la forêt de Compiègne. Les voitures-missiles me doublaient à grands coups « Wwwoooosh » supersoniques. La Bise tordait la cime des conifères, leurs ombres s'écharpaient sur le bitume.

Gérer le vent de face comme les courants sous l'océan. Respirer avec le vélo comme on respire avec une bouteille d'oxygène. Mi-partenaire, mi-corps étranger. Une greffe à prendre à bras le cœur, encore. Apprendre !

Actionner la fée électricité en montée, diminuer l'intensité sur le plat et la couper en descente. La joie de la roue libre, ce tour de manège gratuit. Le pompon aux semelles de vent. Avancer pour tenir en équilibre, ne pas poser le pied à terre. Voler à vélo, s'enrouler en soi-même tel le hamster dans sa roue. Libre. La route est le cotillon qui entoure un paquet cadeau : le monde est à l'intérieur. Explorer. Avancer. Encore. Kilomètre par kilomètre dans l'escarcelle en peau de nuage. Plonger dans le ciel, barrière de corail éolienne et barrettes électriques plantées dans la chevelure d'une géante.

Je m'étais rarement senti aussi détendu que dans ce dédale de vents et de lignes à haute tension. Partout des bouquets de forêt explosaient au ralenti, sortaient de terre. Les villages blottis contre leur clocher disparaissaient dans la brume.

Pas de poissons dans le ciel mais une sirène[1] dans le bocal de mon cerveau. Elle barbotait, comme si mon cœur était enceint. Mon ventre ne le serait jamais alors je compensais.

À mon âge mon père éduquait une adolescente de quinze ans qui négociait l'achat d'une motocyclette et un fils de dix ans qui s'apprêtait à voir l'équipe de France de Michel Platini devenir championne d'Europe. Trente-cinq ans plus tard, je

1. Je préparais le tournage d'*Une sirène à Paris*, triple rêve livre, disque, film fomenté pendant la guérison.

n'avais pas d'enfants. Ma sœur avait fait le beau boulot, mon père était grand-père.

Je restais le petit frère, avec un cabinet de curiosités dans le crâne. Mes histoires en étaient le vide-greniers permanent. Un rempli-grenier plus exactement, avec un gros trou dedans. L'ombre au tableau. Je tentais de la dissoudre à coups de pédale. Mais quand venait la nuit, alors que la fée électricité remontait dans les os de mon vélo pour le recharger, l'ombre au tableau revenait. Plus dense encore depuis que le désamour s'était déclaré.

Une déclaration tacite de non-amour. « Ton indifférence ne me touche pas », disait Manu Chao. Ciao l'amour et l'espoir de fonder une famille. Mon horloge biologique était censée tourner moins vite que celle d'une femme mais, quand même, je vieillissais. Quarante-cinq ans. Une séparation presque inéluctable pointait le bout de son nez. Un nez ? Que dis-je, un cap, une péninsule du vide. L'indifférence me touchait. Elle m'arrachait le cœur.

Qu'étais-je donc en train de payer ? Les soins d'amour reçus en masse disproportionnée pendant la maladie ? Était-ce seulement un prêt ? Devrais-je rembourser chaque baiser en le recrachant par les yeux ?

Le vent du nord n'était pas l'unique responsable de l'arrosage automatique de mes joues. Je m'abandonnais également au grand kilométrage pour compenser l'abandon de l'amour. La grande symphonie mineure du laissé tomber. Je fuyais tel un pneu crevé, m'auto-rustinais à coups de mouvement. Le voyage faisait office de chambre au grand air, mais lorsque la roue est voilée, la réparation est illusoire. La question du désir. Sa disparition. On s'en souviendra dans les livres, comme un fossile. Je ne voulais pas comprendre.

Aurais-je laissé faner ma fleur de combat ? Était-ce perdu d'avance ? Je devenais l'homme invisible, un rationné du bisou. La quarantaine en quarantaine. Guerre blanche.

Mais comment suivre un type qui aime se coltiner le vent de face ? Qui écrit la nuit, se nourrit exclusivement de pâtes et de frites, doit aller chercher ses spermatozoïdes dans un frigo pour espérer faire un enfant ? Comment vivre avec un hypersensible hyperactif ? Moi-même, je n'arrivais pas toujours à me suivre.

Mais on espère naïvement finir par être accepté. Avec sa gueule de travers et ses tics de zèbre, on se dit que quand même pourquoi pas. Et on s'habitue à l'idée d'un bonheur façon énergie renouvelable. Pourtant l'amour, si grand soit-il, n'est donc jamais un puits sans fond. Je touchais ce fond. Et je pédalais comme un con dans la semoule de vent. C'était si nourrissant tout de même, ce frisson d'épique. Allez les éoliennes ! Accordez-moi votre souffle, ô mes moulins, en avant toute ! Le rêve de fonder une famille volait en éclats, je sentais son odeur d'acier empester mes narines. Je fonçais tout droit vers le passé, je rembobinais mon sauvetage pour me rééduquer au présent, ce cadeau formidable. Je consommais, me consumais à la joie impardonnable de la fuite. Je frottais à la route mon cœur tel un silex. Au détour d'un virage, à l'entrée d'un village, je laissais le bonheur me traverser. Je jouissais de ma plaie cicatrisée, elle dessinait un itinéraire entre mon passé et mon avenir brûlé. Je roulais dessus, prenais ma douleur à bras-le-cœur même s'il sonnait creux. Je le vidais, ce cœur, le purgeais au bitume. Celle qui avait contribué à me sauver la vie était en train de plier bagage. Tant que la bicyclette me tenait en équilibre, j'échappais à mon futur.

Et dès qu'elle s'arrêtait, les ombres revenaient.

J'avais froid, mal aux mollets, je ressemblais à un vieux chanteur des années quatre-vingt avec mon k-way fluo mais je me sentais tellement plus vivant que face aux contritions alambiquées du « Comment en est-on arrivé là ? ». Je fonçais au ralenti vers une seconde mère biologique, j'interchangeais les rêves écroulés.

Le vent lavait mon âme. Il avait du boulot, c'était sans doute pourquoi il soufflait si fort, et pile en face de ma gueule de jeune vieux jeune.

Je coupais à travers le champ des possibles au propre comme au figuré : blé, luzerne, ombres de lapins et grognements de tracteurs.

Mes pensées glissaient vers « la maman ». Le chemin qui menait à Düsseldorf était une mèche, je jouais à être le feu. Elle et ma jumelle incarnaient un double bâton de dynamite joyeux. J'en frissonnais d'avance, m'entraînais à les imaginer. Je voulais offrir autre chose qu'un bouquet de larmes, restituer un millionième de l'impulsion de vie qu'elles m'avaient permis d'éprouver depuis ce fameux 21 octobre 2014.

*

Je chantais une ballade de cow-boy en regonflant mes pneus tel le palefrenier ferrant les sabots de son cheval. Le cliquetis de la chaîne sonnait comme un galop léger, ou un cœur mécanique. Il ne fonctionnait que lorsqu'on l'actionnait. Le vélo, même électrique, n'avançait que lorsqu'on pédalait. Ainsi la dynamique de transmission se mettait en marche. Le tout petit moulin moulait son grain.

Çà et là, des gens m'offraient le couvert ou l'électricité. Un petit monsieur fabuleux sur un rond-point me débusqua une prise de courant et de quoi remplir ma gourde. Surgissement d'amitié spontanée. En quelques minutes à peine.

La vulnérabilité d'un homme seul à vélo tout en sacoches aimantait la sympathie. La récompense d'un certain effort de dépouillement.

Le baromètre de ma foi en l'humanité remontait.

Quel merveilleux moyen pour se frayer un chemin au cœur d'une région ou d'une culture que de s'y présenter à bicyclette ! Un petit barda d'aviateur sans avion indiquant votre intention de voyager au long cours et vous voilà coureur du Tour de France amateur. De la particule latine « aimer », qui aime être acteur. Aimer faire, aimer être. Se donner du courage.

En d'autres temps, les soignants m'ont offert cette possibilité de me transcender. Ils m'ont encouragé à pédaler pendant les onze semaines passées en chambre stérile. Tous les matins, je montais sur un vélo immobile avec vue sur la fenêtre. Neil Young chantait dans mes écouteurs et je cavalais.

Pour moi, mais aussi pour être à la hauteur des espoirs qu'ils plaçaient en moi. J'étais fier comme un enfant de leur montrer le compteur : dix kilomètres ! Ils me donnaient du courage, la moindre des choses était de le leur rendre.

Une agrégation de petits moments de lumière. Les fameux « petit pas par petit pas » prônés par mon grand professeur hémato-Jedi Peffault de Latour. Une technique d'himalayiste. Tous ceux qui pensent trop au sommet essoufflent leur moral. Il faut segmenter. Couper le gâteau en petites parts, et ce quel que soit l'appétit. Trouver une vitesse de croisière, un rythme. Devenir le marathonien de l'espoir.

Je pensais aux soignants en quittant le prêteur d'électricité installé au centre du village de Crisolles, dans les Hauts-de-France. Je pensais au vélo immobile et à l'effort d'imagination que je devais faire pour transformer le paysage derrière la fenêtre. Je humais le parfum de terre mouillée en me délectant des méandres et des à-travers-champs. Des chevaux galopaient, le son de leurs sabots palpitait à l'horizon. Le ciel s'agrandissait. Cultiver le champ des possibles en imitant le glapissement du faisan de Colchide, voilà quelle était la mission première des minutes à suivre. Je retrouvais la joie enfantine de croiser un animal, surtout hors enclos. Je le voulais, mon western de conte de fées, je l'avais.

Je longeais le canal latéral de l'Oise du côté de Chiry-Ourscamp. Ces chemins de halage me rappelaient la piste cyclable du boulevard de Magenta. Sauf que l'eau remplaçait l'asphalte, que les arbres poussaient où ils voulaient et que les truites grillaient les sens interdits.

J'avais quitté les bords du fleuve parisien pour gagner la patrie des ruisseaux. Là où le flux diminue.

Là où on peut s'installer sur la rive et écouter le son du temps qui ralentit. Je m'entortillais autour de l'Oise et de ses tout petits affluents. Je croisais des pêcheurs, saisissais au vol un peu de leur sérénité. Les voir pêcher tranquillement m'apaisait. L'hyperactif que j'étais, a priori canalisable qu'à coups de tout feu tout flamme, se calmait à la joie douce.

Ce qui ne m'empêchait pas de m'engueuler avec le GPS. Lorsqu'il me faisait dériver trop au large de mon cap, il m'arrivait de couper à travers champs. Là, je côtoyais les éoliennes géantes. Je rapetissais à leur approche, les ombres de leurs pales tentaient de me décapiter. Don Quichotte m'avait prévenu. Robinson Crusoé aussi. Se perdre, c'est se retrouver. Je m'aventurais parfois sur des chemins bosselés entourés d'océans d'herbes hautes. Nous étions résolus au même sort, être battus par les vents. Le spectre de la crevaison me hantait, mais je ne pouvais m'empêcher de continuer. Voilà pourquoi je suis un très mauvais joueur de poker, j'aime jouer tous les coups. Et puis, perdre est très instructif.

Être le roi des bicyclo-cancres me permettait de générer un auto-suspense. Je pouvais à tout moment :

– me tromper de route ;

– vexer le GPS en le traitant de noms d'oiseaux préhistoriques ;

– traverser la mauvaise forêt dans le mauvais sens ;

– être ou ne pas être paralysé par des crampes ;

– ne plus avoir de batterie de vélo ni de téléphone ;

– crever un pneu et ne jamais parvenir à le réparer ;

– blesser Kalkhoff et devoir l'abattre ;

– ne pas trouver l'adresse de mon point de chute.

L'intégration de ces données signifiait un retour en grâce du cerveau gauche. Depuis les mésaventures du premier jour, le droit commençait à reconnaître son utilité. Il acceptait désormais son influence. Ils avaient signé un pacte de non-agression ayant pour objectif de laisser les émotions transpercer le cœur, en protégeant tant que faire se pouvait la bicyclette et son pilote.

*

En deux jours seulement, je m'étais animalisé. Je laissais les paysages me traverser. Parfois le vent me rabrouait et la loterie des itinéraires m'expulsait vers le taudis des zones industrielles. Ces pays de rouille et fumées malodorantes me faisaient l'effet d'une gueule de bois. Envie de dormir pour rêver qu'ils n'existent pas. Retrouver le son de la symphonie pastorale. Ces vents contraires et ces cordes de pluie parfumée à la terre mouillée. Alors je patientais passionnément, le nez dans le guidon, le temps que le grand ciel se rouvre.

Les lignes à haute tension cartographiaient les nuages, les champs se piquetaient de clochers, les bouquets de forêt explosaient en bord de bitume. La nature émergeait. Tout pouvait arriver, même presque rien. Et ce presque rien agissait comme un baume. Mon esprit focalisait sur le peu d'informations qu'il devait traiter. Il s'en occupait, les chérissait.

Je ruais vers l'or des ruisseaux en lisière de Somme du côté de Sommette-Eaucourt. Les feuilles mortes cuivraient le bord des routes qui rétrécissaient. L'asphalte apparaissait comme la relique d'un monde révolu. Les éoliennes accéléraient la course des nuages à l'horizon.

Je m'arrêtai un instant pour savourer ma presque victoire du jour. Il me restait seulement quelques kilomètres avant d'atteindre mon deuxième lieu de villégiature.

Les cours d'eaux dormaient dans de tout petits lits, il fallait s'approcher très près pour les écouter couler. Hérons, petits patapons, rossignols et autres mouettes rieuses sifflotaient sous la bruine, qui constellait le ciel de gouttelettes phosphorescentes.

C'était l'heure où les fantômes les plus hardis sortent sans attendre la permission de minuit.

Les souvenirs d'enfance... Un ruisseau sous le pont juste à côté de l'école sonnait à peu près comme celui-ci. Ses rapides étaient lents même après l'orage. On pouvait faire semblant d'y pêcher. Ce son était indissociable de la voix de ma mère. Elle venait nous chercher après les cours. Elle posait des questions sur notre journée. Le son du ruisseau s'évaporait pendant que ma sœur et moi lui répondions. Je l'entendais presque, au bord de la Sommette[1]. Elle se serait fait « un sang d'encre » comme elle disait, à me savoir tout seul sur un océan de bitume à bord d'un si fragile esquif. Mais elle n'aurait rien empêché. Parce que, comme elle disait aussi, je vivais « comme un oiseau sur la branche ». Elle ne cautionnait pas toujours mes embardées, mais faisait en sorte d'encourager ce qui me tenait à cœur. Nous fûmes, ma sœur et moi, élevés dans cet esprit de construction possible. Le cadre existait, mais le contexte et la bonne intelligence prévalaient sur les questions de principe. Ce faisant, ils nous donnaient la possibilité de devenir nous-mêmes.

---

1. Comme son nom a tendance à l'indiquer, la Sommette est un tout petit affluent de la Somme.

J'arrivai à Dury, le refuge de ma deuxième nuit. Je m'apprêtais à dormir dans un bateau échoué dans le jardinet d'une ferme. Pour un soir, j'en serais le capitaine. En cale sèche, amarré au pied d'un grand chêne, je ne risquais pas de me perdre.

Je fus chaleureusement accueilli par la maîtresse de maison. Nous visitâmes l'étonnante closerie : roulottes russes livrées sans diseuses de bonnes aventures, chiens somnolant dans l'herbe, paon pérorant devant un cheval blanc qui pourrait jouer le rôle d'une licorne dans un film si le réalisateur daignait lui coller un cornet de glace sur le front, des poules, un coq, des boucs qui s'engueulaient à coups de cornes. Une certaine idée du paradis.

Voir des animaux me réconfortait de plus en plus. Comme eux, je parlais peu et je migrais.

S'adonner aux travaux pas très pratiques de lavage de chaussettes s'avérait étonnamment gratifiant. La perspective de retrouver des vêtements secs et propres aurait presque rendu fier l'handicapé chronique des choses de la logistique que j'ai toujours été.

Je pris une douche aussi charmante qu'exiguë. J'appliquai longuement le gel d'Arnica en essayant de me remémorer les bons conseils de Jimmy-ni-criquet. Je massai mes muscles contracturés en écoutant Neil Young chanter « Cripple Creek

Ferry». Une histoire de capitaine et de ruisseau. Cette chanson «feu de cheminée» me réchauffa suffisamment le cœur pour me détourner d'une partie de la douleur.

Je m'allongeai ensuite sur le petit lit encastré dans la coque du bateau. Filets de pêche et poissons en peluche pendaient au plafond. J'ouvris un vieux carnet de marin rempli de cartes dessinées à la main et de croquis de boussoles. J'échantillonnais déjà un nouveau rêve. Prendre la mer, le lac ou la rivière mais voguer.

Une sensation aussi douce que mélancolique s'insinuait en moi : dos au monde, je me sentais moins dos au mur. J'aurais bien le temps de l'escalader à nouveau à mon retour.

J'aimais déjà beaucoup trop ma cachette. Boire du thé à la poudre d'escampette constituait une étrange consolation.

Je me préparai une sublime assiette de coquillettes sans beurre ni sel et me délectai du goût de ces condiments en les imaginant.

Je m'endormis avant minuit et tout habillé, ce qui ne m'était plus arrivé depuis une effroyable cuite au whisky-Coca en l'an 2011 après Jésus-Christ.

5

La grande évasion

18 mai 2019, Dury-Estreux.
Bande originale de la journée : « Auprès de mon arbre », de Georges Brassens.

Hier soir capitaine de bateau, ce matin capitaine de vélo. Bâbord, tribord, la route ! Le bitume, les rivières et le bataillon des nuages. Traverser un village me donnait l'impression d'être un voyageur intergalactique. Chacun d'eux correspondait à une nouvelle planète. À l'échelle de ma bicyclette, tout semblait gigantesque. Fontaine-lès-Clercs et son écluse à même le ciel, Saint-Quentin, homonyme d'une prison mythique où Johnny Cash purgeait ses démons en chantant pour les prisonniers, Sequehart, Brancourt-le-Grand et son interminable horizon à trois cent soixante degrés. L'épique à portée de main ! Miniaturisation en bord de l'Oise. Cette rivière accélérait ma métamorphose en m'intimant de ralentir le rythme. Encore.

Lorsqu'une forêt me protégeait suffisamment du vent, je coupais l'électricité. La lenteur augmentait l'intensité de ma perception. Tout s'éveillait. J'entrais dans un tableau. Une nature morte ressuscitée par le mouvement. Je devenais le petit cycliste en métal de mon enfance.

Les arbres jetaient leur ombre dans la rivière comme s'ils pêchaient des fantômes de poissons. Ceux qui ne mordront jamais à l'hameçon. Je les regardais attendre, à l'affût du moindre éclat diamantin au détour d'un reflet. Je faisais en sorte de les imiter. Transe douce du cliquetis de chaîne, et mon cœur qui battait la cadence. C'était la valse à mille temps ralentis au beau milieu du plat pays. Quelque chose en moi se soignait en roulant. Le fantôme grisâtre de ce qui ne m'attendait plus à Paris se disloquait dans les coups de pédale. Je volais à vélo, droit vers la mère.

Je cheminais d'écluse en écluse. Au détour de l'une d'elles, une petite famille pêchait directement de leur canapé. Ils fumaient en écoutant chanter les crapauds.

Je vivais dans un livre qui s'écrivait à l'encre de pneu.

Lorsque j'en eus fini avec l'Oise, il me fallut livrer ma bataille de la Somme[1] : les pavés ! Ceux, mythiques, de Paris-Roubaix. La pluie saupoudrait la route d'un glissando andante. Le guidon bégaya. Ne pas tomber. Se souvenir que, dans cette course, je ne pouvais que finir premier. Le tout était d'arriver à Düsseldorf en temps et en heure.

J'étais en danseuse, le vélo bramait comme un tracteur. Ça montait, ça glissait, ça durait. Depuis des kilomètres, je sollicitais beaucoup trop la fée électricité. Kalkhoff avait la tremblote. Quelques minutes plus tard, la batterie lâcha.

Allez les mollets ! Avancer, même lentement. Mètre après mètre. La technique des petits pas, encore. Et le vent qui se levait pour me porter l'estocade. Bise forte. Cahin-caha à travers le crachin.

Le ciel s'obscurcissait, accélérait l'arrivée de la nuit. La pente se raidissait à l'infini, sans virage. La pluie battante portait bien son nom. Même si je ne fumais pas, elle me passait à tabac.

Pour la première fois depuis mon départ, mon désir ne parvint pas à retenir la question fatidique : allais-je y arriver ?

Le suspense sur canapé ou dans une salle de

1. La bataille de la Somme a opposé les alliés britanniques et français aux Allemands à proximité du fleuve Somme. Il s'agit de l'une des tragédies les plus sanglantes de la Première Guerre mondiale.

cinéma est agréablement insupportable. Ici, il fabriquait un vertige. L'équilibre se fragilisait. Je manquai de tomber. Je repensai aux himalayistes qui évitent de regarder le sommet, cheminant doucement mais avançant toujours. Le mien semblait s'éloigner derrière le rideau de pluie. Impression de reculer.

Quand le vélo ralentissait, fantômes et souvenirs me rattrapaient. Ceux des enfants que je n'aurais sans doute jamais. La famille de dix embryons fécondés in vitro. Dix ! Après trois inséminations artificielles et une FIV, dix mini-nous s'ébrouaient dans un tube à essais. Non transformés. Un massacre microscopique. L'intoxication définitive de l'espoir.

La souffrance de Rosy, la mienne, et curieusement la mise sous cloche de « notre » souffrance. Chacun a souffert de son côté, incapable d'aider l'autre. Et me voilà droit sur des pédales avec des mollets en bois et ces fantômes sur le porte-bagages.

Rouler sur une chaussée détrempée composée de pavés irréguliers et sablonneux avec un vent de face sous la pluie avait cependant un avantage : cela rendait humble. Il était temps de se gifler le cœur. J'avais des barres de céréales ultra-protéinées offertes par Jimmy-ni-criquet, un assortiment de slips et chaussettes superbement pliés entre lesquels se blottissait mon exemplaire de *Feuilles d'herbe* de

Walt Whitman. J'étais donc invincible. « Ô capitaine ! mon capitaine ! Secoue les voiles du navire que tu as construit de ton propre cœur. Débrouille-toi ! Ébroue-toi ! Une famille tout neuve t'attend de l'autre côté des nuages. Sous les pavés, la plage de Düsseldorf et ses petites échoppes en bord de Rhin. *Anda ! Andalucia ! Anda ! Anda !* » me criait le livre. Je l'écoutais de tout le reste de mes forces.

Se dire que la route finira par s'arrêter de grimper, que le bitume reprendra ses droits. Se dresser don-quichottement sur les pédales, maudire le GPS et toutes les éoliennes de la terre.

> Je veux que désormais la vie soit un grand chant de joie !
> Je veux danser, battre des mains, exulter, crier, sauter, bondir en l'air, me rouler par terre, surtout flotter, flotter !
> Car je serai marin du monde partant pour tous les ports
> Car je serai bateau (avez-vous vu mes voiles, déployées au soleil et à l'air ?)
> Navire vif cales gonflées d'une précieuse cargaison de paroles et de joie[1].

1. *Feuilles d'herbe*, de Walt Whitman, traduit par Roger Asselineau, Albin Michel, 2001.

Je voulais être ce bateau à deux roues à aube jusqu'au bout de la nuit.

Rouler sur le million de fantômes de la bataille de la Somme, me permit de relativiser mes souffrances.

Tout à coup, un surgissement à l'horizon. Clocher ! Flèche de joie en plein cœur. Car qui dit clocher dit goudron, abri et de quoi recharger la batterie. Moi qui depuis tout petit ai fui le catéchisme pour m'en inventer un autre dans les bois, je me retrouvais en adoration devant le clocher de Bertry.

J'entrai dans ce village aux faux airs de *ghost town* de la Route 66 couvert de boue. Le vent s'engouffrait dans la rue centrale. Les joueurs de pétanque me toisaient comme dans un western. Si je roulais sur le cochonnet, on me provoquerait en duel.

J'errais dans les rues désertes ou même les pharmacies étaient fermées. Les chats tiraient la gueule. Nous étions dimanche, un détail qui avait perdu de son importance depuis mon départ.

Un grand portail en bois réconfortant attira mon regard. Il ressemblait à celui de la maison de mon enfance. Une discrète enseigne près de la boîte aux lettres indiquait « Maison d'hôtes » ; je décidai de tenter ma chance.

Je fus accueilli par un petit couple au sourire décontracté qui ne semblait pas effrayé par les cyclistes en k-way crotté.

Je leur ai demandé un peu d'électricité, ils sont revenus avec du jus de fruit, de l'écoute et une proposition de douche. Une des meilleures de ma vie. J'étais si sale et tout était si propre, j'eus l'impression d'effacer mes courbatures avec le savon.

Mes hôtes acceptèrent que je reste chez eux pendant l'heure et demie nécessaire à la charge du vélo. C'était comme visiter une famille que je ne connaissais pas encore. Ils furent doux et curieux, au sens empathique du terme. Extraordinaires de simplicité. Je regagnais mes galons de réfugié poétique en répondant à leurs questions sur le pourquoi de mon périple. Dans le pétillement de leurs yeux se dissolvaient les boules de pétanque que j'avais encore dans la gorge. Sensation de bout du monde pour moi, de bout de leur terrasse pour eux. La théorie de la relativité émotionnelle. $E = MC^2$. Eux = Mathias Content (puissance) d'Eux.

Je repris la route avec un moral aussi regonflé que les pneus de Kalkhoff. Mes bienfaiteurs m'indiquèrent un chemin permettant d'éviter les pavés le plus longtemps possible.

Je glissais donc sur l'asphalte comme au bon vieux temps de la veille. Le retour du soleil ne tarda pas à transformer mon nez en fraise des bois. L'apanage d'une peau translucide de roux héritée de mon père né à Bitche, une petite ville de Lorraine que l'histoire a transformée en toupie. Tantôt française en bord d'Allemagne, tantôt penchée de l'autre côté. Ma grand-mère était née allemande en 1908 avant de (re)devenir française après la Première Guerre mondiale. Elle était morte en couches le 3 juin 1944, prise au piège du conflit entre ses deux nationalités. Pour échapper aux nazis, mon père avait dû traverser la ligne de démarcation caché dans une charrette à foin. Il avait neuf ans.

La frontière franco-allemande, une plaie amovible si difficile à cicatriser pour mon père. L'Allemagne restait un sujet compliqué où l'émotionnel le disputait au raisonnable. Lorsqu'en 1982 au terme d'un match de football dont Hitchcock et Shakespeare auraient pu signer le scénario, l'équipe de France se faisait injustement éliminer par la RFA[1], il évoqua pour la première fois son enfance.

Des films de guerre au casque de Dark Vador, l'Allemand était le méchant de mon enfance. Je voulais être Steve McQueen dans *La Grande Évasion*. Je n'avais qu'un bicross en guise de motocyclette, et un gant de ski et une balle de tennis pour imiter le baseball, mais je rêvais de venger quelque chose.

1. République Fédérale d'Allemagne.

Et voilà que depuis plusieurs années, j'étais en vie grâce au sang allemand qui coule dans mes veines, et ce grâce à son héritage génétique. La biologie se fout des frontières. Quarante-cinq ans plus tard, je suis un citoyen de l'univers qui traverse l'Europe sur un vélo électrique.

Je portais le vélo sur mon dos, traversais des voies ferrées et, çà et là, croisais un enclos. Avec de vrais chevaux à l'intérieur. Je m'octroyais quelques minutes de pause qui parfois se transformaient en demi-heures. Je mangeais les fameuses barres protéinées de Jimmy-ni-criquet en regardant s'ébrouer le carrousel vivant. Je me sentais privilégié, comme invité dans leur monde. Alors je reprenais mon chemin de bagnard joyeux. Le cadre de la bicyclette me sciait les trapèzes, mon cœur explosait comme un pop-corn. Les vaches me regardaient passer en mâchant leur éternelle boule de chewing-gum invisible. Il y avait bien longtemps que je ne m'étais pas senti aussi heureux.

La Bise scalpa les dents-de-lion et, tout à coup, il se mit à neiger en plein mois de mai. Les aigrettes voletaient comme dans une tempête au ralenti. Je crois que j'aurais bien aimé embrasser quelqu'un.

Je m'abstins de jeter mon dévolu sur Kalkhoff, qui continuait à m'arracher la peau des épaules. J'avançais si lentement que le blizzard de fleurs entassait ses flocons sur mon crâne. Je pensais aux explorateurs du Grand Nord qui arpentaient la banquise avec du vrai froid, de la vraie neige. J'étais ce vieil enfant qui leur rendait hommage dans un champ de betteraves. Je jouais aux cow-boys et surtout à l'Indien.

Avec le crépuscule, la Bise se changea en brise, libérant ses fragrances de pluie. Plus que jamais, je retrouvais le parfum de mon enfance. Le chêne que mon père avait planté le jour de ma naissance et la pinède aux cabanes depuis laquelle je pouvais observer les sommets enneigés du Vercors. Montéléger, mon village en Alabama à moi. Georges Brassens chantait : « Auprès de mon arbre, je vivais heureux. J'aurais jamais dû m'éloigner de mon arbre. » Les paroles de ce refrain tintinnabulaient sous mon crâne. Leur portée symbolique prenait un tour presque magique.

Ma prise de conscience écologique datait de mes premiers pas de surfeur. Lorsque l'océan vous transforme en dieu maladroit, ne serait-ce que le temps d'une glissade sur une vague médiocre, on ne supporte plus les sacs-poubelle ni les bouteilles en plastique abandonnées sur la plage. La réaction dépasse la question idéologique, elle devient physique. Je me souviens également d'une traversée du lac d'Annecy lors d'un passage au festival

Musilac. J'échappai au tumulte pour une petite heure en paddleboard. En quelques minutes, le lagon m'offrit son silence de clapots. Je marchais sur un ciel inversé piqueté de goélettes quand, soudain, un vilain son de boîte de nuit des années quatre-vingt. Je me retournai et découvris un atroce bateau à moteur rempli d'une armée de clones à bobs jaunes. Un animateur hurlait dans un mauvais micro des choses comme « Alors ? On s'éclaaaaateeeeuuuuux ? ». Je tanguais dans les remous du bateau, ils s'esclaffaient en faisant coucou. Avec ce sentiment d'impunité de ceux qui sont plus grands que vous. Dans leur sillage, gobelets, bouteilles et musique en plastique. Je venais d'assister à un viol de lac.

Outre la question du respect et de l'écologie, ne nous enseigne-t-on pas suffisamment le rapport à la beauté ? Tout le monde naît avec une imagination chatoyante, pourquoi ne pas développer ce muscle plutôt que de l'atrophier ?

L'écologie devrait être émotionnelle. Pour qu'elle devienne un réflexe joyeux plutôt qu'une morale. Pour faire rêver, il faudrait qu'elle soit concrète. C'est gratifiant de ressentir la beauté d'un poème, d'assister au spectacle sidérant d'un volcan en éruption ou même du vent qui secoue les feuilles d'un platane sur le boulevard de Magenta. Plutôt que l'explication, c'est l'expérience qui permet de faire le lien, de le ressentir. Notre planète et sa nature sont notre plus formidable atelier de fabrication du beau. Si nous parvenions à personnaliser l'expérience de la beauté, nous augmenterions la qualité de la réaction collective. S'amuser en travaillant. Travailler à s'amuser. Utiliser les chemins de traverse. Se perdre pour se retrouver, encore.

Je roulais et m'enroulais dans les méandres des ruisseaux-routes.

Je me transformais en horloge vivante montée sur roues. Le cliquetis de la chaîne remplaçait le tic-tac. Dalí aurait été content, je ramollissais le temps. La monotonie joyeuse des champs m'hypnotisait. Je devenais chasseur-cueilleur de kilomètres. Mon cœur s'aiguisait comme un silex contre le bitume. Surmonter les difficultés renforçait mon désir. La confrontation créait une électricité nouvelle. L'énergie d'une colère bleue. N'avoir à rendre de comptes qu'à soi-même, vivre chaque page de ce livre qui s'écrivait à l'encre de pneu.

Enfin, j'atteignis la péri-féerie de Valenciennes ! J'avais parcouru le tiers de mon itinéraire.

Avant mon départ, tout le monde s'inquiétait pour mon cul. « Huit jours à vélo ? Ohlàlàlàlà, tu vas avoir un mal de cul ! » J'ai rencontré un nombre incalculable d'experts du mal de cul. J'avais beau parler de retrouver ma nouvelle mère biologique, le sujet du mal de cul revenait sans cesse. La plupart n'avaient jamais été plus loin que la boulangerie, mais tous s'autoproclamaient oracles du mal de cul.

Ça m'aurait fait mal au cœur d'abandonner ce rêve en cours de route pour une sombre histoire de mal de cul. Avant mon départ, pendant quelques jours, au lieu d'imaginer la rencontre et de me réjouir du vent de liberté qui approchait, je n'avais plus pensé qu'à mon cul. J'avais alors acquis tout un arsenal de crèmes et un short cycliste follement molletonné. Quant à l'Electric Horse, je l'avais équipé d'un croisement entre un siège de cinéma miniature et une selle de cheval. Eh bien, après trois jours et deux cent cinquante kilomètres, je devais reconnaître que leurs prédictions commençaient à se révéler légèrement exactes.

Je descendis de Kalkhoff avec des mollets plus raides encore qu'après le premier jour. Sur le vélo, mes douleurs passaient incognito mais, dès que j'en descendais, je marchais comme un Playmobil.

Je fus accueilli par des grands-parents de conte de fées, qui étaient peut-être des ogres. Ils tenaient une maison d'hôtes où je m'apprêtais à passer ma troisième nuit. Ils se ressemblaient presque, ils devaient s'aimer depuis longtemps.

Jusqu'ici, je n'étais pas un vrai nomade, j'aimais

autant les départs que les retours. Mais après trois jours blotti dans le cocon du mouvement, j'entrai dans un nouveau stade de ma chrysalide. Je savais à quel point je désirais arriver mais je n'étais plus certain de vouloir revenir.

L'adorable petit couple siamois m'offrit la possibilité de me dépinocchioïser dans leur bain à bulles.

Mes amis les oracles du mal de cul, vous aviez omis de prendre en considération la question jacuzziste. Les bulles massent les muscles et les détendent. Mollets, cuisses et fesses se régénèrent dans l'eau bouillante.

Je me transformai tranquillement en pâte alphabet trop cuite. Et tout aussi tranquillement, j'envoyai des bras d'honneurs télépathiques aux experts du mal de cul.

6

Une saison en enfer

19 mai 2019, Estreux-Thuin (Belgique).
Bande originale du jour : « Riders on the Storm », des Doors.

« Hey, demain, on va te démolir ! En deux kilomètres on t'aura transformé en serpillière », semblait dire la pluie.

« Les trois premiers jours, c'était de la rigolade. On va te démolir ! » martela-t-elle toute la nuit.

On aurait dit du morse. Nul besoin d'être un expert pour comprendre le message. L'orage grommelait derrière la porte de ma chambre. D'un coup, la nuit s'éclaira comme si Dieu en personne prenait des photos au flash.

Kalkhoff et moi quittâmes le cocon assez tôt. Mes hôtes y avaient été doux et le lit excessivement confortable. J'avais pris le petit déjeuner avec eux, ils m'avaient préparé de la nourriture d'adulte comme du bacon et des œufs brouillés. Je n'avais mangé que le pain grillé avec la confiture assaisonné au jus d'orange, pressé que j'étais d'en découdre à nouveau.

« Thuin, c'est loin… Vous devriez mieux manger ! »

Ils étaient mignons comme des grands-parents alors que j'étais presque trop vieux pour être leur fils. J'entrepris de leur expliquer les phobies qui me faisaient m'alimenter comme un enfant de cinq ans, l'âge de mon nouveau système immunitaire.

Ils me regardèrent quitter leur joli jardin à dos de Kalkhoff avec un sourire inquiet. Le ciel ne décolérait pas. Les nuages se fissuraient sur ma tête.

En deux kilomètres, la pluie m'avait transformé en serpillière. L'eau dans les oreilles, les cils sertis de larmes inversées.

Les cumulonimbus faisaient de la musculation sur la ligne d'horizon. Plus j'avançais, plus elle reculait.

Quelques kilomètres de combat plus tard, je nourris Kalkhoff près d'une écluse. J'entrai dans une brasserie minuscule encastrée dans un fatras métallique de ponts plus ou moins levis. On me regarda de travers lorsque je déclinai la proposition de bière.

Un client quitta le comptoir en lâchant un sonore : « À tantôt ! » Je demandai alors au serveur tout en moustache si j'étais encore loin de la frontière belge.

— Ça fait vingt kilomet' que vous y êtes ! C'est la Belgique, ici !

Et moi qui m'attendais à passer la frontière en grande pompe, contrôle d'identité, fouille de sacoches, discussion à propos de la demi-finale de la Coupe du monde à la clé… Un truc d'explorateur miniature, une récompense… Rien. Je l'ai traversée incognito dans les nuages.

Il me restait vingt kilomètres pour atteindre la forêt de Thuin. J'étais plutôt en avance sur le timing, vélo et téléphone étaient chargés. J'avais même pris le temps d'enfiler des vêtements à peu près secs. Le thé à la menthe avait eu le goût de calumet de la paix intérieure. Je me voyais déjà passer la ligne d'arrivée de ce quatrième jour semi-belge presque en douceur.

Mais tout ne faisait que commencer…

« Rintrah gronde et fait claquer ses flammes dans l'air alourdi / Des nuages affamés pèsent sur l'abîme », écrivait William Blake dans *Le Mariage du ciel et de l'Enfer*[1]. Les cumulus se gorgeaient de colère. J'aurais pu recharger mon vélo à même le ciel. Un ciel qui se zébrait en silence avant de cogner l'horizon. Tout noircissait.

1. Traduit par Jacques Darras, Gallimard, 2013.

Je sentais mon ombre grandir dans mon dos. Elle pédalait plus vite que moi. Quelques hectomètres plus tard le jour se transformait en nuit à la vitesse de l'éclair qui découpait le lointain. Le ciel se couvrait de suie. Les nuages se contaminaient par la foudre.

Staccato de grain. Trombones d'eau. Nuages mis à sac, renversés dans mon cou. Le bitume exhalait une fumée de film d'épouvante, la pluie prenait feu. Je fus tenté d'accélérer. Je montai sur mes grands chevaux électriques. Peine perdue : en danseuse, je faisais encore plus prise au vent. Alors je me calfeutrai, la tête dans le guidon. Jamais je ne m'étais senti aussi proche de cette expression.

Le GPS commençait à parler au ralenti. On aurait dit que quelqu'un était bourré dans mon téléphone. Comme souvent, il disait n'importe quoi. « Tournez à droite, tournez à gauche, faites demi-tour, vous avez quitté votre itinéraire. » Tout ça en ligne droite. Pour gagner en autonomie, j'étudiais désormais plus précautionneusement mes itinéraires.

Mon téléphone rendait l'âme. Il clignotait comme une vieille guirlande de Noël pleine de faux contacts. Je subissais le même sort. Des faux contacts, entre mon cœur et mon cerveau. Entre mon cerveau et mes jambes. C'était dans un moment comme celui-ci que j'aurais apprécié de croire en je ne sais quel dieu. Prier un gars du ciel pour qu'il arrête ses conneries de dégâts des eaux sur ma tête aurait été réconfortant.

En attendant le dieu du smartphone était mort, et avec lui la miniaturisation d'un bon nombre de données capitales pour mener à bien ma mission. J'étais au beau milieu de rien, avec un ciel qui redoublait de colère à mes trousses. Je n'avais pas d'autre choix que de bien lire les panneaux, éviter les voitures aveuglées par la pluie, et tenir bon jusqu'à mon prochain lieu de villégiature.

J'ai commencé à hurler de joie. Je ne devenais pas complètement fou car je me concentrais sur la route, le guidon et les pédales. Mais je ressentais ce besoin de compenser. De défier. Après tout, ce n'était que de la pluie. J'étais si considérablement mouillé que je ne pouvais plus l'être davantage. Alors je hurlais à la joie comme le loup à la mort, pour la prévenir que j'étais toujours là.

« Hey, je t'avais prévenu ! Je vais te démolir », criaillait la pluie.

Le vent forcissait. Le ciel faisait de l'œdème, les oiseaux s'électrocutaient dans les nuages. Le jugement dernier pour celui qui manque de jugeote. J'aurais eu le temps de laisser passer cet orage si j'avais daigné regarder la météo dans la brasserie. Je payais cher ma rêverie aux senteurs de menthe.

La foudre découpait le ciel de plus en plus près. Je ne pouvais pas m'empêcher de trouver ça beau.

Je franchis le panneau « Thuin », synonyme de presque ligne d'arrivée. Une abbaye s'extrayait du sol tout en puissance. Mon œil s'était tellement habitué au monochrome de brume qu'il n'en revint pas de voir jaillir cette bâtisse au cœur de la forêt. Après une heure de sprint au ralenti, je posai enfin pied à terre.

J'attachai le nouvel Electric Horse devant mon ranch du soir, un restaurant coquet gentiment rempli de gens pour la plupart très permanentés. J'osai à peine entrer.

Je venais de traverser un océan de pluie, sur quel rivage avais-je donc échoué ? Quel était ce mystérieux peuple autochtone ?

— Vous venez pour la bulle ? me demanda un adorable petit monsieur tout sec et tout propre.

— Oui, oui ! Pardon pour l'arrivée tardive…

— Aucun problème ! Vous voulez un petit thé pour vous réchauffer ?

— Avec plaisir, merci beaucoup.

Revenir à la civilisation avait du bon, parfois. L'animal ensauvagé que je devenais restait sensible à la bienveillance.

Le petit monsieur tout sec et tout propre m'invita à le suivre dans l'arrière-cour du restaurant. Une haie, un portail de Hobbit et, juste derrière, un champ de bulles.

Chauffées, avec un toit transparent, agrémentées

d'un cabanon en bois avec douche et petite table. Quelques livres, un frigidaire et de quoi faire chauffer le précieux thé. Tout autour, la forêt. Autant le dire : pour moi, à ce moment précis, une nouvelle déclinaison du paradis. Il existerait donc un dieu de la bicyclette qui pédalerait dans les nuages avec un énorme braquet lui permettant d'aller d'un bout à l'autre de l'univers. À la fin, le dieu récompenserait ceux qui ont gagné ne serait-ce qu'un tout petit combat face à eux-mêmes.

« Bicyclosus » m'offrit un cadeau bonus : un jacuzzi gonflable installé à l'orée du bois. Oracles du mal de cul, vous ne m'aurez pas !

Mon corps se retransformait en pâte alphabet plongée dans un bouillon aromatisé aux parfums de terre mouillée. La pluie se raffinait, devenait britannique, tout en spray volatil dispersé par le vent.

Les hiboux hululaient, les étoiles cendraient le ciel derrière la brume qui s'estompait. Des poèmes poussaient sur les branches des arbres, mâts de cocagne soigneusement achalandés de merveilles invisibles.

J'aurais voulu partager ce bain. Je l'appréciais de tout ce que j'étais, mais j'aurais voulu l'amour dedans. Le vivre. Le faire. Ouvrir les poèmes dans les arbres avec quelqu'un. Pour quelqu'un. Les donner. Tout seul à me rouler dans les pièces d'or… Ne pas partager ce trésor était une aberration.

7

L'âme du monde

20 mai 2019, Thuin-Namur.
Bande originale du jour : « La Quête » (issue de la comédie musicale L'Homme de la Mancha), *de Jacques Brel.*

Je m'apprêtai donc à passer la nuit dans cette « bulle ». Le même nom que l'on donne à la chambre stérile dans laquelle je suis resté confiné onze semaines. Ici, comme assis au milieu du ciel, je séjournais en bulle fertile. Tout était la vie. Mes sacoches avaient pris l'eau, tous mes habits étaient trempés. Mon téléphone ne daignait pas se rallumer. Deux jours plus tôt, cette situation m'aurait légèrement contrarié. À l'aube de mon cinquième jour de course, je me sentais ridiculement invincible. Mes muscles bien aidés par les massages et les jacuzzis tenaient la distance. Éole pouvait bien m'envoyer ses armées d'éoliennes, jeter des pavés sous mes pneus, noyer le GPS sous la pluie, je me transformais en machine à continuer coûte que coûte. J'empoignai un sèche-cheveux de western et me livrai à un duel fratricide avec mes paires de chaussettes. Mon téléphone ressuscita et, pour fêter l'événement, je lui fis jouer *L'Homme de la Mancha* de Brel. Plus exactement, la chanson « La Quête » dont les vers « Brûle encore, bien qu'ayant tout brûlé / Brûle encore, même trop, même mal / Pour atteindre à s'en écarteler / Pour atteindre l'inaccessible étoile » me donnaient envie de m'habiller en accéléré pour partir à l'assaut de la citadelle namuroise. Là, au beau milieu de la nuit.

Je me blottis sous la couette douillette et matai les « inaccessibles étoiles ». Elles tombèrent une à une dans mes yeux et infusèrent toute la nuit dans ma tête. Je pris soin de les graver dans ma mémoire de façon à ce qu'on les voie re-scintiller, lorsque je croiserais le regard de la maman. Je réfléchissais encore à ce mot que je pourrais inventer pour dire mieux que merci. Peut-être était-il caché dans la forêt de mâts de cocagne autour de moi.

Exactement la vie. Du moins celle que je voudrais continuer à vivre. Planter d'autres arbres à surprises sans oublier d'escalader le sien, préparer des surprises pour ceux que j'aime. Inventer, se réinventer et partager. L'aventure. L'odeur des pins. *To be or not to be* un ruisseau. Telle était la question, *and the answer was yes* ! Voilà ce que je voulais désormais. Me nourrir de neige fondue, être un méandre puis un rapide, me lover au creux des bois. Et, pour finir, me jeter à cœur perdu dans la mer. Court-circuiter fleuves et rivières. Ne pas suivre de protocole. Me tromper d'orientation, retourner à la source. Ma famille.

*

Estreux-Thuin devait être une étape plus facile car le kilométrage était moins important. Mais, la pluie aidant, j'avais bien ramassé. Des trésors surtout.

Je me sentais comme après un concert où la magie a fait exploser le cœur. Quand une salle de concert se change en cocotte-minute pendant plus d'une heure et demie. Vidé et rempli.

Je remontais sur mon vélo comme on rebranche les instruments le jour d'après. Comment convoquer la magie deux jours d'affilée ? Comment trouver l'énergie de grimper à nouveau le mât de cocagne alors qu'on vient de passer la nuit blotti à son sommet ?

L'immense chanteuse Barbara disait quelque chose comme : « Chaque jour, il faut ré-habiter la salle. Que le concert de la veille eût été merveilleux ou décevant, il faut tout reprendre à zéro. »

Je pris mon petit déjeuner assis à une table, seul au bord de la forêt. Le parfum du pain grillé se mêlait aux exhalaisons de terre mouillée, le thé semblait fumer au ralenti. Mon téléphone avait ressuscité pendant la nuit, mais mes chaussettes gardaient leur allure de gants de toilette. Mollets, cuisses et fesses répondaient à l'appel du vaisseau amiral Kalkhoff.

Je remontai donc à bord et m'éloignai doucement de l'éden sans le quitter vraiment. Quelle merveille de cachette à la chlorophylle que ce cœur de la Belgique ! J'arpentais ses artères en forme de chemin de halage le long de la Sambre, entouré d'une forêt de brocolis géants. Le paysage m'engloutissait. La joie de la dissimulation se révélait aussi addictive que les endorphines. Je circulais hors le temps.

Impression d'avoir quitté Paris depuis des semaines, alors que j'attaquais seulement le cinquième jour de mon périple. Le cliquetis de la chaîne battait la mesure d'un autre temps. Je n'avais pas seulement ralenti la cadence, je glissais vers d'autres fréquences. La rythmique d'un monde parallèle. N'y voyez rien de mystique, juste un ailleurs. Quelque chose à la marge. Les ailes du papillon me poussaient dans le dos. J'entrais dans une phase inconnue de ma métamorphose, je devenais le ruisseau. Je coulais des heures paisibles au creux des tempêtes.

Je croisais le vrai monde de temps à autre. Une station-service, un étrange *carwash* à l'américaine égaré en Belgique ou la vocifération d'un train. Mais quelques coups de pédale plus tard, je me retrouvais au royaume des arbres.

Le plat pays qui est le tien, mon cher Jacques, ne l'est pas tout à fait. Car pour rejoindre Namur, il me fallut traverser les Ardennes. Chacun son Himalaya. Pour moi, ce fut l'étape de montagne. L'obtention du maillot à pois. Cinq mini-cols m'attendaient, sertis de conifères et de bruine légère.

La Bise me fit le plaisir de s'essouffler parfois plusieurs kilomètres d'affilée. Alors je pus me présenter face aux difficultés en danseuse, enfin. À l'attaque !

Au détour d'un lacet explosait un panorama tout neuf, au détour d'un autre, un animal invisible agitait les herbes hautes. Ces montagnettes me galvanisaient. Atteindre un sommet, si petit soit-il, transformait mon cœur en celui d'un explorateur. Pour être heureux, vivons perchés !

Au creux d'un lacet j'enlaçai l'espoir fol : réussir mon pari. Je basculais dans la deuxième moitié de mon itinéraire. J'étais désormais plus près de

Düsseldorf que de Paris. La cité engloutie dans mes rêves se rapprochait. Une poupée russe avec l'accent allemand. Une ville et son hôpital. À l'intérieur de cet hôpital, une banque de sang de cordons. Dans cette banque, les cellules souches qui m'ont permis d'escalader les mini-cols. Autour de ce chaudron magique inversé, car conservant le sang à –190 °C, les artisans magiciens. Chercheurs et trouveurs d'or, donneuses. La caverne d'Ali Baba sans les quarante voleurs. La grande fabrique de deuxièmes vies possibles. Dans un tiroir, la mienne m'y attendait depuis 1999.

Je grimpais ! Je grimpais ! Je grimpais ! Je lâchais mes fantômes pour franchir la ligne d'arrivée du sommet de la citadelle de Namur en tête à tête avec le ciel.

L'horizon dégringolait dans la Meuse. Il ne me restait plus qu'à profiter du cadeau offert par la montée : la descente !

Je me redressai alors, aussi fièrement qu'un coureur du Tour de France ayant franchi le Tourmalet[1]. C'était parti pour un tour de fusée à pédales. Grand braquet, moteur coupé, je fabriquais mon propre vent. Jackpot au compteur kilométrique.

---

1. Col pyrénéen mythique, une des ascensions les plus difficiles de l'histoire du Tour de France.

Lorsque je m'installai dans la cabine d'une longue péniche blanche, j'eus l'impression d'être champion du monde de quelque chose. La déesse de la rivière m'accueillait en son sein, j'y blottis tout mon saoul.

C'était une fête sans effusions. Le chant des clapots et quelques trilles de Bise entre les branches d'érables : le vacarme était délicat. Canards et cygnes venaient visiter mon hublot. Ils surfaient les vaguelettes tels de tout petits drakkars. De l'autre côté du fleuve, un assemblage de maisonnettes en pierre calcaire et à toit pointu offrait une atmosphère de conte de fées. Elles se tenaient les unes contre les autres comme de vieilles personnes sur le banc d'un parc.

Dans cette cabine si semblable à celle dans laquelle j'étais l'an dernier près du cercle polaire, je retrouvai cette sensation de nid. Cabane, cocon, ventre. Accélération douce de la chrysalide.

Après la greffe, je m'étais lancé dans une course contre ma montre. Je m'efforçais d'être à la hauteur de la deuxième chance de vie que l'on m'offrait. Je découvrais de nouveaux passages secrets entre mon cœur et mon cerveau. Je les explorais tous, frénétiquement.

Dans l'élan, je croyais garder l'équilibre. Renaître constituait un alibi solide pour alimenter ma bonne conscience, mais je retombais dans les travers d'avant la maladie. Je n'avais pas chassé le naturel et il était revenu au galop quand même. J'étais pris en tenaille entre le désir fou d'ultra-profiter et une sensation de déjà-vu. Je m'en voulais de tomber dans mon propre piège mais ne parvenais pas à faire machine arrière. Au contraire, j'accélérais. Je consommais, consumais la pulsion de vie telle une vieille mustang son essence. Le syndrome du survivant explosait en moi. Je surréagissais à la joie comme à la mélancolie. L'électrocardiogramme émotionnel jouait les montagnes russes. Je traversais, j'étais traversé. Hanté.

J'étais un adulte avec le système immunitaire d'un nouveau-né et l'âge mental d'un adolescent. Je reproduisais la même erreur qu'en concert. J'avais l'impression de ne pas mériter d'être sur scène si je n'en sortais pas avec une blessure de guerre. Cela me semblait être la moindre des politesses, pour ceux qui m'avaient sauvé la vie, que d'honorer ce festin d'existence.

Mais je m'essoufflais. Je n'arrivais plus à me suivre. J'aurais aimé être ce sage revenu de la presque mort. Finalement, j'étais devenu encore plus fou. J'allais droit dans le mur, la plupart du temps plutôt gaiement. Mon quotidien était une usine à gaz hilarant. Je péchais par excès d'enthousiasme mais en ce jour de blottissement dans le ventre d'un bateau, je sentais à quel point je pouvais accepter de vivre autrement. Ce voyage pourrait me servir d'aiguillage pour quitter les grands axes. Prendre l'élan de cette épopée et garder en mémoire son pouls. J'ai toujours cru, et plus encore depuis la greffe, que je verrais plus de choses en accélérant toujours la cadence.

Je découvrais à quel point le ralentissement pouvait permettre une forme d'intensité plus profonde. Lent travelling sur la beauté des choses, joie à diffusion longue. Il me faudrait travailler dur et doux pour me réformer sans me renier. Naviguer à bord du vaisseau amiral Kalkhoff constituait le plus passionnant des stages. J'avais tout à réapprendre. Cette sensation se transformait en évidence aussi effrayante que soulageante.

Sur la route, je me faisais psychanalyser par les nuages. Le canapé était monté sur roues. Le temps ralenti opérait comme un bain révélateur, mon cœur trempait.

Mon hôte du jour devait être un adepte du *very speed dating* ; le très peu de temps passé entre « bonjour » et « au revoir », et surtout le vide automatisé de nos échanges me rappela au temps d'avant mon départ. Je m'étais déjà déshabitué. Il me fallut négocier âprement l'embarquement de Kalkhoff. Il le regardait comme un chien galeux.

De nouveau, la solitude me pesa. « Le bonheur n'est réel que s'il est partagé », avait écrit Chris McCandless, rendu célèbre par le film de Sean Penn, *Into the Wild*.

Mon Alaska n'était que la Belgique, mais je me demandais ce que j'allais bien pouvoir foutre sans amour. M'apprêtais-je à plonger dans un bain de grand rien salvateur ? Aurais-je ce courage ? Et l'autre courage, celui de recommencer sans me plaindre des blessures du passé, est-ce que je l'aurais ?

Dans quelques jours, lorsque je devrais rendre mon tablier-k-way de bicyclo-cancre, qu'est-ce que j'allais (re)devenir ?

En attendant, un jacuzzi m'attendait sur le pont, et le syndicat de mes fesses, cuisses et mollets manifestait son impatience.

Les lumières de la ville se balançaient dans les reflets pendant que mes muscles se régénéraient. Les étoiles poussaient à travers un champ de nuages bleus, j'imaginais une sirène d'eau très douce s'échouer sur le quai. J'étais en train de lui porter secours dans ma tête lorsque le propriétaire m'intima de retourner dans ma cabine pour ne pas risquer de réveiller les autres passagers de la péniche.

Je préparai mes affaires pour le lendemain,

vêtements propres étendus sur la chaise. Cela me rappelait les veilles de match de football, les crampons en moins. Laver mon coupe-vent était devenu aussi naturel que me brosser les dents. J'aimais le retrouver sec et frais le lendemain matin.

Je m'endormis en écoutant Lou Reed chanter « Perfect Day » et me réveillai en lui donnant raison. J'avais rêvé aux mères. À toutes. À Sylvia mon éternelle, à celles qui m'attendaient à l'autre bout du cordon, et à celle qui aurait pu être la mère de mes enfants.

Vertige de mélancolie avec trous de joie à l'intérieur. Je me lovai en ces creux, au chaud dans le ventre capitonné de la péniche. Ce nid pour être humain simplement muni d'un petit lit blanc, avec à peine de quoi circuler autour. De blanches cloisons et une salle de bains cachée dans un placard. Tout l'intérêt venait du hublot contre lequel le clapot concassait les reflets.

J'étais ce vieil enfant né deux fois qui voyageait entre les mères. Je longeais les rivières, roulais sur la terre mère. « L'âme du monde » me portait en son sein.

8

Retour vers le futur

21 mai 2019, Namur-Liège.
Bande originale de la journée : « Song 2 », *de Blur.*

En grimpant de bon matin sur les hauts de Namur, je me retournai une dernière fois pour regarder ma péniche. De loin, on aurait dit un jouet. J'aurais pu l'écraser entre mon pouce et mon index. Au revoir l'enclos de maisonnettes pierreuses et la placidité du fleuve ! Je me souviendrai de ses faux airs de boule à facettes géante lorsque la lune y plongeait ses reflets.

La sensation de liberté augmentait chaque jour. Je faisais tourner l'accélérateur de particules émotionnelles avec mes cuisses, mes mollets et un peu d'électricité. Je devenais ma propre dynamo, m'éclairais en me frottant à la route. Quelque chose en moi s'illuminait doucement, malgré quelques faux contacts. À chaque fois que j'imaginais le visage de la maman, c'est celui de ma mère qui revenait. Je me préparais à ne surtout pas pleurer au moment de la rencontre. Je me présenterais avec une bicyclette rouillée et un bouquet de courbatures mais mon sourire serait d'acier !

Le 21 mai fut une journée sans pluie, avec un presque soleil et une bise affectueuse.

Je filais sur une ligne de crête entre le passé et un futur possible. Un ratio d'engueulades avec le GPS plus qu'honorable, moins la tête dans le guidon que sur les pavés détrempés de Paris-Roubaix.

Je laissai toutes sortes de fantômes hanter mes pensées. Lorsque j'ai perdu ma mère, j'ai décidé que je ne serai jamais père. Je ne voulais pas faire souffrir comme j'avais souffert moi-même. Puis l'amour en a décidé autrement. Je me suis laissé convaincre par ce désir enfoui. Enfin, j'ai dû subir cette greffe de moelle osseuse et, avec elle, l'éventualité de devenir stérile. Et le désir a résisté.

Cher ou chère Arthur, Louise, Marius, Nina, Gaston, Élise, Manon ou Pierre,

Je ne sais pas encore à quel âge je vais t'expliquer qu'on t'a sauvé(e) avant ta naissance. Oui, mon petit, tu es un ou une survivante. J'ai subi un traitement pour une maladie grave qui a fait souffler un vent polaire sur mes spermatozoïdes, mais avant l'arrivée de cet hiver prévu, j'ai stocké un petit trésor de possibilités. Dans ce mikado de gamètes spermatiques, tu étais prêt à foncer mais on t'a « cryogénisé » comme Han Solo dans Star Wars. *Plus de trois ans dans une banque de sperme.*

Maintenant l'heure est à l'auto-cambriolage !

Je vais devoir être un sacré bon comédien pour t'apprendre la patience, moi qui ai fait attendre la moitié de toi dans un tube planté dans une banquise d'azote. Tu es déjà un héros de science-fiction. Quand tu naîtras, une moitié de toi aura au moins cinq ans. Peut-être que tu sauras déjà jouer au ping-pong.

— Il est sympa ton grand-père de venir te chercher au collège, lui dira-t-on en parlant de moi.

— Oui, mais il vient en skateboard ! répondra-t-il ou elle.

J'aurai soixante balais de sorcière et si je gagne une nouvelle fois au loto biologique, il ou elle aura quinze ans.

Les tentatives de PMA avaient échoué. Si mon cœur s'est brisé quatre fois, celui de celle qui essayait d'être la maman en a souffert encore plus directement.

J'ai ressenti un sentiment d'impuissance comparable à celui d'un deuil. J'aurais tellement voulu être ce magicien biologique sauvé par le sang de cordon d'une mère allemande et dont les spermatozoïdes conservés dans le même azote auraient permis d'offrir une naissance.

Ayant survécu à une greffe de moelle osseuse où il était question de vie ou de mort, je me voyais bien répondre à une simple question de vie par un OUI tonitruant.

Les choses ne se sont pas passées comme prévues. D'autant plus qu'elles étaient exactement imprévisibles. Le voile s'est déchiré, le ciel étoilé de pacotille a pris la poussière. Mes pouvoirs magiques se sont évaporés. J'ai eu beau redoubler de chansons, de films, de livres de voyage, plus aucun de mes trucs ne fonctionnait.

L'échec de la FIV fut le plus cuisant. Il aura sonné la fin officielle des choses de l'espoir chez la maman. Je ne m'en suis pas assez rendu compte, je n'ai pas su faire, je n'ai pas su être, je n'ai plus su plaire. Seulement me débattre, combattre avec des pistolets à fleurs rouillés.

Pourtant les dernières analyses montraient que la possibilité d'avoir un enfant par voies naturelles m'était encore possible. Quelque chose en moi résistait.

J'ai toujours considéré que les meilleures machines amoureuses pouvaient avoir des avaries, et que le propre de l'amour était justement de les réparer.

Peut-être était-ce une panne trop sèche, qui faisait suite à une accumulation de difficultés. Mais une accumulation de joies aussi, me semblait-il, évaporées dans la balance au moment du grand choix. Rosy m'a quitté, elle avait peut-être raison, du moins ses raisons. J'avais encore envie de l'espoir fol, l'énergie d'un souleveur de montagne crépitait encore.

Je dus m'extirper soudainement de mes pensées pour trouver de quoi nourrir Kalkhoff. Il cahotait comme une vieille diligence sur un chemin caillouteux. J'avisai le chantier d'une maison en construction, j'étais désormais rompu à la pratique de l'aumône électrique.

Je traversais une banlieue de village tout en lotissements cossus. Je n'avais trouvé personne dans les jardins pour tenter d'établir le contact, jusqu'à ce que je croise le chemin de ces trois ouvriers.

Les interrompre me rendait aussi timide qu'un enfant de quatre ans mais ils m'accueillirent aussi simplement que chaleureusement. Ils avaient les épaules suffisamment larges pour faire partie de l'équipe de hockey sur glace de Huy[1], mais non car

1. Huy est une petite ville du cœur de la Belgique, située à équidistance de Namur et de Liège. Son nom se prononce comme « oui », avec un léger accent.

il n'y avait à ma connaissance ni glace ni hockey dans la région[1]. Ils devaient avoir l'âge d'être mes fils et avaient des bras comme mes cuisses. Un ouvrier s'appliqua à dérouler une rallonge pendant qu'un autre me décapsulait une bière liégeoise, la Curtius.

À chaque fois que j'eus à quémander un peu d'aide électrique, je retrouvai ces situations pouvant basculer de l'amusant à l'humiliant connues plus jeune lorsque je tentai de gagner deux sous pour m'offrir ma première guitare. Je vendais d'infâmes beignets surgelés sur la plage de Palavas-les-Flots la journée et, le soir venu, je jouais très mal mes toutes premières chansons devant les terrasses de café. Chaque piécette récoltée me faisait l'effet d'un trésor de pirate. Je rentrais souvent bredouille mais ne pouvais pas décemment hurler à l'injustice.

Le week-end, j'étais chasseur de prime dans les taureau-piscines. Il s'agissait, dans une arène remplie de touristes portant des bobs même la nuit, de se faire courser par une vachette et de plonger dans une piscine gonflable. Si la vachette entrait avec vous dans le bassin, vous emportiez la prime. Pour y parvenir, il fallait faire en sorte que la bête vous chasse le train de suffisamment près pour que son

---

1. On me souffle dans l'oreillette que Liège possède une équipe de hockey sur glace. Donc pourquoi pas.

rêve de vous encorner lui paraisse tangible. C'était donc aussi ridiculement dangereux que parfaitement excitant. Le son du galop, le souffle de la bête, les cris du public. Pour quelques pièces de dix francs symboliques. Le salaire de la peur amusante.

Trois soirs par semaine, c'était règlement de comptes à Palavas-les-Flots. Dans ses arènes de béton mal torché, je prenais un plaisir pas très malin à jouer au gladiateur de pacotille. Je trouvais romantique de prendre autant de risques pour de si modestes primes. Je ressentais une stimulation poétique à me faire courser par ces vachettes sous les hourras des mangeurs de glace. Je ne jouais plus au cow-boy, j'en étais un pendant quelques minutes.

Je ne le savais pas encore, mais je m'inoculai le virus de l'adrénaline pour les concerts de Dionysos entre autres crises de don-quichottisme.

Je remontai à bord du vaisseau amiral Kalkhoff et quittai mes copains de bière. En m'éloignant des maisonnettes, la brise se retransforma en Bise, au grand dam de mes mollets. Le CinémaScope des prairies s'ouvrait à trois cent soixante degrés, le son du vent claquait à nouveau en Dolby Stereo. Ici et là les bottes de foin recouvertes de bâches colorées ressemblaient à de très gros Dragibus. Un géant des nuages semblait avoir renversé son paquet autour du village de Burdinne.

À mesure que j'approchais de la ville, le paysage s'enlaidissait. Les moteurs se faisaient hargneux, les poids lourds grognaient dans leur propre brume. Tout semblait se mettre en colère. Tout s'accélérait.

M'étais-je trop habitué aux choses de silence et aux parfums de conifères ? La bulle de liberté fertile venait d'exploser. Cellule de dégrisement en accéléré. Rebrancher le moteur, le GPS et rouler sur le bas-côté. Un pays de clopes géantes et de cendres froides. Je ne croisais plus d'animaux et la bière de l'amitié ne faisait plus aucun effet.

Une armée de bâtiments grisâtres déformait l'horizon, collant un zona industriel sur la peau du ciel. Les camions se propageaient tel un virus de fumée noire. Je n'entendais plus respirer la bicyclette. Mes yeux piquaient comme s'ils avaient été bombardés de gaz lacrymogènes, mon nez me suppliait que je le bouche mais je ne pouvais pas lâcher le guidon.

Comment en était-on arrivé là ?

On aurait dit une engueulade de couple qui ne s'aimait plus. Quand on découvre chez l'autre une médiocrité qui vous rappelle la vôtre par effet de miroir inversé.

Mais, là, c'était LA maman ! On n'en a qu'une de maman[1] ! Comment sommes-nous parvenus à désaimer à ce point notre mère la Terre ? Comment

1. Enfin… disons que c'est la norme.

avons-nous pu l'expurger de sa beauté brute ? Avant même de nous rendre compte que nous la détruisions, comment se fait-il que l'enlaidissement généralisé ne nous ait pas alerté ?

Je fais partie de ceux qui sont passés d'un village de campagne à la ville pour étudier, puis à la très grande ville pour aimer et travailler. L'amour doit être considéré comme une circonstance atténuante. Puis Paris possède sa magie intrinsèque, ses cachettes délicieuses. Mais, déjà, en revenant d'Islande ou de Norvège, l'air vicié me prenait à la gorge. Les étoiles se sont mises à me manquer.

Me faire quitter à Paris m'aidera peut-être à quitter Paris.

Après avoir noyé ma mélancolie urbaine au bras d'une Circé liégeoise ayant pour fonction de maquiller une sirène, je rentrai dans mes étranges appartements. Cette dernière étant connaisseuse en doux poisons bien plus alcoolisés que les bières de l'après-midi, ce fut le cœur sautillant et le corps alourdi que je la quittai devant l'entrée de l'hôtel.

De la cabane perchée de Raray en passant par le bateau égaré dans les bois de Dury, de la chambre d'hôtes aux allures de librairie *Harry Potter* valenciennoise à la bulle transparente au cœur de la forêt de Thuin jusqu'à la longue péniche blanche alanguie dans les eaux namuroises, tous mes lieux de villégiature s'étaient révélés aussi insolites qu'attachants.

Je les avais méticuleusement choisis pour assurer le continuum féerique entre les étapes. Après des journées extraordinaires, il fallait que les nuits soient à la hauteur et elles l'avaient toutes été.

À Liège, j'avais trouvé un hôtel censé être « secret », façon bar caché de la Prohibition. Sur les photos se dégageait une atmosphère de tour de magie à l'ancienne. Rideaux rouges, lits à baldaquin... Une rêverie à la David Lynch.

— Et... à quelle heure arrivera votre ami(e) ? me demanda l'hôtesse d'accueil, ponctuant sa question d'un regard entendu.

— Je suis seul...

— Vous êtes seul ?

— Oui, pourquoi ?

— Eh bien, c'est la première fois que quelqu'un réserve une de nos chambres pour y séjourner seul.

— Je vous ferais remarquer que je suis tout de même accompagné d'une ravissante bicyclette ! ajoutai-je.

La demoiselle se mit à ricaner. Un instant, je crus que ma mini-vanne avait fait mouche mais elle riait de moi plutôt qu'avec.

Je demandai où se situait la salle de petit déjeuner.

— Il n'y en a pas. On les sert exclusivement en chambre, précisa-t-elle.

Je récupérai ma clé et montai l'escalier recouvert d'un tapis rouge fuchsia étrangement moelleux. Une odeur de parfum un peu trop forte embaumait les murs. Sur la porte, pas de serrure. La clé ne servait qu'à s'enfermer à l'intérieur. Dans la chambre, une atroce musique pseudo-décontractante à base d'infâmes synthétiseurs des années quatre-vingt. Le genre de choses que l'on est contraint d'écouter dans certains spas.

Sur la table de chevet, un assortiment de préservatifs de toutes les couleurs et une paire de menottes recouvertes de peluche rose.

Sur le lit, des pétales de fleurs. Et moi, tout en k-way, avec mon fuseau boueux et mon casque sur la tête. Seul au monde, dans le baisodrome fantôme.

9

Hors-la-loi

22 mai 2019, Liège-Kofferen.
Bande originale de la journée : « Folsom Prison Blues », de Johnny Cash.

Le lendemain matin, j'avais donné rendez-vous au chef décorateur de mon film de sirène. André Fonsny était le local de l'étape, nous nous étions mis d'accord quelques semaines auparavant : nous ferions notre réunion décoration à bicyclette.

De notre premier rendez-vous, je me souviens de son regard de vieil enfant qui faisait pétiller ses lunettes. Je m'apprêtais à le découvrir, André Fonsny était un as de l'espièglerie.

— Votre ami est arrivé ! me dit une nouvelle hôtesse, avec un regard tout aussi entendu.

— Encore un type avec un vélo ? lui demanda sa collègue au fond du couloir…

— C'est l'hôtel des types à vélo maintenant ici ? ajouta-t-elle, perplexe.

André Fonsny avait quelque chose d'un Charlie Chaplin qui se serait rasé la moustache et aurait troqué sa veste de costume trop petite contre un coupe-vent trop grand.

Comme il n'y avait pas de salle de petit déjeuner, nous le prîmes dans la fameuse chambre. Assis l'un en face de l'autre comme deux lutins paumés qui se seraient trompés de film. À partager du chocolat chaud devant un feu d'artifice de préservatifs. Plus nous essayions de garder notre sérieux, plus l'envie de rire devenait irrésistible. André buvait son café en tenue de cycliste devant le lit à baldaquin. Les viennoiseries côtoyaient les menottes couvertes de fourrure rose.

Enfin, nous quittâmes l'hôtel, chacun poussant son vélo dans l'entrée sous le regard médusé des hôtesses. La connerie en bande organisée : deux Don Quichotte en goguette le long de la voie ferrée.

André Fonsny devait m'accompagner sur quelques kilomètres, mais il me suivit jusqu'à ce que le pas-si-plat-pays-que-ça se transforme en Pays-Bas. Nous traversâmes de coquets villages. Les moulins à vent nous firent l'effet d'hélicoptères en bois abandonnés par-delà les collines.

Notre tendance commune au don-quichottisme créait une réaction exponentielle. Nous sortions de nos itinéraires pour suivre la plus jolie des routes. Nous improvisions en douceur, glissions hors la Bise. Nous savions que nous rajoutions à l'un comme à l'autre quelques milliers de coups de pédale, mais nous étions en train de vivre la plus délectable réunion de travail de l'histoire des réunions de travail. Il eût été inconvenant de l'écourter. Nous finîmes par stopper nos bicyclettes au milieu du ciel bleu, au creux d'un hameau qui aurait pu s'appeler « Paisible ».

Nous partageâmes un plat de spaghettis hollandais. L'absolue panacée à la sauce tomate pour terminer notre discussion sur comment fabriquer une barrière de corail en pop-up dans la salle de bains d'un appartement parisien.

Je battais de nouveau la campagne, en faisant doucement, pour ne pas l'abîmer. Le soleil tout neuf attisait mon désir d'accélérer. Bel ami que voici que voilà, le soleil ! Il agrandissait le ciel, m'attirait comme un aimant. Chauffage d'appoint sur les épaules et transformation immédiate de mon nez en fraise des bois. Je t'ai tellement attendu Soleil, que je m'étais habitué à ton absence !

Je passais la barre des cinq cents kilomètres, le

trac montait d'un cran. L'imminence de la rencontre m'excitait autant qu'elle m'effrayait.

Voilà comment mon esprit prend des vacances : lorsque je lui permets de vivre une aventure.

Je bouffais l'air frais, il rafraîchissait mon intériorité, m'éloignait du passé et me rapprochait du présent. Désormais, je n'avais plus besoin de m'échapper, j'en avais envie. Je voyageais de plus en plus léger. Je disparaissais dans le paysage. Je devenais indétectable. Méconnaissable, même par moi.

Une étrange mélancolie m'envahit à l'idée d'abandonner Kalkhoff. Je m'y étais attaché. C'était ma maison en mouvement, ce vélo. Délesté de toute ma caravane de projets. Toutes ces usines à gaz émotionnelles, parfois si polluantes, étaient-elles nécessaires ? Étais-je toujours du bon combat ?

En seulement quelques jours à côtoyer les arbres et le vent, de nouvelles évidences s'étaient imposées à moi. Ralentir en accéléré me procurait un sentiment de soulagement joyeux. Tout à coup, je ne me courais plus après. La route plongeait mon cœur dans un bain révélateur. Mon acuité aux choses augmentait. Pour le meilleur et le moins bien. Je n'avais clairement plus envie de rentrer.

*

Le soleil électrifiait les champs de blé. Embrasement chlorophylle, feu vert à perte de vue. Les pistes cyclables entretenues comme des jardins anglais se changèrent en bas-côtés caillouteux. Les moulins se raréfiaient. Une lande de brume floutait l'horizon. Le conducteur d'une voiture me cria dessus en me doublant avec cet accent de méchant dans un film de guerre…

Je venais de passer la frontière allemande. Je m'introduisais dans mon pays d'adoption sanguine. Dans le pays qui était celui de ta maman, Papa, avant que la Première Guerre mondiale ne change la donne. Je passais à l'ex-ennemi, chez nos cousins germains. Ici, je n'étais plus hors-la-loi. À bord du vaisseau amiral Kalkhoff, je foulais le sol de mon quatrième pays européen en trois jours. J'aurais pu me tatouer la carte de l'itinéraire sur les mollets.

Je suis né deux fois. Je suis deux fois plus européen, même si je me prends pour un Indien à vélo qui écoute des chansons de cow-boy. Je suis l'étrange étranger, mi-amusant mi-effrayant selon l'humeur et l'humour de qui croise mon chemin. J'ai pris la contre-allée et je compte bien la garder.

Je fis remarquer au GPS que son accent allemand était plus mauvais encore que mon accent anglais. Il dit « strasse » qui se prononce « chtrasseu » pour m'indiquer une rue. J'avais beau l'engueuler, le remercier, lui faire des blagues ou lui chanter Johnny Cash, rien n'y faisait. Ô comme j'aimerais pourtant que son intelligence ne soit pas qu'artificielle.

— Chtrasseeeeu, cher GPS ! Pas strasse ! Puis-je vous appeler Gi-Pi ?

— Commencez par apprendre à lire une carte avant de me donner un cours d'allemand…

— Moi, je pédale cher ami, vous êtes censé être le copilote. Vous voulez pédaler à ma place ?

— Ohé, c'est bon ! Vous avez une assistance électrique, vous êtes pas Bernard Hinault non plus.

— Écoutez qui cause ! Si je vous prive d'électricité, vous n'existez plus. Mort ! Kaput !

— Si vous me privez d'électricité, vous allez vous perdre. Vous seriez capable de repartir en arrière sans vous en rendre compte.

— Vous ne m'aimez pas trop.

— Vous me gueulez dessus depuis le début du voyage alors que je fais de mon mieux.

— Je peste contre moi-même, ne le prenez pas personnellement… Et puis, je vous chante des chansons, c'est gentil les chansons !

— J'ai horreur de la musique country.

— Une chanson de Nirvana ?

— Bon, allez, ça suffit ! À deux cents mètres, tournez à gauche sur Nenastrasse K17.

— Vous croyez que Christophe Colomb s'engueulait avec sa boussole ? glissai-je amicalement.

— Non, car il n'en dépendait pas. Contrairement à vous. Maintenant tout droit sur Nenastrasse K17, répondit-il.

N'en déplaise à ce cher GPS, j'atteignis le 54, Neusser Strasse au creux du petit village de Kofferen presque sans encombre. Reconnaissons qu'une seule route se présenta, rectiligne de surcroît. Mais j'eus le mérite de la prendre dans le bon sens.

Pour mon dernier soir avant, je l'espérais, Düsseldorf, je séjournai dans un ancien ranch. J'adorais l'idée de rentrer mon cheval électrique dans une véritable écurie. Un squelette de moissonneuse-batteuse gisait dans le foin, des chauves-souris faisaient des imitations de trapézistes morts déguisés en Batman. Un fumet de fumier envahissait l'atmosphère, des fantômes de chevaux devaient hanter les boxes vides. Bonne nuit mon cher Kalkhoff !

10

Chasseur de Waouh

23 mai 2019, Kofferen-Düsseldorf.
Bande originale de la journée : « Katie Cruel », de Karen Dalton.

Alea jacta est ! Impact dans cinquante kilomètres ! Le trac montait comme avant le premier concert d'une tournée. Je répétais dans ma tête ce que j'allais essayer de dire, avec mon anglais de GPS espagnol. Sachant pourtant que, le moment venu, rien ne se passerait comme prévu. Mais je ne pouvais m'empêcher de faire les cent pas dans ma tête. Est-ce qu'on va se faire la bise ? Se serrer la main ou même dans les bras ? Et elle ? À quoi pensait-elle ? Avait-elle le trac de rencontrer l'inconnu à qui elle avait sauvé la vie ?

Mon cœur se transformait en un mixeur incontrôlable. Le tri des émotions se compliquait. Le combat avec les éoliennes et autres déluges de pavés paraissait appartenir à un passé lointain. Paris, à un autre monde.

La veille encore Düsseldorf n'était qu'une cité engloutie dans les brumes d'un rêve. La mire s'était rapprochée d'un coup. Le dénouement du conte de fées électrique, c'était presque maintenant.

Je sentais que le pouvoir de la machine à ralentir le temps s'estompait. Kalkhoff et moi n'avions plus que quelques heures à vivre ensemble.

J'appréhendais la rencontre, mais aussi le retour. Revenir à la case départ. J'avais quitté le Monopoly et ne répondais plus de ses lois. Ma précieuse rue de la Paix s'avérait indétectable par un GPS. Ma nouvelle adresse était « deuxième étoile à droite et tout droit jusqu'au petit matin[1] ». J'habitais désormais la patrie des ruisseaux.

Ces huit jours semblaient quatre-vingts, ces cinq cents kilomètres, cinquante mille. Le démultiplicateur de temps, comme lorsqu'on tombe amoureux. Je n'étais plus le même homme. Toutes les polarités s'inversaient, je me sentais neuf alors que j'étais épuisé. Les muscles émotionnels s'étaient assouplis, les battements de mon cœur cognaient fort.

---

1. Citation extraite du film *Peter Pan*.

La nuit fut plus agitée que si j'avais dormi dans la cale d'un bateau pris dans une tempête. Impossible de fermer les robinets d'adrénaline. Demain, c'est Noël à Ithaque. Mon cœur est à l'envers. Je reviens à l'endroit où ont vécu puis dormi mes cellules avant que je ne renaisse. Le lit tangue, j'ai le mal de mères. Moi qui aime les histoires de fantômes et autres créatures dites imaginaires, je n'ai jamais vraiment cru à quoi que ce soit de surnaturel. Mais ce soir, je me demande si l'âme de ma mère ne voltigerait pas encore quelque part. Je crois que j'aimerais qu'elle me voie. Un truc de gosse. « Regarde, Maman, je vais arriver à Düsseldorf avec mon vélo. »

J'aimerais la voir. Un truc d'adulte. Qu'est-ce que tu en penses de tout ça, toi ? Qu'est-ce que tu en aurais pensé ?

Je me suis levé aussi épuisé que si j'avais pédalé jusqu'au petit matin. Mes mollets étaient douloureux, mais je portais le maillot jaune du cœur à l'ouvrage. Dès que je mettais un pied sur le vélo, il me poussait à me dépasser.

Je roulais sur l'or depuis Paris car je me fabriquais un trésor de souvenirs. Si un jour j'avais la chance de devenir père, j'aurais quelques histoires à raconter.

J'enfilai un short pour la première fois depuis le départ. Le soleil dardait ses rayons à travers les nuages et la Bise avait disparu. Le vent caressait ma peau, je me sentais léger et véloce. C'était presque trop beau pour être vrai. Je me souvenais de Laurent Fignon échouant pour huit secondes dans le Tour de France 1989 face à l'Américain Greg LeMond. La deuxième tragédie presque grecque de mon enfance après le fameux France-Allemagne 1982. Je revoyais son ascension pénible sur les Champs-Élysées, blessé qu'il était. Et la voix de Patrick Chêne, le commentateur de l'époque, qui répétait, sonné lui aussi : « Laurent Fignon a perdu le Tour pour huit secondes ! Huit secondes ! »

Ce dernier contre-la-montre comptait le même nombre de kilomètres que mon ultime étape. Pas de pavés, pas de montagne, pas de pluie, pas de vent. Les nuages s'enroulaient dans le bleu du ciel et le soleil déteignait sur les blés. Les herbes folles gardaient raisonnablement leur calme. Je cheminais sans efforts à travers un tableau de Van Gogh. L'air se faisait caressant, Kalkhoff épousait les méandres de l'asphalte sans même que j'aie l'impression de le piloter. J'avais autorisé mon cher GPS à faire la grasse matinée, la fée électricité bâillait aux corneilles. Je filais le plus doux des cotons et cela commençait à m'inquiéter.

Les kilomètres s'enfilaient comme les perles d'un collier docile, on se serait cru dans une publicité pour des saucisses Herta. C'était louche.

« Ne jamais sous-estimer l'adversaire ! » tança le cerveau gauche. Je me concentrais sur chaque coup de pédale pour ne pas penser à ce qui m'attendait au bout du chemin. Continuer la technique des « petits pas ». À chaque jour suffit sa joie. Je n'étais pas encore au sommet, n'avais pas franchi la ligne d'arrivée. J'évitais toute griserie. C'eût été tout à fait scandaleux de détruire le château de cartes en éternuant bêtement dessus. Aux carrefours, je laissais la priorité à droite et à gauche. Je posais le pied à terre au moindre aboiement de chien. Plus je redoublais de prudence, plus l'anxiété m'envahissait. Peur de gagner. Peur de servir pour le match. Peur de la peur. Peur.

Je ne me reconnaissais plus. Rendez-moi la Bise, envoyez-moi des pavés détrempés, faites que la route s'élève à nouveau pour que je puisse me battre contre quelque chose !

« Düsseldorf 17 km », indiquait un grand panneau vert aux contours blancs. Eurêka émotionnel. Cette ville existait donc dans la vraie vie. Mon cœur se mit à cogner dans ma poitrine comme s'il voulait en sortir. Kalkhoff se transformait en machine à coudre le rêve et la réalité. Je m'appliquais à ce que son aiguille exécute les points de couture au fil de la route. Ruban de bitume et cieux de soie bleue m'offraient une cape. Je volais au ralenti. Exactement comme E.T. « Düsseldorf 11 km. »

Je sentais la victoire approcher, je relançais en danseuse. J'attaquais la moindre bosse en me retenant d'exulter. Pour la première fois du voyage, le vent me poussait dans le dos. Impression de rebrousser chemin. Mais mon cher GPS ainsi que les panneaux étaient formels : « Düsseldorf 3 km » !

Je me lovais au creux du Rhin, m'apprêtant à me débarrasser de mes oripeaux de bicyclo-cancre. Ce soir, je rendrais mon tablier-k-way. Ce soir, je dormirais dans la ville où les cellules de mon sang avaient dormi pendant quinze ans.

Chers globules rouges et blancs, je vous ramène à la maison ! Une fête extraordinaire se préparait dans ma tête. Tout s'encotillonnait et tout dansait. J'avais des pulsions de lâcher les mains du guidon et de lever les bras au ciel comme un vainqueur d'étape du Tour de France. Le ruisseau débordait.

Soudain, une descente de Rhin s'échancra entre les arbres pour révéler l'interminable pont suspendu « Emmerich ». Le temps se suspendit à son tour lorsque je levai le nez du guidon. Elle était là, mon Atlantide. Une sorte de mini-Manhattan européen en ombres chinoises. La cité des cellules. La souche de l'arbre refleuri. La source du ruisseau. La substantifique moelle osseuse de la vie.

Je ne pédalais plus que pour maintenir l'équilibre. Comme lorsqu'on ralentit la lecture des dernières pages d'un livre adoré.

Depuis le départ, je n'avais jamais roulé aussi doucement. J'atteignis les Champs-Élysées de ma deuxième vie avec le maillot jaune. Contrairement à Laurent Fignon, je ne courrais pas contre la montre. Puisse chaque seconde et son suc se transformer en longues minutes de retard sur le reste du monde. Je regardais les maisons au loin et les gens qui traversaient le pont à pied. Tout devenait si réel. Et c'est exactement cela qui était le plus magique.

Mon cœur semblait trop petit pour contenir toute la joie qui s'y ouvrageait. L'exact phénomène de l'explosion de joie. Mbappé qui marque un but en finale de Coupe du monde. Voilà ce que je vivais en traversant ce pont. Mon langage se fit monosyllabique.

Waouh, waaaa et waaaaaouh.

« Vous êtes arrivé à destination », jubilait mon cher GPS. J'eus envie de le prendre dans mes bras. Mais je n'avais que moi, alors j'ai téléphoné à tous mes importants. Partager un peu cette incompactable joie. J'en avais à revendre, autant en donner un peu.

Au bout du fil mon père, ma sœur, Régis, Jimmy-ni-criquet et une bien triste boîte vocale.

Je pris mes appartements dans un château miniature en bord de Rhin. Ma chambre était réservée par le professeur Koegler, chercheuse et trouveuse d'or à l'origine du sauvetage et de la possibilité de rencontre. Elle m'avait fait préparer un petit panier ressemblant à celui qu'il avait fallu monter à l'aide d'une poulie dans la cabane de Raray. Il contenait des fruits mais aussi une brochette de bonbons, des crêpes et un Coca bien frais. Tout ce à quoi je n'avais plus eu droit en chambre stérile. Le clin d'œil au *Journal d'un vampire en pyjama* me fit exploser le cœur. Il n'éclusait plus la joie, je débordais. Des vagues de cinq cent quatre-vingts kilomètres dans le lit d'un ruisseau. Je fus contraint de manger toutes les crêpes pour reprendre mes esprits. La douche qui suivit fut sans doute la plus longue de ma vie. Je laissais couler l'eau chaude sur mes épaules, paupières closes. Tenir l'équilibre entre tout ce qui venait de m'arriver et ce qui m'attendait demandait un sas de décompression.

Le professeur Koegler travaillait à la mise en place de l'extraordinaire. Ce mot ne cessa de rebondir contre les parois de mon crâne tout au long du dîner que nous partageâmes. Nos yeux échangèrent quelques électricités, nos mains se sont serrées je crois, puis nous nous prîmes maladroitement dans les bras. Son charisme m'impressionnait, je redevenais cet enfant timide qui filait se cacher dans son tipi d'Indien quand l'institutrice venait boire un verre à la maison. J'étais désormais un vieil enfant de quarante et cinq ans, je ne pouvais plus me débiner.

— *Hi, I'm Mathias and I would like to introduce you to Kalkhoff, my beloved bike.*

— *Nice to meet you Mathias, Nice to meet you Kalkhoff! Is it a German bike?*

— *As you know, I'm very keen on German things since 2014.*

Elle sourit un peu plus longtemps que mon esquisse de blague ne le méritait. « Tu es ici chez toi, je suis heureuse de t'accueillir », proclamait ce généreux sourire.

C'était une fée de la réalité. Des yeux plus bleus que le beau temps en haute montagne et un sourire comme un jus d'orange pressée. Son enthousiasme élégant et la précision douce de sa pédagogie me transportaient. J'étais abasourdi par la classe de cette femme.

« Merci » ne suffirait décidément pas. Il me restait une nuit pour inventer un mot plus fort à offrir.

Nous mangions des spaghettis tous les deux, comme si de rien n'était. Presque, car qui aurait entendu des bribes de notre conversation aurait pu croire que nous avions des informations sur la prochaine trilogie de *Star Wars*.

Une biologiste française qui travaillait dans son service lui avait mentionné l'existence d'un *Journal d'un vampire en pyjama*, relatant l'expérience d'un greffé de moelle osseuse par cordon ombilical. En le lisant, le professeur Koegler avait découvert avec stupeur que les codes de mes donneuses commençaient tous deux par les lettres D, C et B. Düsseldorf Cord Bank.

Par curiosité, elle entra les fameux codes dans sa base de données et découvrit l'identité des «*mothers*», comme elle les appelait.

Car elles étaient deux. Deux cordons furent nécessaires pour fournir à mon corps suffisamment de cellules souches. Double ration de nouvelle maman. Je rencontrerais les deux !

J'appris également que, dans la plupart des greffes, le nom de code est masqué sur la poche pour que personne ne puisse, par exemple, le recopier. Cela augmentait encore l'improbabilité statistique de cette histoire. Fallait-il donc que je voie ces codes interdits, que j'aie l'idée de les noter, puis que j'oublie de les modifier dans mon livre avant que ce dernier soit publié, traduit en allemand et enfin tombe entre ses mains !

Les fées papillon. Une lettre entre un Mars et une banane. Deux vélos électriques et six cents kilomètres plus tard, un petit plat de spaghettis.

J'avais l'impression d'avoir suivi le lapin d'*Alice au pays des merveilles*. Sauf qu'en lieu et place du chapelier fou, je buvais le thé avec une éminente professeur en hématologie.

Je regagnai mes appartements, ivre de thé. Les mollets endoloris et le cœur étonnamment apaisé. Je laissai les émotions me traverser sans résister ni analyser. Je nourris pour la dernière fois Kalkhoff et pliai mon k-way en écoutant Karen Dalton chanter : « *When I first came to town they called me the roving jewel.* »

Penser que demain je ne monterais par sur le vélo amorçait une sensation de baby blues. J'évitai de m'y appesantir. Il ne me restait plus qu'à essayer de dormir, ce qui est toujours compliqué lorsqu'on rêve éveillé.

11

Être humain

24 mai 2019, Düsseldorf.
Bande originale de la journée : « To Bring you my Love », de PJ Harvey.

Un membre de l'équipe médicale est venu me chercher à neuf heures. Je l'attendais, habillé en moi-même dans l'autre monde, avec mes petits vinyles sous le bras. Mes Repetto blanches, si chères à Serge Gainsbourg, avaient dormi dans la sacoche droite de la bicyclette tout contre le livre de Walt Whitman. Les chausser me fit l'impression d'enfiler des pantoufles en peau de nuage. Le pantalon slim noir de vieil enfant atteint du syndrome de Peter Pan du rock manquait soudainement d'élasthanne car mes cuisses avaient pris du volume. Ma casquette de (*fuckin'*) Peaky Blinders remplaçait allègrement le casque et ma veste en pied-de-poule finissait de me faire passer pour celui que j'étais neuf jours plus tôt.

Nous avons chargé Kalkhoff à l'arrière de la voiture, ça ressemblait à un départ en vacances. Il conduisait comme un papa plus jeune que moi. Je me sentais encore plus petit que face aux éoliennes. Plus de guidon pour m'accrocher ou me raccrocher, plus de k-way pour me déguiser en cycliste. Il ne me restait plus qu'à être moi-même. On me préparait le plus fantastique non-anniversaire de mes deux vies.

La simplicité bienveillante et les traits d'humour délicat de ce garçon.

Mon cœur se serrait. Le simili-papa conduisait comme si de rien n'était, saupoudrant mon silence de présentations des lieux. Je rapetissais dans mon siège. La timidité m'envahissait. Tout était trop grand et allait trop vite, les bâtiments, la voiture. Mon corps battait encore au diapason des éoliennes et, tout à coup, l'inéluctable transformation du rêve en réalité me terrorisait.

Le simili-papa percevait mon anxiété grandissante. Je sentais qu'il sentait que je le sentais, mais il continuait à diffuser sa bienveillance décontractée.

Longtemps, j'avais désiré sauter à l'élastique. Mais lorsque je m'étais retrouvé face aux soixante mètres de ciel qui me séparaient du sol, réalisant clairement que je n'échapperais pas à mon auto-assignation de vol, je fis moins que le malin. Le même débordement d'émotion me submergea lorsque le moteur se coupa.

Nous descendîmes de la voiture et récupérâmes Kalkhoff. Je le poussai comme un simple vélo sur le parking de l'hôpital. Pour la dernière fois, je l'installai sur sa béquille avant de déposer la batterie sur le porte-bagages. Je l'avais soigneusement toiletté la veille, il rutilait. Rossinante ! L'infaillible vaisseau amiral Kalkhoff, avec sa dégaine de Solex des ténèbres et ses roues increvables ! J'aurais pu le prendre dans mes bras par le guidon ! Je me suis contenté d'allumer, d'éteindre, de rallumer et d'éteindre l'électricité. J'ai aussi actionné la sonnette une dernière fois. Elle sonnait toujours aussi bien.

Nous nous dirigeâmes vers le bureau du professeur Koegler. Cette dernière m'y attendait, flanquée d'un autre professeur : Régis Peffault de Latour. L'homme à l'autre bout du cordon. Le chef d'orchestre de la résistance. Celui qui de Paris avait lancé l'appel au don. Le premier greffeur-batteur de l'histoire de la médecine rock[1], venu de Paris pour me soutenir en tant qu'ami. Mon maître à penser les plaies. Je le considérais comme un membre de la

1. Lors du concert de Dionysos au Grand Rex le 3 mai 2016, le professeur Régis Peffault de Latour a joué de la batterie avec le groupe sur la chanson « Heroes » de David Bowie. Presque tous les soignants qui s'étaient occupés de moi étaient dans la salle.

famille, même si je ne parvenais toujours pas à le tutoyer. Famille ! famille ! famille !

Je pensais à tout et tout le monde en même temps, les vivants et les morts logés à la même enseigne. Une caravane plus et moins fantôme tractée à vélo. Ils étaient tous là.

Mon cœur fonctionnait désormais comme le tambour d'une machine à laver, mais avec le moteur d'une Ford Mustang.

Face à ces deux maîtres Jedi, je faisais au mieux pour tenir mon rang d'apprenti pas grand-chose.

Se retrouver dans la même pièce que ces deux éminences m'apaisait. Leur énergie bienveillante me portait. Je ne risquais rien avec eux. Ils étaient les chefs d'orchestre de mon sauvetage. Que pouvait-il m'arriver d'autre que la joie désormais ? C'était presque comme sur scène. Le trac me dévore dans les coulisses et je me demande à chaque fois ce que je peux bien foutre ici et pourquoi je m'inflige de telles souffrances. Puis tout à coup le rideau se lève et je me sens à nouveau aussi bien que dans mon tipi d'Indien.

C'est alors que l'air de presque rien, le professeur Koegler et le simili-papa nous enjoignirent de leur emboîter le pas. Il était question de déguster un petit déjeuner. C'était fabuleusement reposant tout d'un coup d'avoir à penser croissant et chocolat chaud. Il me restait une heure avant l'arrivée des «*mothers*». Je soufflais un peu.

Nous entrâmes dans une petite salle où était effectivement dressée une table avec des viennoiseries. Atmosphère de goûter de Noël à l'école, mais par un beau matin de mai.

À côté du buffet se trouvait une dame blonde avec de grands yeux bleus. Son sourire semblait avoir des faux contacts. À côté d'elle pétillait une blondinette d'une vingtaine d'années avec d'aussi grands yeux et un sourire tout aussi fragile. Nous nous sommes pris dans les bras. Trois inconnus se (re)reconnaissant par cellules souches interposées. Je m'étais promis de ne pas pleurer. Elles le firent à ma place. Le temps venait de s'arrêter pour nous trois.

Personne n'osait relancer le carrousel. L'étreinte dura. Intense et délicate. Sur-sensible. Tremblement de terre, de père, de mère. Je concentrais toute l'énergie de ma gratitude vers elles. J'espérais de tout mon cœur qu'elles la ressentent car parler m'était impossible. Je ne me suis jamais senti aussi fort et aussi vulnérable en même temps que pendant ces quelques minutes. Tout était si doux et si intense que nous retardions plus ou moins consciemment le moment des mots.

Ils finirent par éclore, doucement. Chacun sortit de sa coquille, amusant et maladroit comme si nous étions vaguement saouls. Je sentais toute la bienveillance émue de nos chers professeurs, grands-parents plus et moins jeunes que nous. Tout se mélangeait, les regards, la peau, le temps, le jus d'orange, mon anglais niveau 3e et le leur, bien meilleur.

La maman et sa fille, ma jumelle de sang, étaient donc présentement en face de moi, et nous partagions des croissants.

— J'ai changé de groupe sanguin et, maintenant, j'ai le tien ! glissai-je à ma jumelle.

Elle rougit un peu. Le robinet à larmes fuita de nouveau. « Quel con ! pensai-je, je viens de rater une excellente occasion de me taire. » Mais nous étions tellement à vif que la moindre parole pouvait provoquer le retour des larmes. Une blague, un pain aux raisins, mon accent pourri, tout. Les professeurs ajustaient les contours, faisaient en sorte que leurs créatures frankensteiniennes ne se brisent pas le cœur en avalant une viennoiserie.

La maman m'expliqua alors que puisqu'elle était employée de banque (de sang de cordon), elle avait appris, à l'été 2014, que ses cellules souches avaient été réquisitionnées. Elle ne savait pas pour qui ni où, mais elle savait que son cordon « était parti », comme elle disait. Elle découvrirait des années plus tard mon identité en lisant mon livre.

— J'ai tellement aimé cette histoire avant même de savoir que, indirectement, je faisais partie des personnages… Quand j'ai découvert qu'il s'agissait de mon sang, j'ai ressenti une joie si profonde que j'ai eu envie de la prolonger. Nous en avons parlé en famille, et j'ai fait part au professeur Koegler de mon désir de vous rencontrer. Depuis, j'écoute vos chansons…

Télépathie 2.0. Pulsion calinoïde à tous les étages.

Pendant qu'elle me racontait le versant jusqu'ici invisible de ma propre histoire, sa fille étayait le récit. Elle n'était pas ma jumelle d'œuf, mais de sang, oui. Nous n'étions pas issus du même ventre, mais les globules qui me permettent de vivre aujourd'hui sont absolument identiques aux siens. Les rouges qui permettent de faire circuler l'oxygène dans le sang, très utiles pour suppléer la fée électricité sous la pluie et les pavés, et surtout les plaquettes qui permettent de coaguler.

Nous avons exactement le même système immunitaire. Pour être plus précis, j'ai les mêmes globules blancs que les siens. Elle me les a transmis tel un virus inversé. Il était joli, mon antidote, du haut de ses vingt ans, avec son visage saupoudré de taches de rousseur et ses grands cils. Il s'en fallut de peu pour se dire qu'on avait un air de famille. Christina étudiait la médecine en Bulgarie. Le sauvetage de vie était dans son ADN, et elle me l'avait transmis.

Ma seconde mère, ma jumelle de sang et moi échangions, la discussion se fluidifiait. Elles m'expliquèrent qu'elles me suivaient sur Instagram. Cette poussée de normalité dans nos échanges augmenta encore la dimension surréaliste de la situation. Car depuis 2017 elles savaient que je vivais avec leur sang. Elles m'avaient vu en k-way violet en haut de la muraille de Chine. Elles m'avaient vu traverser le cercle polaire en skateboard dans un pull trop grand. Elles m'avaient vu chanter avec des mariachis ivres au Mexique. Elles m'avaient vu caresser un renne blanc au cap Nord. Elles me racontaient ma vie comme si j'y étais.

Pour essayer de remercier un peu, je sortis mon petit cadeau de ma hotte de bicyclo-cancre.

— C'est un vinyle gravé à un seul exemplaire d'une chanson que j'ai écrite pour vous. Elle s'appelle « Family ».

Les voir manipuler l'objet fit monter mes larmes, je parvins à les retenir de justesse. Le professeur Koegler devait être un peu DJ car elle avait prévu le tourne-disque.

Le quarante-cinq tours crachotait, on aurait dit un enregistrement de blues du Mississippi dans les années trente. Le volume sonore était assez faible, tout le monde était en apnée. L'intensité recueillie de l'écoute me rappela le concert de Leonard Cohen avec mon père à Bercy. Lorsque, à genoux, il susurra de sa voix d'ogre doux la chanson du partisan.

«J'ai changé cent fois de noms, j'ai perdu femmes et enfants, mais j'ai tant d'amis… J'ai la France entière…» Tout Bercy chuchotait avec lui. C'était un moment de complicité collective, éminemment religieux mais hors les clous des dogmes.

«Je n'ai pas changé de nom, je n'ai plus d'femme et pas d'enfant, mais j'ai tant d'amis, j'ai l'Europe entière, dont l'Allemagne cette ex-ennemie…» disait presque la chanson.

Nous en étions là, à écouter ce disque chevrotant au milieu des jus de fruit, avec le sang des unes qui coulait dans les veines de l'autre. Dans le film *Little Big Man*, une tribu d'Indiens s'appelait les «Êtres humains». Dans un moment comme celui-ci, la joie de faire partie de la tribu explosait toutes les frontières. Je glissai le disque dans sa petite pochette bricolée et l'offris à Sabine, la maman.

Nous visitâmes ensuite la salle où étaient conservés les cordons. On aurait dit le décor de *L'Empire contre-attaque*[1] quand Han Solo se fait congeler. Une atmosphère de science-fiction nucléaire. De grands barils métalliques remplis d'azote liquide fumant. À l'intérieur, la loterie de possibles sauvetages de vie.

1. Dans le cinquième épisode de *Star Wars*, Han Solo se fait «cryogéniser» par une limace géante. Il y a de la fumée lourde de film d'épouvante et des lumières orange et bleues, presque comme dans la salle des cordons.

La pré-fécondation de l'espoir. Le silence le plus épais de ma vie, première et deuxième comprises.

Le cordon qui reliait Sabine et sa fille avait été conservé ici même pendant quinze ans avant que le professeur Koegler ne s'en saisisse pour l'envoyer à mon intention.

Nous sortîmes, aussi sonnés que si l'on avait vu notre film préféré. Aucun mot, qui plus est dans mon anglais limité, ne me semblait valoir le coup d'être prononcé, je m'abstins donc. Nous nous abstînmes tous. L'effet papillon battait son plein. Nous nous blottissions au creux de ses ailes.

C'est alors que la seconde famille nous rejoignit. Je ne vis mon petit jumeau de sang qu'en photo car il était un peu malade et sa maman s'occupait de lui. Mais sa sœur avait tout de même fait le déplacement, avec son bébé de sept mois dans les bras qui imitait très, très bien le chat. Une deuxième vague d'émotion me submergea alors que je n'avais pas récupéré de la première. L'air me manquait plus encore qu'au sommet des cols ardennais.

Je regonflai mon cœur et repartis à l'assaut. Mon petit jumeau de sang avait dix ans, tout en bouclettes brunes et grands yeux noirs. Sa peau était mate, il était beau comme tout.

« Ton arbre généalogique a des racines très éloignées les unes des autres », m'avait expliqué le professeur Koegler. Je me savais déjà mi-lorrain-nîmois, mi-oranais-espagnol, ce qui complexifiait mon code ADN et avait rendu si difficile la recherche de donneur. Mais j'appris ici que plus loin encore, du sang turc coulait dans mes veines. Sous mes apparences de petit blanc, j'étais un métis.

Je les voyais regarder de leurs propres yeux la personne qu'elles avaient contribué à sauver. Leur sang dans mes veines. Pas seulement des analyses, des examens médicaux et la signature d'un papier. J'étais là, devant eux. Un être humain. Pas très grand et avec un accent anglais douteux, mais j'étais là.

Cela me rappela la visite d'un ancien greffé dans ma chambre stérile. Cet encouragement suprême. La preuve concrète de la lumière possible au bout du tunnel.

« Je vais bien, regarde ! » m'avait-il lancé. Valentin de son prénom. Je n'ai que gratitude et admiration pour ce garçon qui, du haut de ses seize ans, m'avait offert une leçon d'humanité. Sa présence et sa démarche avaient raffermi mes convictions. De mes brindilles d'espoir éparpillées, il constitua un fagot. Un indestructible fagot.

Nous sortîmes de l'hôpital, prîmes quelques photos de « famille ». Même Rossinante fut convié, ce qui allait permettre de lancer la vente aux enchères.

Je crus alors que le minuit cendrillonesque était dépassé car, déjà, midi sonnait. L'heure de nous dire au revoir. Mais non, spontanément, nous partîmes pour un vrai repas de famille dans le centre-ville de Düsseldorf.

Changer de décor permit aux émotions de se décongestionner. La complicité s'en trouva ragaillardie. Nous avions fait le plus dur, plus exactement le plus lourd. La légèreté se faufilait entre les sourires. Nous étions formidablement attablés à la terrasse d'un restaurant coquet. L'après-midi coulait doucement. La chaîne du temps sautait, tout passait à la fois plus vite et plus lentement que la normale.

En quelques heures, j'eus l'impression de connaître Sabine, Christina, le professeur Koegler et son équipe depuis très longtemps. Leurs visages remplaçaient définitivement ceux que j'avais maintes fois imaginés. Cristallisation du rêve. On aurait dit les fondations d'une nouvelle maison, ce rêve. Après le repas, nous nous promenâmes exactement comme une petite famille en vacances sur les bords du Rhin.

La nuit tomba d'un coup. Nous avions déjà repoussé de plusieurs heures le moment de nous quitter. La rive du fleuve se transformait en quai d'une gare magique où le train de la séparation était annoncé avec un retard indéterminé. Nous avions trop à nous dire. Nous gagnions du temps en acceptant d'en perdre délicatement.

Nous terminâmes en dégustant des cocktails sur un rooftop. Nous y contemplions une version miniaturisée de Düsseldorf. Tout se passait exactement comme dans un songe étrangement fluide. Le comble de sa bizarrerie était sa simplicité. Si loin des vanités cyniques et des postures-impostures. Douceur, bienveillance, tendresse. Rien de plus ni de moins qu'une libre circulation de la joie à effet prolongé.

Nous finîmes par nous séparer en bord de fleuve, chacun redevint ruisseau, mais nous resterons quoiqu'il advienne un indestructible fagot.

Impossible de dormir. Même s'allonger devenait compliqué. Comme quand j'étais petit et qu'après un match de football victorieux, je ne voulais plus quitter le maillot. Peur que la magie disparaisse et qu'il faille tout recommencer.

Je regardais Düsseldorf par le hublot de l'avion qui catapultait mon retour. La cité disparaissait dans la brume. L'accélération du temps me donnait l'impression d'être un imposteur.

On m'apporta un jus de fruit. Tout me semblait si faux. On ne ressentait pas le vent, rien ne sentait rien. Personne ne regardait personne. Tout le monde tuait le temps, je voulais le ressusciter.

La fraîcheur mentholée des souvenirs revint. Mes yeux piquaient. Je croisai le regard de l'hôtesse venue récupérer mon verre et qui me demanda gentiment si tout allait bien. Je lui répondis que oui. J'étais parvenu à me tenir devant les « *mothers* » et je chialais comme un gosse devant une hôtesse de l'air.

La composition de ces larmes était à 99 % de la joie, à 1 % de la mélancolie.

Rêver m'aura permis de désirer faire, être et vivre cette aventure. Mais rien ne fut compactable à un fantasme. Pas d'écran, pas de filtre. La surpuissance brute de l'ultra-présent. On parle de souvenir « gravé dans la mémoire ». Celui-ci se gravera dans le marbre et je m'en souviendrai encore après ma mort.

J'ouvris la première bobine du film de mes souvenirs, glissai la pellicule entre le cœur et le cerveau avant d'appuyer sur « Play ».

C'était un western avec des éoliennes à la place des cactus, les écluses se substituaient aux saloons ! Mais c'était avant tout une histoire de famille(s) où les fées mangent des spaghettis avec, en guise de final, un règlement de conte.

Je me transformais en papillon. Je sentais les ailes battre dans ma cage thoracique. Je les porterai désormais toute ma vie.

Épilogue

Chers messieurs dames de l'Agence de la biomédecine française,

Un jour, peut-être… Venez assister, sur le terrain de la vraie vie, à une rencontre entre un donneur et un greffé. Venez voir comment la joie circule, entre les principaux protagonistes comme entre les soignants.

Venez voir comme ces rencontres encouragent et concrétisent la beauté de leur travail. Venez voir la continuation du geste d'un soin. Le grand soin.

J'ai vu des choses dans les yeux de ces gens. C'est très beau ce que j'ai vu.

Venez assister au surgissement d'un moment aussi simplement humain que presque surnaturel. Beau comme une naissance.

Venez expérimenter cette sensation extraordinaire que les mots ne peuvent contenir. Comme quand même la plus belle photo ne fait qu'évoquer la beauté sidérante d'un paysage.

Venez écouter la beauté des silences.

Je me fais le reporter de cette incroyable fête pour que son écho perdure.

Pour eux, chercheurs, donneurs, trouveurs, pour ceux qui pourront bénéficier de leurs dons.

Selon Lewis Carroll, « Le meilleur moyen de réaliser l'impossible est de croire que c'est possible[1] ». Je rentre à la maison pour colporter la nouvelle : il avait raison.

Je comprends et respecte votre position consistant à protéger l'anonymat et la gratuité du don. Mais je crois que la loi allemande, qui permet une rencontre avec consentement mutuel après deux ans, est plus adaptée à la réalité émotionnelle du lien entre un greffé et son donneur.

Peut-être un jour et avec tout mon respect, chers messieurs dames de l'Agence de la biomédecine… Laissez les fées papillon se pencher sur quelques berceaux.

*

Quelques semaines après mon retour, la réalité continua de dépasser la (science-)fiction : j'appris que les gagnants de la vente aux enchères de

---

1. Citation issue du film *Alice au pays des merveilles*, réalisé par Tim Burton.

Kalkhoff n'étaient autres que les parents d'une demoiselle devenue infirmière après avoir lu mon *Journal d'un vampire en pyjama*.

Son père fit à son tour un Düsseldorf-Paris pour ramener la bicyclette chez eux, à quelques encablures de… chez moi !

Entre-temps, Cléa avait brillamment réussi son concours et officiait à l'hôpital Saint-Louis, dans un service voisin de celui où j'avais reçu les fameux cordons.

De grands surprisiers que ces parents-là, qui ont à la fois permis à la banque de sang de cordon de bénéficier d'un petit gain tout en fabriquant une hyper-surprise pour leur fille. Trois ans plus tôt, Cléa m'avait offert une planche de skateboard à l'occasion d'un concert au Théâtre antique de Fourvière. Nous avions discuté de son désir naissant de devenir infirmière.

Trois ans plus tard, elle se retrouvait avec son diplôme en poche et mon vélo dans son garage.

Me dire qu'une néo-nymphirmière pouvait désormais aller travailler en chevauchant Kalkhoff me sidérait de joie. Les ailes du papillon continuaient de battre. Le vélo allemand, comme le cordon, était revenu en France et plus exactement à l'hôpital Saint-Louis.

La réalité influence les rêves souvent mais, cette

fois, c'est un rêve qui a influencé la réalité. Plus que jamais, je me sens surprisier. « Ceux dont l'imagination est si puissante qu'elle peut changer le monde, du moins le leur, ce qui constitue un excellent début[1]. »

Chers Sabine, Christina, Régis, Gesine et toutes les grandes petites mains du processus de greffe, je ne changerai pas le monde, mais ce voyage initiatique aura pimenté le mien. Et, par le biais de multiples effets papillon, il aura concrétisé un lien qu'on pourrait presque objectivement qualifier de magique.

Je ne suis pas parvenu à inventer un mot plus fort que merci pour vous exprimer ma gratitude. Mais je sais-sens que nous avons partagé un moment d'hyper-émerveillement émotionnel aussi absolu qu'unique. Je l'appellerai ultramour.

---

1. *Une sirène à Paris*, Albin Michel, 2019 ; Le Livre de Poche, 2021.

Du même auteur :

38 mini-westerns (avec des fantômes), Pimientos, 2003 ; J'ai lu, 2011.

Maintenant qu'il fait tout le temps nuit sur toi, Flammarion, 2005 ; J'ai lu, 2006.

La Mécanique du cœur, Flammarion, 2007 ; J'ai lu, 2009.

Métamorphose en bord de ciel, Flammarion, 2011 ; J'ai lu, 2012.

Métamorphose en bord de ciel, édition de luxe, Flammarion, 2011.

L'Homme volcan, Flammarion/Actialuna, 2011.

Le Plus Petit Baiser jamais recensé, Flammarion, 2013 ; J'ai lu, 2014.

La Mécanique du cœur, le livre du film, Flammarion, 2014.

La Mécanique du cœur, l'album du film, Flammarion, 2014.

Journal d'un vampire en pyjama, Albin Michel, 2016, et suivi de *Carnet de board*, Le Livre de Poche, 2017.

Une sirène à Paris, Albin Michel, 2019 ; Le Livre de Poche, 2021.

Le Dérèglement joyeux de la métrique amoureuse, avec Daria Nelson, L'Iconoclaste, 2020.

Le Livre de Poche s'engage pour l'environnement en réduisant l'empreinte carbone de ses livres. Celle de cet exemplaire est de :
400 g éq. CO_2
Rendez-vous sur
www.livredepoche-durable.fr

PAPIER CERTIFIÉ

Composition réalisée par Soft Office

Achevé d'imprimer en avril 2023 en Espagne par
Blackprint
Dépôt légal 1re publication : mai 2023
LIBRAIRIE GÉNÉRALE FRANÇAISE
21, rue du Montparnasse – 75298 Paris Cedex 06

63/5895/9